HEINZ G. KONSALIK

Die Erbin

Von Heinz G. Konsalik sind folgende Romane
als Goldmann-Taschenbücher erschienen:

Eine angesehene Familie (6538) · Auch das Paradies wirft Schatten / Die Masken der Liebe (3873) · Aus dem Nichts ein neues Leben (43512) · Bluthochzeit in Prag (41325) · Duell im Eis (8986) · Engel der Vergessenen (9348) · Die Erbin (43959) · Der Fluch der grünen Steine (3721) · Der Gefangene der Wüste (8823) · Das Geheimnis der sieben Palmen (3981) · Geliebte Korsarin (9775) · Eine glückliche Ehe (3935) · Das goldene Meer (9627) · Das Haus der verlorenen Herzen (6315) · Heimaturlaub (42804) · Der Heiratsspezialist (6458) · Heiß wie der Steppenwind (41323) · Das Herz aus Eis / Die grünen Augen von Finchley (6664)

Ich gestehe (3536) · Im Tal der bittersüßen Träume (9347) · Im Zeichen des großen Bären (6892) · In den Klauen des Löwen (9820) · Der Jade-Pavillon (42202) · Kosakenliebe (9899) · Ein Kreuz in Sibirien (6863) · Der Leibarzt der Zarin (42387) · Leila, die Schöne vom Nil (9796) · Liebe am Don (41324) · Liebe auf dem Pulverfaß (9185) · Die Liebenden von Sotschi (6766) · Das Lied der schwarzen Berge (2889) · Manöver im Herbst (3653) · Ein Mensch wie du (2688) · Morgen ist ein neuer Tag (3517) · Nacht der Versuchung (43767) · Ninotschka, die Herrin der Taiga (43034) · Öl-Connection (42961) · Promenadendeck (8927) · Das Regenwald-Komplott (41005)

Schicksal aus zweiter Hand (3714) · Das Schloß der blauen Vögel (3511) · Schlüsselspiele für drei Paare (9837) · Die schöne Ärztin (3503) · Die schöne Rivalin (42178) · Schwarzer Nerz auf zarter Haut (6847) · Die schweigenden Kanäle (2579) · Sie waren Zehn (6423) · Sommerliebe (8888) · Die strahlenden Hände (8614) · Die Straße ohne Ende (41218) · Eine Sünde zuviel (43192) · Tal ohne Sonne (41056) · Die tödliche Heirat (3665) · Tödlicher Staub (43766) · Transsibirien-Expreß (43038) · Und alles nur der Liebe wegen (42396) · Unternehmen Delphin (6616) · Der verkaufte Tod (9963) · Verliebte Abenteuer (3925) · Wer sich nicht wehrt . . . (8386) · Wer stirbt schon gerne unter Palmen . . . 1: Der Vater (41230) · Wer stirbt schon gerne unter Palmen . . . 2: Der Sohn (41241) · Westwind aus Kasachstan (42303) · Wie ein Hauch von Zauberblüten (6696) · Wilder Wein (8805) · Wir sind nur Menschen (42361) · Zwei Stunden Mittagspause (43203)

Ferner liegen als Goldmann-Taschenbücher vor:

Stalingrad. Bilder vom Untergang der 6. Armee (3698) · Die fesselndsten Arztgeschichten. Herausgegeben von Heinz G. Konsalik (11586)

Heinz G. Konsalik

Die Erbin

Roman

GOLDMANN

Dieses Buch ist ein Roman.
Die Namen der Personen, ihre Handlungen
und ihre Schicksale sind frei erfunden.
Sollte es Ähnlichkeiten mit lebenden Personen
geben, so wäre dies nur ein Zufall und
nicht beabsichtigt.

H.G.K.

Umwelthinweis:
Alle bedruckten Materialien dieses Taschenbuches
sind chlorfrei und umweltschonend.

Der Goldmann Verlag
ist ein Unternehmen der Verlagsgruppe Bertelsmann

Genehmigte, ungekürzte Taschenbuchausgabe 12/97

Umschlagentwurf: Design Team München
Umschlagfoto: Gruner + Jahr/Schultheiß
Satz: DTP-Service Apel, Hannover
Druck: Elsnerdruck, Berlin
Verlagsnummer: 43959
NB · Herstellung: Heidrun Nawrot
Made in Germany
ISBN 3-442-43959-0

5 7 9 10 8 6

Sie schrie: »Nein! Nein! Nein!«, trommelte mit den Fäusten auf die Tischplatte, saß dann wieder stumm, unbeweglich und starrte auf einen hölzernen, vergoldeten Wandleuchter, sprang plötzlich auf, umkreiste den Tisch mit schnellen, plumpen Schritten, blieb abrupt stehen und sagte mit ganz leiser, fast kindlicher Stimme: »Das ist nicht wahr. Das alles ist eine infame Lüge! Ihr wollt mich vernichten! Ihr seid nur neidisch, weil ich so glücklich bin! Ihr gönnt mir nicht das bißchen Luft, um zu atmen! Alles ist Lüge, alles ...«

Sie kam um den Tisch herum, setzte sich wieder und zerwühlte mit beiden Händen ihre seit Tagen nicht gepflegten halblangen, strähnigen Haare. Es sah hilflos aus, armselig, hoffnungslos. Niemand antwortete ihr. In einer Ecke des sonnendurchfluteten Gartenzimmers, von dem der Blick über eine säulengestützte Terrasse in den Park mit Zedern, Pyramidenzypressen, Eukalyptusbäumen und Rosenhecken fiel, auf englisch geschnittenen Rasen, einen blaugekachelten Swimming-pool, eine weiße Gartenhalle mit Korbmöbeln und einen runden Teepavillon, saß in einem mit Brokat überzogenen Sofa eine kleine, schmächtige, spitznasige Frau in einem geblümten Morgenrock. Die grauen Haare hielt ein einfaches rotes Stretchband zusammen. Die Füße steckten in Seidenpantoffeln und wippten hin und her. Um den Hals trug die Dame eine lange Kette: grauschwarze Perlen mit dem matt schimmernden Lüster, der den Preis bestimmte. Der Wert jeder dieser Perlen entsprach dem Jahresgehalt eines griechischen Hafenarbeiters. Mit unruhigen Fingern schlang die Dame die Perlenkette um ihre Hand, entwirrte sie wieder, ließ sie wie einen Rosenkranz durch die Finger gleiten und drückte sie wieder zu einem Knäuel zusammen. Aber sie schwieg.

In einem Sessel nahe der Tür zur Terrasse hockte ein jüngerer Mann im weißen Sommeranzug und blätterte nervös in einem Schnellhefter. Ein anderer Mann saß am Tisch, vor sich eine offene Aktenmappe, und trank aus einem hohen, von der Kälte der Eisstückchen beschlagenen Glas Orangensaft.

»Ich liebe ihn!« sagte sie laut in die quälende Stille hinein. »Nichts weiter. Ich liebe ihn! Das kann mir keiner verbieten! Du nicht, Tante Andromeda, du erst recht nicht, Tyron, die ganze Familie nicht! Auch keiner meiner Direktoren – eher werfe ich sie alle hinaus! – und erst recht nicht das, was man die ›öffentliche Meinung‹ nennt! Ich pfeife auf diese Meinung! Ich lebe *mein* Leben! Und zum erstenmal im Leben liebe ich wirklich. Zum erstenmal bin ich glücklich! Zum erstenmal seit Vaters Tod weiß ich, was Geborgenheit ist. Ihr habt euch nie um mich gekümmert. Ihr habt immer gesagt: Das Kind hat alles, was es will! Puppen mit Dior-Kleidern! Reitponys! Als Geschenk des Königs von Saudi-Arabien eine Jacht, die schönste und größte der Welt. 16 Millionen Dollar hat sie gekostet, 2,6 Millionen jährlich kostet ihr Unterhalt. Wenn wir einkaufen wollten, in Paris oder Monte Carlo, in Rom oder London – ich hatte meinen eigenen Jet! Ich hatte Professoren als Hauslehrer und die besten Skilehrer von St. Moritz. Ich brauchte nur etwas anzusehen, schon gehörte es mir. Aber nie, nie – hört ihr alle?! –, nie hatte ich das, was man zum wirklichen Glück braucht: ein echtes Elternhaus. Die berühmte Nestwärme! Was war das für ein Leben! Papa war immer unterwegs, Mama auch. Vom Stadthaus in New York wurden wir in die Wohnung nach Paris geschickt. Dann ging es weiter nach Athen, später nach Sapharin, von dort in das Schloß an die Riviera, schließlich nach Monte Carlo oder in die Schweiz. Überall und nirgends – das war mein Zuhause!

Die meiste Zeit verbrachte ich auf der Jacht und in meinem Rolls-Royce. Aber jetzt, jetzt habe ich ein Zuhause! Endlich! Endlich!«

»In Moskau!« sagte Andromeda Lakadonis, die Tante. »Eine Zweizimmerwohnung in einem Wohnblock!«

»Ein Paradies!« Sie ballte die Fäuste und schüttelte sie wie wild. »Ein Paradies gegen das, was hinter mir liegt! Ich weiß endlich, daß mich ein Mensch liebt!«

»Ein Russe«, sagte der Mann im Sessel. Er hieß Tyron Spiriades, war fünfunddreißig Jahre alt und Direktor des Konzerns.

»Ein Russe! Ja, ein Russe. Mein ›kleiner Russe‹! Ist ein Russe für euch kein Mensch?!«

»Wenn du wenigstens einen Blick in das Material werfen würdest«, sagte Tante Andromeda.

»Warum? Warum?« Sie trommelte wieder auf den Tisch und warf den Kopf vor und zurück. Es sah hysterisch aus, aber es war nichts als helle Verzweiflung, herausgeschriene Qual. »Lügen des CIA! Alles, was sie sagen, ist Lüge! Der CIA hat immer nur gelogen!«

»Darf ich etwas sagen?« fragte der stille Mann am Tisch.

»Nein!« Wie eine Giftschlange fuhr sie über den Tisch, lag halb über ihm und starrte den Mann haßerfüllt an. Oh, sie konnte hassen! Das hatte sie gelernt. Damit war sie aufgewachsen. Als Kind schon lebte sie mit dem Haß zusammen: Haß gegen die Geliebten ihres Vaters, Haß gegen die Sängerin Irena Palvietti, vor der ihre Mutter Genia weggelaufen war. Haß gegen die zweite Frau, von der alle Welt sprach: Nanette Johnes, die alle Nany nannten – ein Katzenwesen, das alles zerstörte, was in ihre Nähe kam. Haß auch gegen sich selbst, die nicht wußte, wohin sie gehörte, gegen ihren Körper, der anders reagierte als ihr Verstand. Da waren die Abende in Paris und New York, in den Clubs und hinter verschlossenen

Türen, da waren die wilden Partys des Jet-set und das turbulente Dolce vita mit Männern ohne Zahl. Und hinterher die Leere, die grausame Ernüchterung, der angstvolle Blick in den Spiegel: Wer bist du? Du bist, was du bist, nur weil du die Tochter von Stavros Penopoulos bist, die Tochter des Milliardärs. Des Frachterkönigs, des Herrn der Weltmeere. Die Tochter eines Imperiums aus sechzig Schiffen. Ein lebender Goldklumpen für alle die, die dir schmeichelnd zu Füßen liegen oder geduldig das Bett mit dir teilen. Du bist Lyda Penopoulos, der reichlich roh geschliffene größte Diamant der Welt. Eine Milliarde Dollar bist du wert. Wärest du nur tausend Dollar schwer, wer würde dich ansehen? Wer dir Liebe vorheucheln? Wer würde dir alles verzeihen, was du tust, und wäre es noch so verrückt?! Du wirst nur wahrgenommen, weil du Lyda Penopoulos bist!

Haß! Haß überall!

»Nein! Sie dürfen nichts sagen!« schrie sie. »Was wollen Sie hier? Gehen Sie weg! Verschwinden Sie! Ich kann Sie nicht sehen! Sie sind vom CIA!«

»Wenn Daten und Fakten Sie nicht überzeugen – was muß dann noch passieren, damit Sie endlich einen Irrtum einsehen? Ich wiederhole: Nach unseren Unterlagen ist Ihr Mann Boris Jegorowitsch Lobow Mitglied der Kommunistischen Partei der UdSSR, Mitglied des KGB, also des Geheimdienstes, und gegenwärtig als Spezialagent des KGB im Range eines Hauptmanns.«

»Ihre Unterlagen!« Sie lag über dem Tisch und stieß mit der Faust gegen das aufgeschlagene Aktenstück. »Lügen! Fälschungen! Ich brauche nur in Boris' Augen zu blicken, um zu wissen, daß er *nicht* lügt.«

»Eine halbe Wahrheit.« Major Bulder vom CIA blickte über Lyda hinweg in den sonnenglänzenden Park. »Er hat nur ein Auge, das andere ist aus Glas.«

»Sie gemeines Schwein!« sagte sie dumpf. Sie warf sich wieder auf den Stuhl und blickte hinüber zu ihrer Tante Andromeda. »Bring ihn weg! Ich kann nicht mehr atmen! Es kommt mir hoch, wenn ich ihn ansehe!«

»Major Bulder tut nur seine Pflicht.« Tante Andromeda schlang die Perlenkette um ihre Hand. »Wir haben die Unterlagen studiert und hielten es für dringend notwendig, dich nach Athen zu bitten.«

»Bitten? Ihr habt gedroht, mich entmündigen zu lassen! Für verrückt wolltet ihr mich erklären! Mein Erbe, Papas ganzes Lebenswerk, wolltet ihr an euch reißen! Wie lange habt ihr auf diese Gelegenheit gewartet! Wie Geier seid ihr, wie Geier! Meine Liebe zu Boris war für euch nur das ersehnte Signal zum Zuschlagen. Oh, wenn das Papa wüßte!«

»Wenn Stavros noch lebte, hättest du diesen Russen nie geheiratet.«

»Doch! Ich hätte es!«

»Du hättest überhaupt nie die Möglichkeit gehabt, ihn kennenzulernen.«

»Aber ich habe sie gehabt, ich liebe ihn, und ich bleibe bei ihm!« Sie betrachtete Major James Bulder, als sei er ein ekliges, glitschiges Tier. In ihrem Gesicht mit den etwas vorquellenden Augen und der verbogenen Nase zuckte es. Der breite, sinnliche Mund verzog sich in Verachtung. »Der CIA! Der hat nie gelogen, was? Der Bericht über Präsident Kennedys Ermordung war keine Lüge? Und der Bericht über die Ermordung von Robert Kennedy? Alles Wahrheit? Warum wurde der angebliche Mörder Oswald in Gegenwart von einem Dutzend Polizisten umgebracht? Warum starben hintereinander, unter sehr merkwürdigen Umständen, über zwanzig Zeugen, die mehr vom Tod Kennedys wußten als andere? Aber das ist alles nicht wahr! Der CIA hat noch nie gelogen!«

»Es geht hier nicht um Kennedy, sondern um die Unterwanderung eines großen und wichtigen westlichen Wirtschaftssystems durch die Sowjets.«

»Dieses System war das alleinige Eigentum meines Vaters, und es ist jetzt mein Eigentum. Ich kann mit meinem Eigentum und meinem Leben machen, was ich will.«

»Mit Ihrem Leben? Niemand redet Ihnen da hinein. Ihre Monopolstellung als Reeder aber hat auch politische Konsequenzen.«

»Ihr habt Angst vor den Russen!« sagte sie und lachte höhnisch. »Ihr habt alle Angst. Angst vor einem kleinen Russen! Das ist schön! Das gönne ich euch!«

»Boris Lobow ist nichts als ein Befehlsempfänger, ein Rädchen in der großen Maschinerie sowjetischer Expansion. Durch die Heirat mit Ihnen gewinnt der Russe Einblick in die gesamte Schiffsversorgung des Westens. Er lernt sämtliche Handelsverbindungen kennen, die langfristigen Verträge, den Ölnachschub, die internationalen Verflechtungen. Das hat nichts mehr mit Handel zu tun – das ist ein Einbruch der Sowjets in unsere Logistik und unsere Strategie.« Major Bulder wartete, doch Lyda, die Erbin, schwieg verbissen. Aber sie hörte zu. Sie schrie nicht mehr und trommelte auch nicht mehr mit den Fäusten auf den Tisch. Sie starrte auf den vergoldeten hölzernen Wandleuchter und wirkte wie versteinert.

Bulder beugte sich über seine Aufzeichnungen.

»Boris Jegorowitsch Lobow wird zum erstenmal in der Öffentlichkeit bemerkt, als er die Spezialschule für Fremdsprachen in Moskau besucht. Ehemalige Klassenkameraden berichten, daß diese Schule vom sowjetischen Geheimdienst KGB geleitet wird. Alle Schüler wählt der KGB aus. Wer diese Schule verläßt, ist ein Agent des KGB! Lobow machte im Lauf der Jahre eine große Karriere. Das bedeutet, daß er ein lupenreiner Kommunist ist. Von seinem Pariser Büro aus unterstanden ihm alle Geheimdienstagenten an Bord sowjetischer Frachtschiffe, vom größten Handelsschiff und Tanker bis zum kleinsten Fischkutter. Überall fuhren Lobows Leute mit. Sein direkter Vorgesetzter ist Admiral Gorschkow.«

»Glaubst du jetzt?« fragte Tante Andromeda und ließ die Perlenkette durch die Luft kreisen.

»Nein! Boris sagt, es ist alles Lüge. Ich glaube *ihm*!«

Major Bulder hob die Schultern und leckte sich über die Lippen. Jetzt einen dicken Bourbon, dachte er. Pur und eiskalt. Die schlabbrige Orangeade ist zum Kotzen. Wie alles hier in dieser Villa der Milliardäre am Rande von Athen. Jede Viertelstunde donnert eine Düsenmaschine über Haus und Park – der Flugplatz ist ganz in der Nähe –, dann klirren die Fenster, und keiner versteht mehr den anderen. Aber sie bleiben hier hocken, obwohl es sie nur eine Tageseinnahme des Konzerns kosten würde, sich eine andere Villa in friedlicher Gegend zu bauen. Und das alles nur, weil der große Stavros einmal gesagt hat: »Hier höre ich meine Flugzeuge starten und landen. Es ist meine Welt ...« Denn auch die größte private Fluggesellschaft gehörte ihm. Eine verrückte Familie! Wie sonst war es möglich, daß Stavros eine Irena Palvietti zu seiner Geliebten machen konnte! Und wer anders als ein Verrückter konnte Nanette – Nany Johnes – heiraten? Und jetzt hat seine Tochter und einzige Erbin einen Sowjetrussen geheiratet! Die Verrücktheit vererbt sich und potenziert sich sogar.

»Dreimal wurde Lobow von Admiral Gorschkow privat empfangen. Jedesmal bekam er eine Belobigung.« Bulder blickte kurz auf. Lydas haßgefüllte Augen nagelten ihn fest. Hör zu, dachte Bulder. Auch wenn du mich ermorden möchtest: Geheiratet hast du. Mußte das sein? Wenn du Appetit auf so etwas hast, Mädchen, dann hält dich keiner davon zurück, täglich drei Russen zu vernaschen. Zu jeder Mahlzeit einen, und zum Nachtisch noch einen. Aber man heiratet doch nicht gleich! Wo kämen wir hin, wenn jeder für ein Glas Milch gleich die ganze Kuh kaufen müßte? Eine Erbin wie du darf auch im Bett nicht vergessen, daß sechzig Schiffe um sie herumschwimmen, daß eigene Banken ihr Vermögen verwalten, daß eine weltumspannende Handelsunion die Bilanzen der Staaten beeinflussen kann. Du bist eben nicht Lina Muller, sondern Lyda Penopoulos.

»Die Daten stehen fest«, sagte Bulder ruhig. »Lobow erhielt Auszeichnungen in den Jahre 1968, 1974 und 1977. Fällt Ihnen dabei nichts auf?«

»Lassen Sie mich in Ruhe!« keuchte Lyda. »Sie infamer Lügner!«

»1968 heiratete Ihr Vater Nanette Johnes . . .«

»Ich will nichts mehr hören!« schrie die Erbin.

»1974 – Lobow erhielt die Auszeichnung im November – hatte Ihre Familie zwei tragische Schicksalsschläge zu bestehen: Im März 1974 stürzte Ihr Bruder Perikles mit seinem Flugzeug ab –«

»Werft ihn hinaus!« schrie Lyda und preßte beide Hände vor die Ohren. »Werft ihn doch endlich hinaus! Er zieht Perikles in den Dreck!«

Unbeweglich saßen Andromeda und Tyron auf ihren Polstern. Bulder sprach unbeirrt weiter.

»Im Oktober begeht Ihre Mutter Genia, inzwischen mit dem Konkurrenten Ihres Vaters, Pavlos Heraklion, verheiratet, einen geheimnisvollen Selbstmord. Sollte da nicht eine Verbindung bestehen zwischen den Ereignissen in Ihrer Familie und den Belobigungen von Boris Lobow? Durch diskrete Hinweise wurden wir im April 1975 auf das Interesse der Sowjets an der Familie Penopoulos aufmerksam gemacht. Am 19. April wurde Ihr Vater auf seiner Insel Sapharin begraben. Was bei der Auswertung der dabei gemachten Fotos herauskam, war sensationell und alarmierend.« Bulder entnahm der neben ihm auf dem Boden stehenden Aktentasche einen Stapel großer Fotografien. Sie zeigten die Beerdigung von Stavros Penopoulos.

»Ich werde verrückt!« sagte Lyda mit zitternder Stimme. »Ich kann nicht mehr! Warum hilft mir denn keiner? Wollt ihr mich alle umbringen? Ich kann nicht mehr . . .«

Sie sprang auf, preßte die Hände gegen ihre Ohren und rannte hinaus auf die Terrasse. Dort warf sie sich in eine Hollywoodschaukel, preßte ein Kissen über ihr Gesicht und ließ sich hin und her pendeln.

Bulder blickte hinüber zu Andromeda Lakadonis. Sie starrte ihn mit ihrem spitzen Greisinnengesicht erschrocken an. Was Bulder da erwähnte – offenbar gewisse Vorgänge bei der Beerdigung von Stavros –, war auch ihr neu. Tyron Spiriades suchte verstört nach einer Zigarette in seinem Anzug. Schon wieder donnerte ein Düsenriese über sie hinweg zur Landung auf dem Flughafen Hellinikon.

»Was zaubern Sie da noch aus Ihrer Tasche?« fragte Tyron rauh.

»Das Begräbnis fand im engsten Kreise statt. Nur Familie und die besten Freunde. Trotzdem war ein Fremder dabei . . .«

»Unmöglich!« rief Andromeda.

»Die Fotos beweisen es.« Bulder gab der Tante und Tyron je ein Foto. »Wer ist der Mann in der zweiten Reihe hinter Nanette Penopoulos?«

Tyron Spiriades betrachtete das Foto lange. Er dachte nach. April 1975, das war über drei Jahre her. Dann sagte er zögernd: »Ein Bekannter von Nany. Aus ihrer New Yorker Zeit. Er hieß, glaube ich, Spencer Thomson. Ein Amerikaner!«

Bulder nickte bedeutsam. »Ein Russe. Er heißt Pal Diogenowitsch Okoschkin. Seit 1959 ist er immer dort, wo sich die Familie Penopoulos aufhält.«

Mit der Jacht ›Genia‹ war Stavros von Piräus nach Sapharin gebracht worden. Ein Sonderflugzeug seiner eigenen Fluglinie hatte den Sarg von Paris nach Griechenland gebracht, um den letzten Wunsch des großen Mannes zu erfüllen: ein Grab neben seinem Sohn Perikles auf seiner Insel Sapharin.

Die ganze Welt nahm Anteil, nicht allein weil er Stavros Penopoulos hieß und als einer der reichsten Männer dieser Welt galt. Auch nicht, weil er die schöne, gefährliche Witwe Nany Johnes geheiratet und einmal die größte Primadonna des Jahrhunderts, Irena Palvietti, geliebt und dabei beinahe das Glück seiner Kinder und sein riesiges Reederimperium aufs Spiel gesetzt hatte – auch nicht, weil es gerade in der letzten Zeit wie ein Fluch über dieser Familie gelegen hatte und der lebensfrohe Stavros von Jahr zu Jahr mehr in sich zusammengeschrumpft war, woran nicht nur seine unheilbare Muskelkrankheit, die man ›Myasthenie‹ nennt, schuld sein mochte, sondern auch die Erkenntnis, daß Milliarden eine Last sein können. Das alles erregte die Umwelt weniger als die Frage: Wer übernimmt das Imperium des Penopoulos? Die Witwe Nany oder die Tochter Lyda? Noch kannte keiner das Testament außer dem Notar der Familie und den Hinterbliebenen, und von dort sickerte nur Spärliches durch. Von einer läppischen Abfindung der Witwe war die Rede, von einer Stiftung zum Andenken an den toten Sohn Perikles, von einem Konsortium von Direktoren, die das Weltreich des Penopoulos leiten sollten, von einer Vollmacht für seine Tochter Lyda, die die Oberaufsicht behalten sollte, wenn sie sich dazu als fähig erwies. Und man flüsterte von einem unerbittlichen Machtkampf zwischen Witwe und Tochter und von der Forderung Nanys, als letzte Ehefrau auch das Oberhaupt der Familie zu sein.

Der Trauerzug von der Villa auf Sapharin zum Mausoleum im Park war kurz. Lyda hatte sich bis zuletzt in ihren Zimmern eingeschlossen und duldete nur den Besuch ihrer Lieblingstante Andromeda Lakadonis, der jüngeren Schwester von Stavros. In einfachem Schwarz, wie eine Bäuerin wirkend, saß sie am Fenster und blickte in die Weite. Über das Meer, das ihre zweite Heimat gewesen war und das sie oft gehaßt hatte, das sie verfluchte und doch liebte, denn es hatte ihre Familie zersprengt und doch ihrer Familie Milliarden eingebracht.

Sie drehte sich nicht um, als Andromeda hinter ihr stand und mit leiser, versagender Stimme sagte: »Papa wartet auf dich.«

»Wo ist *sie*?« fragte Lyda hart. Die Trauer, die Andromedas Herz so tief bewegte, hatte in ihr alle anderen Gefühle abgetötet. Wie in einem griechischen Drama die Heldinnen – ob Elektra oder Medea, Klytämnestra oder Penthesilea – vor dem Schicksal zunächst versteinern, ehe vulkanisch die Leidenschaft hervorbricht, so war auch Lyda wie erstarrt.

»Sie sitzt an seinem Sarg«, sagte Andromeda zögernd.

»Sie soll weggehen!«

»Lyda, sie war seine Frau!«

»Und sein Unglück! Sein größtes Unglück!«

»Er hat sie einmal sehr geliebt.«

»Und sie hat sich dafür reich bezahlen lassen! *Sie* hat Papa nie geliebt! Nur sein Geld! Nur die Sensation, seine Frau zu sein ...«

»Man kann es auch anders sehen, Lyda. Papa sonnte sich in dem Glanz, sie vor allen anderen Männern erobert zu haben. Die große, schöne, berühmte Nany Johnes. Du weißt: Papa sammelte berühmte Frauen wie andere Porzellan oder Briefmarken.«

»Tritt ihn nur in den Dreck, jetzt, wo er tot ist!«

»Du hast am meisten darunter gelitten.«

»Ich habe unter *ihr* gelitten!«

»Und wie war es bei Irena Palvietti?«

»Vorbei!«

»Du hast ihre Schallplatten zerbrochen, wo immer du sie gefunden hast. Wenn ihre Stimme aus dem Radio kam, hast du den Apparat zertrümmert! Du bist durch die ›Genia‹ gelaufen und hast alle Bilder von ihr ins Meer geworfen. Du hast dich geweigert, ihr die Hand zu geben. Du hättest sie töten können!«

»Sie hat mir Papa weggenommen! Alle haben sie mir Papa weggenommen. Wegen all dieser Frauen blieb ich allein! Aber die Schlimmste ist Nany. Irena – die liebte Papa, weil sie sich selbst nach Liebe sehnte, weil sie auf ihrer Opernbühne genauso einsam war wie Papa mit seinen Millionen. Sie hat sich heruntergehungert von 215 auf 140 Pfund und hat dadurch ihre Stimme verloren. Sie hat alles nur für Papa getan. Aber dann kam sie! Noch schlanker, noch anschmiegsamer, noch raffinierter, noch geiler – und geldgierig bis auf die Knochen! Aber Papa sah das nicht. Für ihn war es ein Triumph! Und bei ihr nichts als kalte Berechnung. Sie hat alle zerstört! Irena, die nie wieder singen kann, Papa, der nie begriff, wie eine Frau für 120 000 Dollar Kleider kaufen kann, mich, die ich nur noch lachen konnte, wenn mich jemand betäubte, mit Alkohol, mit Küssen, mit seinen Händen, seinem Körper! – Warum ist sie noch hier?«

»Sie wird ihren Mann begraben wollen.« Andromeda Lakadonis trat neben Lyda an das Fenster. Vor ihnen lag der rückwärtige Teil des Parks. Der Weg, den der Sarg nehmen würde, war nicht zu sehen. Aber zwischen dem Grün der hohen Bäume schimmerte es weiß. Das Mausoleum. »Das ist ihr Recht und ihre Pflicht«, sagte Andromeda. »Was soll die Welt denken?«

»Sie hat sich nie darum gekümmert, was die Welt denkt. Sie hat immer nur getan, was ihr nutzte.«

Im Glockenturm der neben der Villa gelegenen Privatkapelle begann die Glocke zu läuten. Der Metropolit von Athen und vier Bischöfe beteten für die Seele des Stavros Penopoulos.

»Wir müssen gehen«, sagte die Tante.

Lyda nickte, schlug den schwarzen Schleier über ihr Gesicht, als sei sie die Witwe, und ging langsam zur Tür. Ihr Schritt war nicht demütig. So geht ein Kämpfer auf dem Weg in die Arena.

In der Kapelle kniete die Witwe Nany vor dem mit Blumen überreich geschmückten Sarg. Er war geschlossen worden, nachdem ein griechischer Beamter festgestellt hatte, daß Stavros Penopoulos wirklich tot war. Von irgendwoher aus dem Kapellendunkel hörte man Schluchzen. Die Angestellten des großen Stavros weinten. Sie waren die einzigen, die jetzt noch Tränen hatten. Die Witwe hatte sich zurückgezogen in eine schöne, blasse Versteinerung. »Nie sah sie so schön aus wie jetzt!« telefonierte ein Reporter an seine Redaktion. »Nany stiehlt allen die Schau. Ihre Trauer leuchtet!« Sie blickte nur kurz zur Seite, als sich Lyda neben ihr auf die Samtkissen niederließ und den Kopf senkte. Zwei Frauen im schwarzen Schleier. Zwei Witwen . . .?

»Ich habe Angst«, flüsterte Andromeda ihrem Mann, Archimedes Lakadonis, ins Ohr.

Der Vorsitzende des Direktorenkollegiums der Reederei stand rechts neben ihr, eine lange, dicke Kerze in der Hand. »Sie wird sich benehmen!« zischte er. »Wenigstens beim Begräbnis ihres Vaters wird sie sich benehmen können!«

»Hat Stavros es je gekonnt? Sie ist ganz seine Tochter. Wenn sie es könnte – sie würde Nany jetzt ein Messer in den Rücken stoßen.« Andromeda griff nach ihrer Kerze, zündete sie an der ihres Mannes an und faltete die Hände um den Wachsstock.

Die Stimme des Metropoliten klang dumpf. Es war, als ob die Blumen sie verschluckten.

Dann kamen die schrecklichen Minuten. Acht Freunde der Familie hoben den Sarg vom Podium und trugen ihn hinaus in den Frühlingstag. Ein mit Rosen umkränzter flacher Wagen wartete. Sie hoben den Sarg auf die Plattform und legten einen riesigen Kranz mit weißen und roten Rosen an das Fußende.

Der Kranz der Witwe.

Lyda Penopoulos wartete. Als sich niemand rührte, blickte sie sich um. Die Trauergäste waren aus der Kapelle gekommen und formierten sich zum Zug. Würdevoll schritt der Metropolit voran. Die Sonne glänzte auf seinen reich bestickten Gewändern und auf dem langen weißen Bart. Diener trugen die Kränze der Verwandten und Freunde voraus. Dazu die Kränze der Regierung, Gebinde aus aller Welt, letzte Grüße von dreiundvierzig Staatsoberhäuptern und Regierungschefs, von neunundsiebzig befreundeten Firmen. Um die Kapelle herum stapelten sich die Blumen.

Mit steifen Schritten, wie eine aufgezogene Puppe, löste sich Lyda aus der ersten Reihe und ging zu den vorderen Kränzen. »Gib her!« sagte sie zu dem Diener, der einen großen Kranz mit weißen Rosen umklammerte. Und als der sie sprachlos anstarrte, zischte sie wütend: »Laß los, du Idiot! Den Kranz her! Hörst du nicht?«

Sie bekam den Kranz mit beiden Händen zu packen und drückte ihn an sich. Wiederum mit wie automatisch gelenkten Schritten kehrte sie zu dem Flachwagen zurück, schob den Kranz der Witwe zur Seite und stellte ihre weißen Rosen an den Sarg.

»Jetzt fängt es an«, flüsterte Andromeda entsetzt und hielt

sich an Archimedes Lakadonis fest. »Wir hätten sie für die Dauer der Beisetzung betäuben sollen.«

Die Witwe Nany reagierte nicht. Sie lächelte verhalten, etwas verzerrt, aber fotogen. Auf sie waren die Kameras gerichtet. Nur drei Fotoreporter waren zugelassen. Alle Fotos mußten der Familie vorgelegt und von ihr genehmigt werden, ehe sie in die Welt gingen. Die schönste Witwe des Jahrzehnts. »Ihr trauriges Lächeln war das eines Engels«, schrieb ein Reporter. »Liebe verklärt auch über den Tod hinaus.«

Lyda stand neben Nany. Sie standen allein, sie waren die ersten.

»Warum bist du noch hier?« fragte Lyda leise, aus den Mundwinkeln heraus.

»Er ist mein Mann.«

»Ein Vater ist mehr.«

»Es gibt Töchter, die zerstören ihren Vater.«

»Und es gibt Schlangen, die Gold und Diamanten fressen!«

Die Kerzenträger umringten den Sarg, der Metropolit und die vier Bischöfe nickten. Der Wagen mit dem Sarg setzte sich langsam in Bewegung, rollte, von vier Dienern gezogen, über den Kiesweg durch den Park zum Mausoleum. Die Glocke im Türmchen der Kapelle läutete ununterbrochen.

Friede deiner Seele. Gott wartet auf dich. Der Himmel ist bereit, dich zu empfangen.

Der erste Schritt hinter dem Sarg. Die erste Bewegung. Lyda musterte die Witwe aus den Augenwinkeln.

»Wenn sie jetzt geht, hält Lyda sie fest!« stammelte Andromeda entsetzt. »Mein Gott, was soll man nur tun?«

»Wir gehen zusammen«, sagte in diesem kritischen Augenblick Nany ruhig, fast gleichgültig. »Wir sind die einzigen Frauen, die er wirklich geliebt hat.«

Lyda zog den Kopf ein. Die Ohrfeige verkraftete sie

stumm. Aber ihr Haß wuchs ins Unerträgliche. Sie wagt es, meine Mutter wegzuschieben: Genia, die Papa geliebt hat und daran zerbrochen ist. Sie wagt es in dieser Sekunde, sich über alle anderen Frauen zu erheben!

Der Wagen rumpelte über den Weg. Stumm schritten sie hinter dem Sarg her, nebeneinander. Nany, die Witwe, und Lyda, die Erbin.

Noch wußte es keiner. Noch war nicht bekannt, daß Stavros seiner Frau nur 45 Millionen hinterlassen hatte, daß 52,5 % des Vermögens zum Andenken an den verunglückten Sohn Perikles nach Liechtenstein gingen, in den Fonds einer ›Perikles-Penopoulos-Stifung‹ – daß aber 47,5 % in die Hände Lydas kamen, dazu eine Garantie auf 250 000 Dollar Jahreseinkommen, sowie 75 % Anteil an der Jacht ›Genia‹, an der Insel Sapharin und allen anderen Besitztümern in der Welt. Das Testament des Vaters war klar formuliert: Er legte sein Lebenswerk in die Hände seiner Tochter, nicht seiner Witwe. Der Satz, den Stavros einmal einem guten Freund sagte, stand unsichtbar über dem Testament: »Ich bin ein reicher Mann, aber Nany kann mich arm machen.«

Es wurde noch ein ruhiger Tag, trotz aller Ängste der Familie. Beim Totenessen saßen die beiden Frauen entfernt voneinander; Nany unterhielt sich mit einigen Direktoren und den drei Fotoreportern. Sie lächelte und lachte sogar, als säße sie nicht im schwarzen Schleier in einem Trauerhaus, sondern bei einem Diner im Maxim's. Lyda hockte, von ihrer Familie wie von einem Wall umringt, auf einem Sessel, ganz vorne auf der Kante, wie absprungbereit, und trank ein Glas Champagner.

Der Kampf war vorbei. Aber nicht der Krieg. Der begann erst in den nächsten Tagen, Wochen, Monaten. Der Krieg um die Milliarden, um die Führung, um die Erhaltung des Imperiums. Wie hatte Nany Penopoulos einmal gesagt: »Von alldem verstehe ich nichts. Das ist Männersache. Ich bin eine Frau. Nur eine Frau.«

Aber aus der Männersache wurde das Erbe einer Frau.

Lyda Penopoulos wartete nicht ab, bis die Witwe die Tafel verließ. Sie stand auf und ging grußlos hinaus. Allein stieg sie die Treppen hinauf zu ihren Zimmern, verriegelte die Haupttür und setzte sich in ihrem Salon vor die Bildergalerie ihres Schreibschränkchens. Vom Meer wehte ein kühler Wind ins Zimmer, die Gardinen bauschten sich, es roch nach tausend Blüten, als hätten die Mauern den Duft der Kränze aufgesogen. Fotos. Aus New York, Paris, Monte Carlo, Athen, London, an Bord der ›Genia‹, die jetzt ›Lyda‹ hieß. Fotos aus allen Jahren ... Stavros mit seinem Sohn Perikles und der kleinen Lyda. Stavros mit Lyda im Rolls-Royce. Stavros mit Lyda im Maxim's. Stavros in viel zu langen Schwimmhosen, aber glücklich lächelnd, mit Lyda am Strand von Sapharin – überall und immer Stavros Penopoulos. Der vergötterte Vater. Das Vorbild. Der ewig Herumreisende, Ruhelose, Geldverdienende. Die Jagd nach einem Lächeln von ihm, nach einem Kuß, nach einem Streicheln, nach ein paar Worten, die nur ihr gehörten, nach Verständnis für kleine Sorgen, Hilfe bei großen Sorgen. Liebe ... Liebe ... nichts als Liebe, ganz einfache Liebe ... Vater, ich habe mich so danach gesehnt ...

Sie saß vor den Bildern, faltete die Hände, warf mit einer Kopfbewegung den schwarzen Schleier von ihrem Haar und legte sich weit zurück.

Jetzt erst weinte sie.

Ein verschlüsseltes Telegramm – getarnt als ein Gedicht von Byron – von Athen, Hauptpostamt, nach Paris, an einen Monsieur René Lablanc. Entschlüsselt hieß es:

»Meldung an Zentrale: Die Familie Penopoulos bricht auseinander. Lyda wird als Erbin die Geschäfte ohne Nany führen. Die gesamte Verantwortung wird in ihren Händen liegen. Es ist abzusehen, wann Nany entmachtet ist. Ansatzmöglichkeiten sind jetzt günstiger denn je.

P. D. Okoschkin.«

Von Paris flog das Telegramm mit einem anderen Textschlüssel nach Moskau. Drei Stunden nach der Aufgabe in Athen hielt Oberst Pujatkin, Leiter der Abteilung Sonderaufgaben II, die Meldung in den Händen. Die Zerstörung der Familie Penopoulos vollzog sich reibungslos. Man brauchte nicht viel nachzuhelfen. Nur ein paar Wunden schlagen; den Pfeffer streuen sie sich selbst ins Fleisch. Man brauchte nur zu beobachten und bei einigen Dingen nachzuhelfen. Und *Zeit* mußte man haben, viel Zeit – eine russische Spezialität.

Oberst Pujatkin war sehr zufrieden mit Pal Diogenowitsch Okoschkin. Er rief ihn aus Athen zurück und ließ aus Paris Boris Jegorowitsch Lobow nach Moskau kommen.

Mißmutig kam James Bulder in die US-Botschaft zurück, löste die Kette seiner Aktentasche vom Handgelenk und warf die Tasche auf den Tisch. »Einen Bourbon!« sagte er. »Eine ganze Flasche! Als ob ich Sand gefressen hätte . . .«

Robert Hermans, Militärattaché der Botschaft, griff in seinen Schreibtisch und warf Bulder eine halbgefüllte Flasche zu. Ihr folgte eine Schachtel Zigaretten. Dann die Streichhölzer. Bulder fing alles auf und ließ sich in einen Sessel fallen.

»Wie reagiert sie?« fragte Hermans.

»Scheiße! Sie ist das hysterischste Luder, das ich kenne. Sie will nicht. Sie schreit: ›Nein, nein, nein!‹, hält sich die Ohren zu und läuft weg. Sie liebt diesen Russen!«

»Sie hat schon viele geliebt. Sie ist eine Erotomanin! Sie liebt spontan bis zum Exzeß. Was hat eine Kusine von ihr gesagt? ›Am Vormittag verliebt sie sich in ihren Gymnastiklehrer, am Mittag in ihren Musiklehrer, am Nachmittag in den Friseur und am Abend in ihren Begleiter.‹ Das war schon auf dem College so! In New York und in Lausanne kann man ganze Arien davon singen.«

»Sie war immer allein mit sich und ihren Problemen und suchte Liebe – so sagt *sie* es.« Bulder trank aus der Flasche und atmete tief durch. »Der Russe gibt ihr alles: Liebe, väterliche Geborgenheit, Verständnis, das einfache Leben eines Menschen, der nichts als Mensch sein will. Das hat sie bis jetzt vergebens gesucht.«

»Und dazu muß sie nach Moskau heiraten!« Hermans beugte sich vor. »Was sagte sie zu den Beweisen gegen Lobow?«

»Sie hält uns die Kennedy-Morde vor und schreit, wir seien alle infame Lügner. CIA ist für sie nicht glaubwürdig.«

»Du lieber Himmel! Wir können alles belegen!« Hermans sprang auf. »James, hast du ihr klargemacht, worum es geht? Durch Lobow kann der Russe mit einem Schlag einen großen Teil des westlichen Energienachschubs steuern! Es gibt zwei Möglichkeiten, die zu einer Katastrophe werden können. Erstens: Sie schließt Exklusivverträge mit den Russen, entläßt ihre Mannschaften und heuert nur noch sowjetische Seeleute an. Zweitens: Sie kann, dazu hat sie die Macht, die gesamte Flotte an die Russen verkaufen und nur noch die liebende Ehefrau spielen. In beiden Fällen tritt uns der Russe voll in den weichen Unterleib!«

»Die Familie Penopoulos begreift es!« Bulder steckte sich eine Zigarette an und inhalierte die ersten Züge wie ein Haschprofi. »Aber Lyda sagt nur: ›Alles Lüge. Ich habe mit Boris gesprochen. Er weint am Telefon!‹«

»Der gute Junge weint! Ein KGB-Hauptmann!« Hermans schlug mit der flachen Hand auf den Tisch. »Das Söhnchen versteht sein Handwerk! Er hat den richtigen Hobel angesetzt, im doppelten Sinn! Man muß ihr doch begreiflich machen, daß hier ein perfektes Spiel, mit dem Bett als Bühne, gespielt wird!«

»Sie wird es nie begreifen, Bob! Zum erstenmal weint ein Mann um sie. Bisher hat immer nur sie um einen Mann geweint. Allein das ist für sie ungeheuerlich!«

»Nur Theater!«

»Wie kann sie das glauben? Sie ist betäubt von dieser Liebe. Hast du schon mal einen Menschen im LSD-Rausch gesehen?«

»Geschenkt, James.« Hermans winkte ab. »Uns interessiert nicht der Hormonspiegel der Erbin, sondern was an Auswirkungen für die ganze westliche Welt durch diese Russenhochzeit entstehen kann. Versuchst du es morgen noch einmal?«

»Man wird mich nicht mehr zu ihr lassen.« Bulder nahm abermals einen langen Schluck Bourbon. »Die einzige Hoffnung ist die Tante.«

»Das Sternbild?«

»Andromeda, genau«, sagte Bulder geduldig. »Lyda hat vorhin mit Moskau telefoniert und zu Lobow gesagt: ›Ich komme bald zurück. Ich liebe dich!‹ Und sie fährt zurück nach Moskau!«

»Wie ist es mit einer Entmündigung?«

»Aussichtslos.«

»Die Ehe wird doch nicht anerkannt.«

»Der clevere Junge Lobow ist auch bereit, sich in Griechenland nach griechisch-orthodoxem Glauben kirchlich trauen zu lassen. Für eine Milliarde und sechzig Schiffe . . . da werde selbst ich noch Buddhist!« Bulder schüttelte den Kopf. »Die Sache ist verfahren, Bob! Uns hilft nur weiter, wenn es uns gelingt, Lyda mit Beweisen zu überzeugen. Noch ist Lobow der stille, zurückhaltende, seelenvolle ›kleine Russe‹, der sich mit Kinderaugen wundert, weshalb man von seiner Hochzeit ein solches Aufheben macht. Aber das wird sich ändern, sobald er Lyda fest im Griff hat. Dann wird er handeln, wie es der KGB befiehlt. Dann zieht Moskau den betäubenden Liebestrank zurück. Und dann wird auch Lyda wieder sehen lernen.«

»Aber zu spät für den Westen.«

»Das müssen wir eben im Griff behalten.« Bulder nahm den dritten tiefen Schluck. »Die Liebe der Erbin zu ihrem Russen ist monumental. Wenn diese Liebe zusammenbricht, gibt es nur drei Möglichkeiten: Entweder sie tötet Lobow. Oder sie tötet sich selbst. Oder sie wird wahnsinnig. Einen freundlicheren Ausweg gibt es nicht mehr.«

»Das wird eine griechische Tragödie...«, sagte Hermans.

»Sie ist es bereits, Bob!« Bulder hob die Beine auf den Tisch. Der Bourbon machte ihn froh und leichtgewichtig. »Die Familie Penopoulos hat das Zeug in sich, einen neuen Homer zu unerhörten Gesängen zu inspirieren. Die Odyssee wäre dagegen nur Limonade.«

Das Gebäude des KGB ist kein Bauwerk, vor dem man ehrfürchtig stehenbleibt. Es ist eher dazu angetan, schnell an ihm vorbeizugehen. Ein riesiges Eckhaus im klassizistischen Stil, sieben Stockwerke über der Erde und sieben Kellergeschosse unter der Erde, mit schalldichten Zellen für vierhundert Menschen, Zellen, die nur selten jemand als freier Mensch verlassen hat.

Hier ist die Zentrale aller Geheimdiensttätigkeit untergebracht, wo immer in der Welt aus politischen Gründen gemordet, sabotiert, spioniert und konspiriert wird. Zweieinhalb

Millionen Menschen arbeiten hauptberuflich für das ›Komitee für Staatssicherheit‹ – das bedeutet KGB, davon 90 000 allein im westlichen Ausland als Agenten. Der Jahresetat des KGB beträgt 20 Milliarden Mark, das ist mehr als der Gesamtetat mancher Staaten.

Von 1917, als Lenin den Geheimdienst gründete und ihn ›Schwert und Schild der Sowjetunion‹ nannte, bis heute sind vom KGB nach grober Schätzung 35 Millionen Menschen ermordet worden. Überall findet man die KGB-Agenten, getarnt als biedere Diplomaten, Kaufleute, Journalisten, Delegierte, Verbandsabgeordnete, Sportler.

Über dieses Haus, durch diese Büros in den sieben Etagen, über die Schreibtische der Offiziere laufen die Verbannungen ohne Wiederkehr nach Sibirien, in die Bergwerke und Holzfällerbrigaden, in die Steinbrüche, werden die Einweisungen in die Irrenhäuser unterschrieben, stellt man die Protokolle her von den Vernehmungen in den sieben Kellerstockwerken, die alle Schreie ersticken.

KGB – das ist nicht irgendeine Dienststelle. Das ist eine Spinne mit Millionen Augen und Millionen Giftstacheln.

Boris Jegorowitsch Lobow hatte seinen Wolga-Wagen an der Ecke geparkt und ging über die Straße. Er blieb stehen und ließ den Blick die Fassade des KGB-Hauses hochgleiten, bis zum vierten Stock, sechstes Fenster von rechts. Das war Pujatkins Zimmer. Ein nüchterner Raum, in dem schon über viele tausend Schicksale entschieden worden war.

Auch über meins, dachte Lobow, der Ehemann einer Milliardenerbin.

Er passierte die Kontrollen ohne Aufenthalt. Die wachhabenden Beamten kannten ihn, nickten ihm zu, einer kam sogar auf ihn zu und drückte ihm die Hände.

»Viel Glück, Boris Jegorowitsch. Viel Glück! Nun hast du ausgesorgt. Wo geht denn die Hochzeitsreise hin? Nach Sibirien – stimmt das? Mach aber um die Lager einen Bogen, Brüderchen, damit dein schwarzes Vögelchen nicht erschrickt. Ich würde nach Grusinien fahren oder auf die Krim. Aber das kennt sie ja schon. Sieht auch nicht anders aus als bei ihr an der Riviera. Ist schon richtig – fahr nach Sibirien. Sibirien ist Rußland, wie sie es sich im Westen vorstellen.« Der Mann lachte wohlwollend, drückte noch einmal Lobows Hände und strahlte ihn leutselig an. Lobow blieb kühl.

»Ich liebe sie wirklich«, sagte er, während der freundliche Mensch noch immer seine Hand schüttelte. »Ihr seht das alles ganz falsch.«

»Milliarden Rubel kann man nicht übersehen, Genosse.«

»Mich interessieren keine Geldberge.«

»Aber uns, Boris Jegorowitsch.« Der nette Mensch, der allmählich lästig wurde, klopfte Lobow auf die Schulter. »Gut hast du das gemacht. Du gehst jetzt zu Pujatkin?«

»Ja«, sagte Lobow verschlossen.

»Eine Medaille wird fällig sein, wetten wir? Oder die Beförderung zum Major. Du machst Karriere, Genosse!«

Lobow ging weiter, fuhr mit dem Lift in die vierte Etage und meldete sich bei der Sekretärin an. Ljuba, ein blondes Mädchen mit wasserhellen Augen und einem Schmollmund, der zum Küssen reizte, hätte ihn vor Begeisterung am liebsten umarmt. Sie beherrschte sich aber, strahlte Lobow nur aus großen Augen an und leckte sich die Lippen.

»Gratuliere, Genosse!«

»Danke.« Lobow zeigte auf die Tür im Hintergrund. »Ich werde erwartet.«

»Es war eine schöne, schlichte Hochzeit.«

»Wir wollten es so.«

»Haben Sie schon eine Wohnung gefunden?«

»Noch nicht.«

»Es wird auch nicht leicht sein. Sieben Zimmer will sie

haben, stimmt das? In Moskau? Wo gibt es für zwei Personen eine so große Wohnung? Sie sollten sich eine Datscha bauen. Die paar Rubelchen merkt sie gar nicht.«

»Wir werden einfach leben«, sagte Lobow, mühsam beherrscht. »Wir machen uns nichts aus Luxus. – Der Oberst wartet auf mich!«

»Sofort.« Ljuba drückte auf einen Knopf und sagte mit ›amtlicher‹ Stimme: »Der Genosse Lobow.« Da keine Antwort erfolgte, nickte sie zur Tür. »Gehen Sie hinein. Er ist schlechter Laune. Aber Sie werden ihn aufheitern. Glückliche Menschen sind wie kleine Sonnen.«

Oberst Pujatkin saß hinter seinem Schreibtisch unter den Bildern von Lenin und Breschnew, hatte einen Stapel ausländischer Zeitungen vor sich liegen und sortierte sie nach den Überschriften. Von jeder Titelseite sprang Lobow der gleiche Name entgegen: Lyda. Ab und zu sah er auch seinen Namen und ein Foto von sich und Lyda. Vor dem Moskauer Heiratspalast – beim Besteigen des Autos – Schnappschuß von einem Bummel durch Moskau . . .

»Sie sind wie die Hetzhunde, die Reporter«, sagte Lobow. »Sie lauern überall. Was geht die Welt unsere Hochzeit an? Bin ich mehr als Iwan oder Andrej um die Ecke?«

»Boris Jegorowitsch, nehmen Sie Platz«, sagte Oberst Pujatkin ernst. »Sehen Sie sich diese Zeitungen an! Nicht ein gutes Wort über Sie! Massive Angriffe und Anschuldigungen. Unser Gegner hat die Offensive eingeläutet. Der CIA versorgt den Westen mit gezielten Informationen.« Er sah Lobow an. »Wie erklärt es sich, daß man weiß, welche Aufgaben Sie in Paris zu erledigen hatten? Der CIA hat eine ganze Liste über Sie veröffentlicht. Zu unserem Leidwesen stimmt sie!«

»Ich weiß.« Lobow blickte auf die Zeitungen. »Lyda hat mit mir telefoniert. Sie glaubt nichts. Sie hält zu mir. Sie kommt wieder nach Moskau.«

»Sie haben alles abgeleugnet?«

»Ja.«

»Mit Erfolg?«

»Es scheint so. Wenn sie nach Moskau zurückkommt, habe ich gewonnen. Wir holen dann die Hochzeitsreise nach. Später wird keiner mehr darüber sprechen.«

»An frommen Wünschen fehlt es nicht.« Oberst Pujatkin lehnte sich zurück. Er war ein Mann Mitte der Fünfzig mit einem runden Schädel, der unaufhaltsam kahl wurde. Er kämpfte dagegen mit Birkenwasser und Gesundheitsölen, aber es nutzte nichts. Jeden Tag hingen mehr Haare im Kamm. Das deprimierte ihn zutiefst, wer versteht das nicht? Doch sein Kummer wirkte sich auch auf seinen Dienst aus: War er früher von einer gefährlichen Jovialität, die über seine unbestrittene Macht hinwegtäuschte, so wurde er mit zunehmendem Haarausfall muffeliger, ungenießbarer und manchmal geradezu ekelhaft. »Der Beschuß wird andauern, Boris Jegorowitsch, man erwägt die Entmündigung.«

»Damit kommen sie nie durch!«

»Im Athener Ministerium für Handelsschiffahrt sitzen seit Wochen Experten über juristischen Plänen. Sie überlegen, wie man von Staats wegen einen Einfluß der Sowjetunion auf den Penopoulos-Konzern verhindern kann.«

»Das ist nicht möglich. Lyda allein bestimmt, was geschieht!«

»Aber es gibt den Begriff der ›verminderten Geschäftsfähigkeit‹. Der genügt, um Lyda zu entmachten. Das entscheiden nicht wir, sondern griechische Gerichte! Unter ›verminderter Geschäftsfähigkeit‹ kann man zum Beispiel verstehen, daß man von Moskau aus nicht die Geschäfte führen kann.«

»Dann ziehen wir uns nach Paris oder Monaco zurück.«

»Welche Wonne für den CIA!« Pujatkin wippte aggressiv mit dem Stuhl. »Das ist kein Ding, das wir in offener Feldschlacht ausfechten wollen, Boris Jegorowitsch. Aber die Panne ist da! Der Gegner kennt Sie. Ob es Ihre Frau nun glaubt oder nicht! Sie sind zur Zielscheibe geworden! Ich muß Ihnen den Vorwurf machen, daß Sie in Paris nicht die unbedingt erforderlichen Vorsichtsmaßnahmen beachteten. Wie kann der CIA wissen, daß Sie dreimal mit Admiral Gorschkow zusammentrafen? Sie sind beschattet worden, Boris, und haben es nicht gemerkt! Schlimmer noch: Sie setzen jetzt ein Puzzle zusammen und rechnen genau aus, welches Ereignis in der Familie Penopoulos Ihnen eine Belobigung einbrachte. Wenn der Gegner das geschickt aufbaut, ist unsere Position sehr schief. – Was sagen Sie dazu, Boris Jegorowitsch?«

»Wir sollten abwarten und ganz still sein, Genosse Oberst!« Lobow blickte auf Lenins Bild, das über Pujatkins beginnendem Kahlkopf hing. »Die Aktion Penopoulos erstreckt sich über zwanzig Jahre. Was machen da schon zwei oder drei Jahre mehr aus? Ich brauche auch Ruhe . . .«

»Ach!« Pujatkin grinste augenzwinkernd, »ist sie so anstrengend, was? Nach ein paar Tagen fallen Sie schon zusammen, Boris? Ein sportgestählter Mann wie Sie – ich hätte Ihnen mehr Ausdauer zugetraut. Wo soll das noch hinführen? Das wäre für den Westen wohl die eleganteste Lösung aller Probleme: Lyda entnervt Sie völlig, bis Sie an einem Schwächeanfall sterben. Das können Sie uns nicht antun!«

»Ich liebe sie«, sagte Lobow.

Pujatkin wippte nach vorn und stieß mit seinem Bauch gegen die Tischkante. »Wiederholen Sie das, Genosse! Ganz langsam. Meine Ohren sausen . . .«

»Ich liebe Lyda Lobowa, meine Frau.«

»Aha!« Pujatkin sah Lobow mit ehrlicher Verblüffung an. »Man gewöhnt sich daran, in Millionen zu denken . . .«

»Das Geld interessiert mich nicht.«

»Laut Testament des alten Stavros stehen Ihnen als Ehemann jährlich 150 000 Dollar zur Verfügung.« Pujatkin lachte verhalten. »Der gute Penopoulos kannte sein Töchterchen. Wer im Bett aushält, muß ein Pflaster dafür bekommen. Schwache Knie mit Geldscheinen umwickeln – das soll eine gute Therapie sein ...«

»Genosse Oberst, ich habe den Eindruck, wir reden aneinander vorbei.«

»Seien Sie still, Boris Jegorowitsch.«

»Ich meine es ehrlich. Ich liebe meine Frau. Ob sie Penopoulos heißt, oder ob ich sie aus einer Kolchose vom Traktor geholt habe – für mich ist das gleich. Wir haben nur ein Ziel: glücklich zu werden. Ein großes Ziel, wir wissen es beide. Darum werden wir kämpfen.«

»Lobow, Sie sollen den Mund halten.« Pujatkin schichtete mit beiden Händen die ausländischen Zeitungen zu einem Stapel. »Ich verrate Ihnen nichts Neues, wenn ich Ihnen sage, daß Sie einer meiner liebsten Offiziere sind. Daß ich wie ein Vater für Sie empfinde. Nichts gegen Ihre Mutter Maja Gawrilowna. Eine gute, feine Frau. Sie hat alles für Sie getan, nachdem Ihr Vater Jegor Andrejewitsch 1944 bei Borissow von den Deutschen erschossen wurde. Aber seien Sie ehrlich, Boris: Wer hat erst aus dem schmächtigen Jungen einen Mann mit Verantwortungsbewußtsein gemacht? Der KGB! Und ich! Ich habe Ihr Talent frühzeitig erkannt.«

»Das ist richtig, Genosse Oberst.«

»Und da kommen Sie jetzt und verdrehen die Augen und stottern: ›Ich liebe meine Frau Lyda Lobowa!‹ Wo soll das hinführen, Boris?! Natürlich sollen Sie die Erbin lieben – aber mit nüchternem Verstand. Jede Nacht einen Schritt dem Ziel näher! Jede Umarmung eine Stufe weiter. Jeder Kuß eine Niete, mit der Sie unseren Einfluß festigen. Das ist ein Kampf, Boris! Und Sie haben ihn übernommen!«

»Vor zwei Jahren sah alles anders aus.« Lobow senkte den

Kopf und blickte auf den Boden. Das sommerliche Licht, das über Moskau lag und eine drückende Wärme in den Straßen staute, ließ seine blonden Haare schimmern. Ein netter Mensch, dachte Pujatkin. Manchmal sieht er sogar schön aus. Aber wenn er jetzt anfängt, labil zu werden, muß man ihn wieder fest in der Erde verankern.

»Vor zwei Jahren«, sagte Lobow nachdenklich, »war Lyda für mich nur ein typisches Produkt des Kapitalismus. Ich kannte sie ja nur aus den Zeitungen ...«

Kostas Portales, Pariser Direktor der ›Penopoulos-Linie‹, hatte keine guten Nachrichten. Wie jeden Morgen, wenn Lyda in Paris weilte und den Konzern statt von Monte Carlo von der Avenue Foch aus leitete, war er zum Vortrag gekommen.

Was niemand geglaubt hatte, hatte sich fast über Nacht als eine erstaunliche Tatsache erwiesen: Mit dem Tode ihres Vaters Stavros war seine Tochter Lyda, die alleinige Erbin, nachdem die Witwe Nany sich grollend zurückgezogen und die Drohung, das Testament anzufechten, sich als unwirksam erwiesen hatte, in die Leitung des Riesenunternehmens eingetreten, als habe sie bisher nie etwas anderes getan.

Der Tod ihres Bruders Perikles, an dem der alte Stavros bald zerbrochen wäre, denn all seine Hoffnungen hatte er auf seinen Sohn vereinigt, rief Lyda aus dem süßen Leben, das sie bisher geführt hatte, in das Elternhaus zurück. Mit 23 Jahren begann sie ihre ›Lehre‹, assistierte dem Vater in New York, saß in Monte Carlo, der geistigen Schaltzentrale der Penopoulos-Gruppe, zehn, zwölf Stunden ohne Ermüdungserscheinungen in ihrem Büro und arbeitete sich in ein Imperium ein, welches so weit verteilt und vielfältig verknüpft war, daß es jedem Außenstehenden die Möglichkeit verwehrte, auch nur annähernd das Vermögen des alten Stavros zu schätzen.

Trotzdem sagte man bei den Direktoren: Wenn der Alte einmal nicht mehr ist, wird man sich Gedanken machen müssen... Eine Frau wie Lyda an der Spitze – das wäre ein langsamer, aber nicht aufzuhaltender Untergang. Vom Vater hat sie viel geerbt, vor allem die Ausdauer, den Jähzorn, die Unberechenbarkeit. Aber nicht das unternehmerische Genie. Wer als kleiner Griechenjunge mit geliehenen Dollars angefangen hat und dann zu einem der reichsten Männer der Erde wurde, der ist nicht kopierbar, den kann man nicht ersetzen. Zudem war die wirtschaftliche Lage anders als in den Gründerjahren. Das Geld wurde knapper, die Preise wurden immer mehr gedrückt, die Konkurrenz, vor allem aus Japan, stieß mit Kampfpreisen in die Märkte vor. Der Expansionsboom erlahmte. Man mußte rationalisieren.

In dieser kritischen Phase der Weltwirtschaft, einer globalen Rezession, starb der alte Stavros. Müde, von seiner Muskellähmung fast zur Unkenntlichkeit entstellt, resignierend an der Seite seiner schönen, lebenslustigen Frau, die es fertigbrachte, an einem Vormittag in der Rue Faubourg St.Honoré in Paris bei einem der großen Couturiers 60 000 Dollar umzusetzen in Kleider und Mäntel, Schuhe und Accessoires, die sie dann nur einmal trug – oder gar nicht. »Sie ist eine Nymphomanin des Kaufens!« hatte Stavros einmal gesagt. »Aber ich kann ihr nichts verbieten! Wer könnte Nany etwas verbieten?« Als er starb, hinter zugezogenen Gardinen in einem Krankenzimmer, das kleiner war als die Kammern seiner Diener, war auch seine Zunge schon gelähmt, und er konnte nicht mehr sagen, was er seit Monaten bedrückt dachte: Vertragt euch! Das Leben ist kurz. Ich habe es genossen, aber jetzt, da es zu Ende geht, sehe ich, wie vieles ich falsch gemacht habe. Milliarden sind nicht alles. Freilich, wer sie nicht hat, beneidet uns darum. Aber wer sie hat, bricht darunter zusammen. Ich möchte noch einmal ein einfacher griechischer Bauer oder Fischer sein und am Strand einen Sirtaki tanzen, so wie Alexis Sorbas im Film. Das war schön. Das war Glück. Da war man ein Mensch. Vertragt euch ...

Sie hatten sich vertragen, Lyda, die Erbin, und Nany, die Witwe. Ein Vertragen auf Dollarbasis. Das Testament des alten Stavros war klar und unanfechtbar. Es sorgte vor allem für die Erhaltung seines Lebenswerkes, stellte seine Tochter finanziell sicher und verrammelte gleichsam sein Erbe vor dem Zugriff des Johnes-Clans in Amerika. Am 3. Januar 1974, in einem Flugzeug zwischen Acapulco und New York, schrieb er seinen Letzten Willen auf: 59 Schiffe, drei Inseln, Raffinerien und Werften, Lebensmittelfabriken und Industriebetriebe, zahlreiche Liegenschaften und das modernste und schönste Hochhaus in New York, eine Sinfonie in Beton, Glas und Marmor, vermachte er seiner Tochter Lyda. Für Nany, seine Frau, sorgte er großzügig durch eine Rente, eine Abfindung und durch kleine Minderheitsbeteiligungen: ein Butterbrot im Vergleich mit dem Riesenerbe Lydas.

Die Firma ist alles. Eine Frau kann man auswechseln und auszahlen. Wer das nicht einsieht, hat Stavros Penopoulos nie begriffen.

Die Witwe Nany sah es ein. Sie war klug genug, den Haß der Erbin nicht noch zur hellen Flamme zu schüren. Sie begnügte sich, aber sie rächte sich auf ihre Weise. Als schöne Witwe tauchte sie wieder in den lebenslustigen Kreisen auf, tanzte und lachte und ließ das Gerücht unwidersprochen, daß sie viel nachzuholen habe.

Kostas Portales betrat mit sorgenvoller Miene Stavros' großes Arbeitszimmer, in dem jetzt seine Tochter residierte. In einem einfachen Baumwollkleid saß sie hinter dem riesigen Schreibtisch, ein wenig verloren, aber mit wachen Augen, immer sprungbereit, wie eine Tigerin, die sich umzingelt sieht. Stets lag Mißtrauen in ihrem Blick. Zwar hatte gerade Kostas

Portales von ihr gesagt: »Das Mädchen ist brillant! Ich vertraue ihrem Einfühlungsvermögen mehr als meiner Intelligenz, ja sogar mehr als der Intelligenz ihres Vaters. In wenigen Jahren wird sie einer der besten Schiffahrtsexperten der Welt sein und ohne den Rat alter Glatzköpfe auskommen.« Aber dagegen stand ein Artikel in einer großen griechischen Wochenzeitung, und Lyda vermutete, daß er von dem Club ihrer Direktoren in Athen inspiriert war. Man schrieb: »Sie ist hart und zynisch, nervös und explosiv. Sie ist unstet und schwankend wie ein Supertanker ohne Ballast. Welten trennen sie von ihrem Vater. Stavros kam von ganz unten – sie kommt von ganz oben. Ihr Vater konnte mit seinen Seeleuten saufen und fluchen. Das kann sie nicht.«

Das blieb in ihr haften, war ein schmerzender Stachel in ihrem Fleisch. Aber sie hatte es erwartet. Gleich nach dem Tod des Vaters und der Eröffnung des Testaments rief sie alle Direktoren und Berater des Konzerns nach London. In einem schwarzen, einfachen Kleid, fast wie eine griechische Bäuerin aussehend, trat sie vor die Führer des Imperiums hin und sagte mit fester Stimme: »Ich bin zwar eine Frau, aber zugleich bin ich eine Penopoulos! Von nun an haben Sie alle Entscheidungen bei mir einzuholen.«

»Bravo«, hatte damals Kostas Portales gemurmelt. »Du bist eine gute Schülerin – von mir. Nur weiter so, kleine Lyda! Zeig ihnen, was eine Erbin ist.«

Seither hatte sich vieles geändert.

Sie hatte zum zweitenmal geheiratet, den Bankier Alexander Kampanos. Und auch diese Ehe war schon nach wenigen Monaten gescheitert, weil auch Kampanos ihr nicht geben konnte, was sie so verzweifelt suchte, seit sie denken konnte: Wärme, Geborgenheit, Liebe. Einen Platz zum Ausruhen. Eine Hand, die Sorgen wegstreichelt. Eine Stimme, die sie in den Schlaf wiegt. Einen Mann, der Vorbild ist.

Wie immer, wenn sie die Nähe eines Mannes suchte, scheiterte sie auch hier an ihrem Vaterkomplex. Zwar war die Ehe noch gültig, aber zu sagen hatte man sich nichts mehr. Man lebte getrennt. Kampanos meistens in Athen, Lyda in New York, Paris, Monte Carlo oder auf ihrer Jacht. Ab und zu auch auf Sapharin. Dort saß sie dann vor den Sarkophagen ihres Vaters und ihres Bruders Perikles, sprach mit den Toten und weinte und kam doch immer wieder gestärkt zurück zu den Befehlszentralen ihres Konzerns.

Kostas Portales deutete eine höfliche Verbeugung an und trat näher. Er setzte sich auf den Lederstuhl vor dem Schreibtisch und legte die Mappe auf die polierte Mahagoniplatte.

»Schlecht?« fragte Lyda. Ihre Lippen zeigten ein etwas verkrampftes Lächeln. »Aber Sie haben eine Lösung, Kostas, nicht wahr? Wieviel Schiffe liegen still?«

»Sechsundzwanzig, Lyda.«

»Fast die Hälfte!«

»Die weltweite Ölsparwelle. Die Antwort auf die arabischen Erpressungen mit dem Erdölpreis. Die Japaner haben die Frachtsätze schon wieder gesenkt, dank staatlicher Subventionen. Es wird lebensgefährlich, jetzt Reeder zu sein.«

»Wir müssen uns angleichen, Kostas.«

»Dann setzen wir bei jedem Schiff Hunderttausende zu.«

»Das müssen die anderen Betriebe herauswirtschaften. Das ist nur ein vorübergehender Zustand. Die Wirtschaft kann nicht immer auf Sparflamme kochen; das würde weltweite Arbeitslosigkeit und große Krisen bedeuten. Wir müssen so viel Luft haben, daß wir die Durststrecke überstehen. Ich motte die Schiffe ein und schäle sie wieder heraus, wenn der Handelskrieg vorbei ist.«

»Für neun Schiffe bietet sich ein neuer Partner an ...«, sagte Kostas zögernd. »Heute morgen rief er an, ich bekam das Gespräch durchgestellt. Es klingt interessant.«

»Dann her damit!« Lyda nickte ihrem Lehrmeister freudig zu. »Neun Schiffe, Kostas! Voll ausgelastet?«

»Voll! Ein Zweijahresvertrag.«

»Und warum zögern Sie noch?«

»Ich habe Bedenken.«

»Drücken sie den Preis so tief? Dann eben nicht, lieber motte ich ein.«

»Der Anrufer akzeptiert unseren Preis. Er handelte nicht einmal, er wollte keine Rabatte, keine Sicherheiten, keine gleitende Preisklausel. Er akzeptierte voll.«

»Wer ist es?«

»Der Anrufer nannte sich Okoschkin.«

»Noch nie gehört.«

Kostas Portales räusperte sich wieder. »Es sind auch neue Kunden in unserem Kreis, Lyda. Der Anrufer sondierte bei uns im Auftrag der ›Sowjet-Export- und Handelsmission‹, hier in Paris.«

»Russen?« fragte Lyda verblüfft. »Russen wollen meine Schiffe?«

»Sie bieten Fracht rund um die Welt und brauchen dringend drei Großtanker für Übersee. Ich vermute: westliches Afrika – Angola und Ostafrika – Moçambique. Eine gefährliche Sache, Lyda. Krisenherde. Ich scheue vor einer Zusage zurück.«

»Wie hätte mein Vater jetzt gehandelt?« fragte sie und beugte sich etwas vor. Ihre großen, dunklen Augen flimmerten. »Sie kennen ihn am besten, Kostas.«

»Er mochte die Russen nicht. Er ist auch nie in die Lage gekommen, für Russen zu arbeiten. Ihr Vater war voll und ganz westlich. Er betrachtete sich als Angehörigen des Abendlandes. Aber in der heutigen kritischen Lage . . .«

»Er hätte abgeschlossen, nicht wahr?«

»Die Firma kennt nur eine Politik: Leben!«

»Also leben wir!« Sie blinzelte Kostas zu. Jetzt ist sie wieder ein kleines Mädchen, das eine neue Puppe bekommen hat, dachte Portales. Aber was sie sagte, paßte wenig zu dieser Vorstellung: »Den Preis bestimme *ich*, wenn sie schon Penopoulos-Schiffe haben wollen! Ich werde ihnen sagen, daß wir die Russen gar nicht nötig haben . . .«

»Sie kennen unsere Situation genau, sonst hätten sie nicht nachgefragt.« Kostas zog das Telefon zu sich und blickte in sein Aktenstück. Er wählte eine Nummer und reichte den Hörer an Lyda weiter. Gleichzeitig schaltete er den Mithörlautsprecher ein.

Der Ruf ging ab. Dann, nach zwei Sekunden, eine weibliche Stimme: »Sowjet-Export- und Handelsmission. Wen möchten Sie sprechen?«

»Wer ist zuständig für Schiffsfrachten?«

»Wen darf ich melden?«

»Lyda Penopoulos.«

Einen Atemzug Stille. Dann die gleiche Stimme, wie aufgeschreckt: »Sie selbst?«

»Ich selbst! Verbinden Sie mich endlich!«

»Sofort, Madame. Daß ich Sie einmal persönlich hören würde, hätte ich mir nie träumen lassen . . .«

»Sie träumen nicht, aber vielleicht verbinden Sie mich jetzt.«

Es knackte ein paarmal. Lyda hielt die Hand über das Mikrofon. »Eine dumme Kuh!« sagte sie grob. »Bin ich ein Wundertier?«

»Für die große Masse schon.«

Eine Männerstimme schnitt weitere Erörterungen ab. Eine junge Stimme, sie klang angenehm, wenn auch geschäftlich kühl.

»Lobow«, sagte der Mann. »Boris Jegorowitsch Lobow. Lyda Penopoulos selbst?«

»Ja.«

»Das hätte ich mir nie träumen lassen!«

»Das ist anscheinend der Stil Ihres Hauses«, sagte Lyda sarkastisch. »Jeder, mit dem ich spreche, hat sich irgend etwas träumen lassen. War es etwa auch ein Traum, daß ein Monsieur Okoschkin bei unserer Reedereileitung angerufen hat?«

»Das war zufällig ein hellwacher Moment. Genosse Okoschkin hat bei Ihnen angefragt. In meinem Auftrag.«

»Sagen Sie immer Genosse?«

»Bei uns ist das üblich.«

»Sie wollen neun Schiffe von uns? Davon drei Großtanker, Genosse?« Sie blinzelte Kostas wieder zu. Ihr Gesicht strahlte. Man kann mit den Russen ja reden, dachte sie. Die haben sogar Humor!

»Wenn es möglich ist, mit Vergnügen, Madame«, sagte Lobow gewandt. »Wir könnten uns über die Konditionen schnell einig werden.«

»Das glaube ich nicht, Genosse«, antwortete sie.

Kostas wedelte mit der Hand. Nicht mit dem Feuer spielen, sollte das heißen. Einen anderen Ton, Lyda, du unterschätzt die Russen! Das ist hier keine Party, sondern ein knallhartes Geschäft. Öl in die Krisenländer. Was die Russen brauchen, ist unsere Flotte unter liberianischer Flagge. Dann können sie liefern, was sie wollen, und immer sagen: Es war kein sowjetisches Schiff. Was geht's uns denn an, was und wem die Penopoulos-Linie liefert?

»Ich bin zu jedem Gespräch bereit, Genossin.«

»Das werden Sie nie erleben!«

»Ein Gespräch?«

»Nein. Die ›Genossin‹!« Lyda lachte schallend, lachte mit zurückgeworfenem Kopf, weit aufgerissenem Mund, blitzenden Zähnen, zusammengekniffenen Augen. Ihr Lachen war so elementar wie alle ihre Gefühlsausbrüche. Sie konnte mitreißen, in der Freude wie im Haß. Sie war wie eine Sturmflutwoge; wer ihr entgegenlief, wurde überspült. »Neun Schiffe sind eine ganze Menge, Genosse Lobow. Welche Garantien geben Sie?«

»Hat die Sowjetunion es nötig, Garantien zu geben? Wir buchen für zwei Jahre fest zu Ihrem Preis.«

»Sie kennen ihn noch gar nicht.«

»Sie werden ihn mir sagen.« Lobow legte eine raffinierte Pause ein. »Ist es möglich, das persönlich auszuhandeln?«

»Ich schicke meine Direktoren zu Ihnen.«

»Es wäre mir lieber, wenn ich es mit Ihnen selbst besprechen könnte.«

»Im Maxim?«

»Dazu müßte ich mir einen Smoking kaufen. Ich besitze noch keinen. Geht es nicht sozialistischer?«

»Im Restaurant ›George V.‹?«

»Angenommen.« Lobow lachte, jungenhaft, sympathisch, unbekümmert. »Ich hatte an ein Bistro gedacht. Aber wenn Ihnen das ›George V.‹ angenehmer ist . . .«

»Mein Vater wohnte früher oft dort. Ich halte auf Tradition.«

»Sie haben es gut, Madame.« Lobows Stimme klang ein wenig bekümmert. »Unsere Tradition fängt mit der Oktoberrevolution an. Wann also im ›George V.‹?«

»Heute abend. Neun Uhr?«

»Akzeptiert. Ich freue mich.«

Lobow legte auf. Lyda starrte Kostas an und gab ihm den Hörer zurück. Er legte ihn auf die Gabel.

»Sie sehen mich an, als ob ich jemanden ermordet hätte!« sagte sie.

»Ein Geschäft ist kein Flirt!«

»Er hat eine jungenhafte Stimme . . .«

»Wenn ein Russe wie Lobow eine solche Stellung im Ausland bekleidet, ist er ein guter Kommunist.«

»Politik interessiert mich nicht. Ich habe eine Reederei, bei der sechsundzwanzig Schiffe trockenliegen! Darum allein geht es. Die Russen wollen neun Schiffe. Sie bekommen sie, wenn sie gut zahlen. Haben Sie andere Argumente, Kostas?«

Portales seufzte. Das war der Ton ihres Vaters. Von einer Sekunde zur anderen hatte Stavros umschwenken und seine Stimmung wechseln können. Und er konnte so hemmungslos fluchen wie ein Fischer im Hafen von Piräus. Das konnte Lyda nicht. Aber sie konnte trotzig sein und aus Trotz reagieren. Das war viel gefährlicher.

»Das ›George V.‹ ist kaum der geeignete Ort, um mit einem Sowjetrussen Geschäfte abzuschließen.«

»Weil es zu vornehm ist? Spucken Russen auf den Teppich?«

»Lyda! Sie kennen Lobow nicht.«

»Sie etwa?«

»Er kann wie ein Junge lachen. Natürlich kann er alt und krumm sein.«

»Ich will nicht ihn kaufen, sondern seine Fracht! Zwei Jahre für neun Schiffe – das ist doch wohl ein Diner im ›George V.‹ wert?« Sie erhob sich und fuhr sich mit beiden Händen durch die Haare. »Zum Friseur muß ich auch noch. Kostas, lassen Sie Maitre Julien kommen. Er muß mir die Haare schneiden.«

»Darf ich Sie ins ›George V.‹ begleiten, Lyda?« fragte Kostas Portales, als nähme er einen letzten Anlauf.

»Nein.« Sie ging zur Tür. Das Baumwollkleid umspielte ihre etwas zu starken Beine. Auch die Hüften hatten angesetzt. Für ihr Alter war sie etwas zu fleischig geraten. »Haben Sie Angst vor Russen, Kostas?«

»Ich bitte Sie, Lyda, seien Sie besonders vorsichtig!«

»Warum behandelt ihr mich immer noch wie ein Kind?« Sie blitzte Kostas aus ihren großen, dunklen Augen böse an. »Ich bin die Tochter von Stavros Penopoulos! Wenn mein Vater die Russen nicht mochte, dann mag ich sie auch nicht! Genügt das endlich?«

»Wir vertrauen Ihnen, Lyda«, sagte Kostas und nahm die Mappe wieder an sich.

Lobow hatte sich feingemacht.

Daß er keinen Smoking besaß, war natürlich gelogen. Wer im Staatsauftrag an exponierter Stelle im westlichen Ausland arbeitet, führt selbstverständlich alle Attribute bei sich, die für den Umgang in jenen Kreisen unerläßlich sind. Im Panzerschrank seines Büros befand sich ein dickes Dossier über Lyda Penopoulos. Peinlich genau geführt, von ihrer Geburt bis zu ihrer zweiten Ehe. Die ganze Familiengeschichte des Milliardärs war hier zusammengetragen – von den ersten Handelsgeschäften des kleinen, schmächtigen Griechenjungen in den Slums von New York bis zu seinem Tode, dem letzten Akt einer griechischen Tragödie, die sich vor den Augen der ganzen Welt abspielte. Ein Drama, dem jeder fassungslos gegenüberstand. Nicht ein Schauspiel voller Zufälle, sondern eine Tragödie, der man einen Regisseur anmerkte. Ein unsichtbarer Regisseur, den die Menschen Schicksal nannten.

Lobow wußte es besser. Er nannte das Schicksal Tichon Pawlowitsch Pujatkin.

Für den Abend im ›George V.‹ hatte sich Lobow in einen blauen Anzug geworfen. Auf dem schlichten weißen Hemd trug er eine dunkelrote Krawatte. Sein blondes Haar hatte er gestutzt und um einen Linksscheitel bereichert. Ein weißes Ziertaschentuch leuchtete aus der Schlitztasche des Jacketts.

Er war schon vor neun Uhr in der Hotelhalle, saß in einem

der tiefen Gobelinsessel und bewunderte den echten Degas, der an der Wand hing. Punkt neun Uhr fuhr der Rolls-Royce der Penopoulos' vor. Der Hotelportier stürzte auf ihn zu und riß den Wagenschlag weit auf.

Lobow erhob sich. Er wußte, daß jetzt, im gleichen Augenblick, Oberst Pujatkin auf seine Uhr blicken und sehr zufrieden sein würde.

Der Einbruch in das Weltreich der Penopoulos' konnte beginnen. Die Erbin kam zu ihm.

Lobow ging ihr entgegen, als sie die Halle betrat und sich umblickte, suchend, kühl, distanziert.

»Madame ...«

Lyda warf den Kopf in den Nacken und musterte ihn. Blonde Haare, eine gut gewölbte Stirn, blaue, etwas verträumte Augen, die jede Frau sofort neugierig machten, eine gute Nase, weiche, aber doch energische Lippen. Ein durchaus europäischer Kopf mit etwas hoch angesetzten Backenknochen. Das Erbe der kaukasischen Mutter.

»*Sie* sind Lobow?« fragte sie erstaunt. »Ich habe Sie mir ganz anders vorgestellt.«

»Nicht alle Russen sind sibirische Pelzjäger, Madame.«

»So habe ich das nicht gemeint.« Sie lachte. Ihr Mund wurde groß, die Zähne leuchteten. Ja, das ist sie, dachte Lobow. Genau wie auf den Bildern. Keine umwerfende Schönheit, aber eine Persönlichkeit.

»Sie sind wirklich so jung wie Ihre Stimme«, sagte Lyda.

»Aber schon achtunddreißig.«

»Das ist doch jung – nicht nur für einen Mann in Ihrer Stellung! Meine Direktoren könnten meine Großväter sein!« Sie blickte sich um. Zwei Boys rannten herbei und nahmen ihr den Nerzmantel ab. Der Chef de salle, an der Tür zum Restaurant, im maßgeschneiderten Smoking, mit pomadisiertem Haar, verbeugte sich, als Lyda ihn anblickte.

»Ich freue mich«, sagte sie und lachte etwas zu mädchenhaft. »Ich kenne Menschen aus aller Welt. Aber Sie sind der erste Russe, mit dem ich zu Abend esse.«

Er hat Manieren – das war das erste, was Lyda auffiel. Warum auch nicht, dachte sie wütend. Warum machen sich alle von den Russen ein so falsches, total schiefes Bild?! Muß ein Russe mit den Fingern essen, nach jedem Bissen rülpsen, vom Aal auch die dicke Haut mitessen, den Wodka aus Wassergläsern trinken, das Glas an die Wand werfen? Warum solch ein verzerrtes, gemeines Bild?! Was sie bisher über Russen gehört hatte, war nicht viel anders gewesen. Asiatische Fratzen, brutale Wilde aus der Taiga, rücksichtslose Welteroberer. Sie erinnerte sich an eine Geschichte, die sie in der Schule, im Internat in England, gehört hatte: Da war einmal ein französischer Gesandter zu Iwan dem Schrecklichen gekommen und hatte vor dem Zaren seinen Hut nicht abgenommen. »Ich nehme meinen Hut nur vor Gott und meinem König ab!« soll er gesagt haben. Und Iwan hatte genickt, einen Wink gegeben – und dem französischen Gesandten wurde sein Hut mit dicken Nägeln auf dem Kopf festgenagelt. Natürlich hat er das nicht überlebt.

Das war Rußland, wie Lyda es kannte. Ein Rußland, wie es immer und immer wieder durch die Zeitungen und Bücher spukt: das rote Geheimnis des Ostens. Die unbekannte, für ihre Umwelt tödliche Größe. Und ein Russe war nach diesen stereotypen Vorstellungen allemal ein Mensch, der sich zwar wie ein Mensch bewegte, wie ein Mensch gekleidet war und in menschlichen Behausungen lebte – der aber sonst mit Menschlichkeit nicht viel zu tun hatte.

Sie beobachtete Lobow, wie er seine Muschelcremesuppe löffelte, wie er die gegrillten Langostinos sicher und geradezu elegant auspellte, wie er den in Blätterteig eingebackenen Loup-de-mer öffnete und zerteilte und den herben Tischwein zuerst im Glas anroch, dann einen Schluck im Gaumen drehte, verharrte, Geschmack, Blume und Kältegrad prüfte und abschließend nickte. »Très bien, Monsieur.«

Und der Oberkellner, der selbstverständlich den Tisch von Lyda Penopoulos bediente, goß erfreut ein, den linken Arm vorschriftsmäßig auf den Rücken gelegt.

»Sie essen gern?« fragte Lyda. Sie erwiderte Lobows erhobenes Glas mit einem Prost und nahm einen kleinen Schluck.

»Ich esse gern gut.« Lobow lächelte sie an. Ein sonniges Jungengesicht, wie sie es seit langem nicht mehr gesehen hatte, eigentlich nicht mehr seit dem Tod ihres Bruders Perikles. Auch er hatte so unbefangen, so frei, so ungehemmt, so sonnig lächeln können. Alle anderen Männer, die sie kannte, lächelten zwar auch, aber es war ein Glamourlächeln, ein berechnendes Verziehen der Lippen, ein eitles Gefallenwollen um jeden Preis, auch wenn das Lächeln diesen Gesichtern eine senile oder gar blöde Note verlieh. Der Russe Lobow lächelte aus dem Inneren heraus. Nicht nur seine Hautfalten lächelten – auch sein Herz.

Sie fand das wundervoll und aß weiter. Ein paarmal fiel der Seewolf von ihrer Gabel, weil ihre Finger leicht zitterten. Verdammt, dachte sie. Verflucht noch mal! Lyda, reiß dich zusammen. Dir gegenüber sitzt ein Russe! Ein *Russe*! Laß die Alarmglocke schrillen . . .

»Wo kommen Sie her?« fragte sie, um die lahmende Unterhaltung in Schwung zu bringen. Über Abstammung zu reden ist immer gut. Das ist ein variabler Gesprächsstoff.

»Aus Moskau.«

»Direkt aus Moskau?«

»Geboren bin ich in Tianeti, einem kleinen Ort nördlich

von Tibilisi, in Grusinien. Meine Muter ist Kaukasierin. Aber mit zwei Jahren kam ich nach Moskau ...«

»Ihre Mutter lebt noch?«

»Und wie sie lebt!«

»Sie muß eine schöne Frau sein.«

»Warum?«

»Man sagt, die Kaukasier sind die schönsten Menschen Rußlands. Die Franzosen des Ostens.«

Lobow nickte und trank wieder einen Schluck Wein. »Meine Mutter ist sehr schön«, sagte er. Er stocherte in dem Blätterteig herum und bekam ein trauriges Kindergesicht. »Sie ist eine wunderbare Frau.«

»Sie lieben Ihre Mutter sehr?«

»Wenn es nicht so dramatisch klingen würde: Ich bete sie an.«

»Ich verstehe.« Sie blickte starr auf ihren Teller. »Ich kenne das, Monsieur Lobow.«

»Am Telefon sagten Sie: Genosse Lobow. Das klang gut.«

»Also gut: Genosse Lobow.« Sie lächelte schwach. »Auch ich hatte Menschen, die ich anbeten durfte.«

»Ihren Vater Stavros?«

»Ja. Und meine Mutter Genia. Und meinen Bruder Perikles, obgleich ich ihn oft haßte, weil er immer die Nummer eins war, immer der Bevorzugte, der männliche Erbe, der Kronprinz, der Klügere, der Elegantere. Er warf Schatten um sich, in denen jeder andere grau wirken mußte. Aber im Grunde meines Herzens bewunderte ich ihn, betete ich ihn an.«

»Und keiner von ihnen ist mehr unter uns ...«, sagte Lobow leise. Es war ein raffinierter Satz, er öffnete Lydas Herz und ließ sie alle Zurückhaltung vergessen. Die Erinnerung an die Tragödien der Familie Penopoulos, an all die nie vernarbten Wunden – damit ließ sich Lydas Vertrauen gewinnen. Sie blickte Lobow aus verschleierten Augen an, ehe sie mit unsicheren Fingern weiteraß. Eine Haarsträhne fiel ihr über die Stirn; sie schob sie nicht weg.

»Sie sind ein glücklicher Mensch«, sagte sie stockend. »Sie haben noch Ihre Mutter. Und Ihr Vater?«

»Im Großen Vaterländischen Krieg gegen die Deutschen bei Borissow gefallen.«

»Geschwister?«

»Keine. Bestimmt hätte ich welche, wenn Papa den Krieg überlebt hätte. Er war ein fröhlicher Mann, soweit ich das in Erinnerung habe, und er liebte meine Mutter, als habe er einen Engel geheiratet.« Und dann fügte er, bewußt nebensächlich, etwas hinzu, das Lyda erschauern ließ: »Wir Russen können wundervoll lieben. Mit unserer ganzen Seele ...«

»Ich glaube es Ihnen«, sagte sie leise. »Es muß schön sein, so geliebt zu werden.«

»Sie wissen doch, wie das ist.«

»Ich?« Sie blickte verwirrt auf. Sein Jungengesicht strahlte, seine blauen Augen leuchteten. Man sieht gar nicht, daß er nur ein Auge hat, dachte sie. Natürlich, das echte Auge lebt. Aber es ist merkwürdig: Das Glasauge scheint ebenfalls von innen heraus zu leuchten. Es kann sich mitteilen wie das gesunde Auge. Nur wenn sie sich bewegen, bleibt das künstliche Auge starr. »Wieso ich?« wiederholte sie.

»Sie sind zum zweitenmal verheiratet ...«

»Ja, das bin ich.« Es klang abweisend. Halt! Nicht weiter. Du kommst in ein Gebiet, in dem du nichts zu suchen hast. Zwei Ehemänner. Den einen aus Trotz geheiratet, nur um den Vater zu ärgern und zu demütigen, in einer Phase wildesten Aufruhrs und als Protest gegen diese schreckliche Ehe mit Nany Johnes. Der andere – das war Flucht vor dem Willen des verstorbenen Vaters, der verlangte, daß Lyda zur Erhaltung des Imperiums einen tatkräftigen Mann, am besten einen

Reederssohn, heiraten sollte. Immer das gleiche: Du bist ein Mädchen! Du bist hervorragend, hast dich blendend eingearbeitet. Aber du bist ein Mädchen. Das Erbe des Stavros Penopoulos kann nur ein Mann leiten.

Das hatte weh getan, aber sie hatte geschwiegen. Noch auf dem Sterbebett im Pariser Spital, als Stavros noch klar reden und denken konnte, hatte er zu Lyda gesagt: »Versprich mir eins, mein Kleines: Heirate Heraklion Numouris! Unsere beiden Firmen unter einem gemeinsamen Management – das macht uns unschlagbar!« Und sie hatte es versprochen, die Tränen aus Trauer und Wut unterdrückend. Dem letzten Wunsch des alten, gelähmten, sterbenden Mannes konnte sie sich nicht widersetzen. Sieben Monate später hatte sie dann aber doch einen anderen geheiratet, den schwarzen Lockenkopf Alexander Kampanos. Sie sagte nur ja zu dieser Ehe, weil Heraklion Numouris, den Papa ihr bestimmt hatte, sie bei einer Party von oben bis unten gemustert und dann gefragt hatte, welche Schuhgröße sie habe. Nein, sie hatte ihn nicht geohrfeigt, wie ihre zuckenden Hände es wollten – sie hatte nur grob gesagt: »Genau die richtige Größe für deinen Hintern!«

Zwei Ehen. Zwei Männer, die sie zwar im Bett, aber kaum im Herzen gehabt hatte. Wie so viele Männer, die ihren Weg gekreuzt hatten: das Begehren, die Hingabe, die Ernüchterung, der Ekel vor sich selbst, die Flucht in die Einsamkeit. Sie lieben nur die Tochter des großen Stavros. Sie lieben die Milliarden. Wenn ihr Körper nicht aus Fleisch und Blut, sondern aus Gold gehämmert wäre, ein Metallblock mit anatomischen Merkmalen – auch diesen Körper hätten sie besprungen, weil er Penopoulos hieß.

Lobow spürte die Abwehr. Er schwenkte sofort um. »Madame Lyda«, sagte er nüchtern, »wir beschäftigen uns zuviel mit uns. Sehen wir es doch einmal anders: Sie sitzen hier als

Besitzerin einer der größten Reedereien der Welt. Und ich sitze hier als Vertreter eines der größten Staaten dieser Welt, der Sowjetunion. Wir möchten Schiffe von Ihnen chartern.«

»Sie möchten uns Fracht anbieten«, erwiderte Lyda steif.

»So kann man es auch nennen.«

»So muß man es nennen! Ich vermiete nur den Frachtraum. Kapitän und Besatzung stellt meine Reederei.«

»Natürlich. Es geht uns ja nur um Ihre freie Tonnagekapazität.« Lobow wartete, bis der Oberkellner abserviert hatte. Bis zum Nachtisch – Crèpes suzette mit cerise flambée – hatte man noch eine Viertelstunde Zeit, um über das Geschäft zu reden. »Wir steigen in Ihr Angebot ein. Ihre Preise sind zwar hoch, wir wissen aber, daß wir in guten Händen sind.«

»Sie wollen die afrikanische Route fahren lassen?«

»Vornehmlich.«

»Welche Fracht?«

»Erdöl und Maschinen.«

»Das heißt Waffen! Waffen für Angola, Moçambique, die Freischärler anderer afrikanischer Staaten. Waffen für die Tötung von Weißen. Mit meinen Schiffen! Sie glauben, ich mache mich mitschuldig?«

»Sie vermieten Frachtkapazitäten, weiter nichts.«

»Blind?«

»Glauben Sie, wenn ich per Bahnfracht eine Kiste mit Elektrokochern versende, dann öffnet die Eisenbahn die Kiste und schaut nach, ob auch wirklich Elektrokocher in der Holzwolle liegen?«

»Sie sind grausam ehrlich, Lobow.«

»Warum grausam, Madame?«

»Sie machen es mir schwer, weiter mit Ihnen an einem Tisch zu sitzen.«

»Ihr Vater hätte –«

»Ich bin nicht mein Vater!« unterbrach sie hart.

»Sie sind über achtzig Prozent von ihm! Ihr Vater hat nie Waffen transportiert?«

»Nie! Das weiß ich!«

»Er begann, sein Schiffsimperium aufzubauen, indem er nach dem Krieg ausgediente Liberty-Schiffe der Amerikaner billig aufkaufte. Truppentransporter und Munitionsschiffe! Er baute sie notdürftig um und stieg in das Geschäft ein. Er transportierte alles, was Geld einbrachte. Bis er genug hatte, um seinen ersten Öltanker zu kaufen und seriös zu werden.«

»Jetzt sind wir seriös und bleiben es.«

»Aber Sie können es nicht lange bleiben, wenn die Krise weiter anhält. Ein Hund auf Seidenkissen wird mit Kalbssteaks gefüttert. Setzt man den Köter aus, frißt er auch Abfall aus der Mülltonne, um zu überleben.«

»Sie haben eine deutliche Sprache, Lobow«, sagte Lyda.

»Ich bin ein Russe! Unsere Diplomatie ist berühmt: ein Lächeln im Gesicht, aber die geballte Faust auf dem Tisch. Damit haben wir immer Erfolg.«

»Bei mir nicht.«

Der Nachtisch wurde serviert. In der Flambierpfanne zischten die Kirschen im hochprozentigen Kirschwasser und tanzten in einer bläulichen Flamme. Lobow gab sich ganz den crèpes suzettes hin, genoß sie in kleinen Bissen, sein Gesicht glänzte vor Wonne.

Der Mokka duftete herrlich. Ein Kellner in roter Jacke, dem Typ nach ein Algerier, schenkte ihn aus einer bauchigen Glaskanne ein. Der Chef de salle, wie immer an der Eingangstür stehend und die Honneurs machend, blickte zu Lyda hinüber, um einen lobenden Blick zu erhaschen. Sein schwarzes Pomadenhaar glänzte unter den Kristallüstern. Ab und zu zupfte er an seinem maßgeschneiderten Smoking, blickte versonnen auf den riesigen flämischen Gobelin, der den Vorraum des Speisesaals zierte, oder auf den hohen, kulinarische Wonnen versprechenden Turmbau aus allen verfügbaren Früchten, der, mit Blumengestecken vermischt, mitten im Saal stand und den Eingang zum Serviceraum und zur Küche verdeckte.

»Köstlich!« sagte Lobow. »Aber Sie sollten einmal unsere Blinis essen, gefüllt mit kandierten Multebeeren, Schellbeeren und echten Rosenblättern. Etwas besonders Köstliches sind kandierte Kalmuswurzeln oder Moosbeeren, gemischt mit gehacktem Rentierfleisch, in Piroggen eingebacken.«

»Ißt man so im Land des Sozialismus?«

»Es wächst in Sibirien genug, so wie bei Ihnen die Kartoffeln. Wir leben nicht nur von gesäuertem Kohl, wie manche Leute im Westen annehmen.«

»Verzeihung.« Sie lächelte. Ihr Gesicht wurde merkwürdig weich, sogar schön, ihre Augen blickten verträumt. Lobow sah sie verstohlen an, während er an dem starken Mokka nippte. Ein armes Luder ist sie, dachte er. Trotz ihrer Millionen. Ein etwas grobes Gesicht, zu starke Hüften, zu dicke Beine, etwas breitschultrig, die Brüste nicht sonderlich animierend ... Aber ein Herz voller Sehnsucht, immer auf Jagd nach Zärtlichkeit, nach einem Mann, der ihr väterliche Wärme schenkt. Die wird sie nie bekommen. Wo eine Lyda Penopoulos auftritt, wird man ihr zu Füßen fallen, aber keiner kommt auf den Gedanken, daß *sie* es ist, die aufgehoben werden will.

»Ich glaube, wir kommen heute zu keinem Geschäft«, sagte Lobow. Erstaunt sah er, daß der grünberockte Weinkellner schlanke Gläser auf den Tisch setzte und einen Champagnerkühler zurechtstellte. Der Chef de salle selbst begutachtete die Flasche, ehe sie an den Tisch getragen wurde. »Was wollen Sie feiern, Madame?«

»Den heutigen Abend. Die Bekanntschaft mit einem Russen.«

»Dann sollten wir nicht im ›George V.‹ Champagner trinken, sondern in einem russischen Kabak. Kabak heißt ganz schlicht Kneipe. Ich kenne eine in St. Germain. Fahren wir hin?«

»Unmöglich!« Sie sah ihn geradezu entsetzt an. »Ich kann doch nicht mit Ihnen in eine russische Kneipe fahren!«

»Warum nicht?«

»Mein Chauffeur im Rolls-Royce! Morgen weiß es die ganze Konzernspitze. Das gibt Schwierigkeiten!«

»Sie sind eine Gefangene Ihres eigenen Konzerns?«

»Wenn man es so sieht, ja! Wir könnten in jede Bar fahren – aber nicht in einen russischen ... wie heißt es?«

»Kabak!« Lobows Gesicht glich dem eines kleinen Jungen, der dem Weinen nahe ist. »Wir müssen weitersprechen, Madame. Ich muß Ihre Schiffe haben! Moskau wartet auf meine Antwort. Wo könnten wir uns treffen? Bitte nicht im Maxim oder im Ritz oder hier oder im Grillon. Mich irritiert das alles. Ich bin ein einfacher Mensch ...«

»Das gefällt mir so an Ihnen, Lobow.«

»Sie können mich auch Boris Jegorowitsch nennen, Madame.«

»Das kann ich nicht aussprechen.«

»Üben wir es? Es ist ganz leicht. Boris ...«

»Boris ...«

»Sehen Sie! Und nun: Jegorowitsch. Betonung auf dem ersten o. Jegórowitsch.«

»Jegorowitsch.«

»Bravo!« Lobow trank seinen Mokka aus. Er sah um sich, aber keiner brachte ihm die Rechnung. Bei einer Lyda Penopoulos schiebt man kein Blatt Papier über den Tisch. Das wird zentral geregelt von der Konzernbuchhaltung. »Wo darf ich Sie hinbringen, Madame?«

»Ich heiße Lyda«, sagte sie. »Wenn ich schon Boris Jegorowitsch sage ...« Sie schüttelte den Kopf und lächelte wieder. »Ich werde nach Hause fahren.«

»Aber ich möchte Sie wiedersehen, Lyda.«

»Alle Verträge wird mein Direktor Kostas Portales mit Ihnen aushandeln. Ich gebe ihm die nötigen Anweisungen.«

»Ich möchte Sie privat wiedersehen, Lyda.«

»Man würde sofort darüber reden.«

»Es braucht uns doch keiner zu sehen.«

»Ein heimliches Rendezvous ...?«

»Nennen Sie es so!«

»Romantik in unserem nüchternen Zeitalter. Gibt es die noch?«

»Man muß sie nur suchen.«

»Im Bois de Boulogne?«

»Auch dort.« Lobow beugte sich über den Tisch und legte seine Hand auf ihre Hand. Eine weiche, gepflegte Hand. »Wann also, Lyda?«

»Ubermorgen um zehn Uhr vormittags.«

»Und wie entkommen Sie den hundert Augen?«

»Ich werde zu einer Freundin fahren und durch einen Hinterausgang weglaufen.«

»Wie ein kleines Mädchen ...« Er lächelte sein Jungenlächeln. Sie hielt den Atem an. Was ist das? dachte sie. Er hat recht. Ich benehme mich wie ein kleines, dummes Mädchen bei seinem ersten Abenteuer. Und ich bin glücklich dabei. Ich bebe schon jetzt, wenn ich an übermorgen denke. Ich sollte flüchten, mich verstecken, mich verleugnen lassen, wenn er anruft. Ich sollte ihn einen widerlichen Kommunisten nennen, einen Weltfeind, einen Zerstörer ... Statt dessen gebe ich ihm neun Schiffe und werde mich heimlich mit ihm treffen. Was ist los mit dir, Lyda? Er ist ein armer Funktionär mit einem Monatsgehalt, das unter dem meiner Inspektoren liegt. Er hat ein Glasauge, seine Anzüge sind aus dem Kaufhaus, seine Schuhe sind Massenware, sein Schlips ist billigste Qualität. Er kommt aus einer ganz anderen Welt. Und trotzdem trommelt mein Herz, wenn ich an ein Wiedersehen denke. Du bist verrückt, Lyda, du wirst dich nachher unter die kalte Dusche stellen, wie du es im Pensionat getan hast, wenn du dich in deinen Lehrer verliebt hattest und wußtest, daß du ihn nie in dein Bett bekommen würdest. Damals hast du dir das Kissen zwischen die Schenkel geklemmt und geträumt, es sei sein Körper. Darüber bist du nun hinaus. Aber du mußt etwas tun, um diesen Russen zu vergessen!

»Eine Frau bleibt immer ein Mädchen«, sagte sie und stand auf. Der Oberkellner zog sofort den Sessel zurück, und der Chef de salle bereitete sich auf eine korrekte Verbeugung vor: Kopf nach unten, die Beine leicht einknicken.

»Eine gute Bemerkung«, sagte Lobow und faßte sie unter. »Ich werde sie mir merken.«

Später stand Lobow allein vor dem Portal des ›George V.‹ und blickte versonnen die Rue George V. hinunter zu den Champs-Élysées, wo Lyda mit ihrem Rolls-Royce verschwunden war. Sie hatte ihm nicht zugewinkt, als sie abfuhr; sie hatte sich in ihren Nerz gewickelt und geradeaus geblickt, so, als wären sie im Streit auseinandergegangen.

Die Gefangene ihrer Macht, dachte Lobow. Die Erbin. Mein armes Mädchen.

Er ließ den Portier ein Taxi bestellen, gab fünf Francs Trinkgeld und fuhr nach Hause. Dort trank er noch einen Kognak, dann griff er zum Telefonhörer und verlangte ein Gespräch nach Moskau.

Nach einiger Zeit meldete sich ein Mann, der sich Kyrill Tichinowitsch nannte. Die Nachtwache in der Abteilung II des KGB. Ein Hauptmann. Lobow kannte ihn gut.

»Hier Boris Jegorowitsch Lobow«, sagte Lobow langsam. »Ich begrüße dich, Kyrill Tichinowitsch. Sag dem Onkel

Pujatkin, daß es der Pariser Tante gut geht und daß sie wieder Appetit hat. Ich werde für sie kochen. Sie hat viel Hunger und muß einiges nachholen. – Kannst du das behalten?«

»Bin ich ein Idiot, Boris?« rief Kyrill.

»Zwinge mich nicht zu Kommentaren, Genosse.« Boris lachte laut. »Ich bin jedenfalls glücklich, daß mit Tantchen alles so gut gelaufen ist. Gute Nacht, Kyrill.«

Er legte auf und warf sich angezogen auf sein Bett. Leuchtreklamen flimmerten durch das Fenster. Der Straßenlärm rumorte dumpf durch die Scheiben. Paris schlief nie.

Ubermorgen im Bois de Boulogne. Sie hatten sich an einer Stelle verabredet, wo am Morgen noch keine Nichtstuer lagern. Wo es weiße Bänke gibt und Buschgruppen, hinter denen man sich verstecken kann. Ein Zusammentreffen voller Groschenromanromantik. Die Erbin und der arme einäugige Russe.

Pünktlich um zehn wartete Lobow im Bois. Er saß auf einer Bank, rauchte nervös eine Zigarette und dachte an die Worte, die Pujatkin in der vergangenen Nacht zu ihm ins Telefon gesagt hatte: »Sei lieb zu Tantchen, mein Sohn. Überfalle sie nicht mit Zärtlichkeit, aber sei hartnäckig. Und wenn sie Hunger hat, gib ihr, was sie will. Nur so wird Tantchen gesund.«

Das Ganze ist hundsgemein. Aber es dient Rußland und schwächt den Westen. Das allein ist entscheidend. Wir leben nicht mehr für uns, wir leben für die Weltrevolution. Lyda ist das Banner des Kapitalismus – auch wenn sie als Mensch ein wirklich armes Luder ist: Sie ist eine Penopoulos. Die Letzte einer Familie, in der Moskau wie ein Stachel saß, ohne daß es jemand merkte. Was auch mit den Penopoulos' geschehen war, immer hieß es: Welch ein Schicksal! Wer wußte, daß das

Schicksal zwei Namen hatte: Nikita Alexejewitsch Masajew und Pal Diogenowitsch Okoschkin?! Und der liebe Gott, der alles leitete, nannte sich Oberst Tichon Pawlowitsch Pujatkin.

Um zehn nach zehn kam Lyda. Sie kam zu Fuß. Die Taxe hatte sie, noch ehe der Fahrer Lobow sehen konnte, weggeschickt. Sie trug ein einfaches, weißblau gepunktetes Kleid mit einem weiten Rock, hatte die Haare mit einem Band zusammengebunden und lief in Schuhen mit flachen Absätzen.

So könnte sie ein Bauernmädchen aus der Ukraine oder aus Nordsibirien sein, dachte Lobow und sprang auf. Er wußte nicht, warum – aber plötzlich breitete er seine Arme weit aus und rief: »Lyda!«

Sie antwortete mit einem Schrei, begann zu laufen, breitete ebenfalls die Arme aus, und so prallten sie zusammen, fielen sich in die Arme und küßten sich. Erst als sie keine Luft mehr bekamen, trennten sie sich und sahen sich groß an. »Mein Gott, was habe ich getan!« sagte Lyda und warf den Kopf weit in den Nacken. »Das ist ja Wahnsinn.«

»Es konnte nicht anders sein!« Lobow umfaßte ihren Kopf. »Noch niemand hat Vulkane zustopfen können.«

»Trotzdem bleibt es Wahnsinn! Küß mich noch einmal!«

Er küßte sie, diesmal nicht so wild, sondern mit einer tastenden Zärtlichkeit. Sie lag in seinen Armen, hielt die Augen geschlossen und genoß seit langer Zeit wieder das Gefühl, vor Glück zu schweben. »Ich liebe dich«, sagte Lobow.

»Meine Schiffe ...«

»Wenn du glaubst, meine Liebe könnte dich in Konflikte bringen, verlasse ich meinen Posten und werde arbeitslos.«

»Das ist leicht gesagt.«

»Ich bin ein genügsamer Mensch. In Moskau hatte ich eine Zweizimmerwohnung. Sie kostet im Monat soviel wie hier im Westen ein gutes Abendessen. Eine Staatswohnung. Wenn man sie mir kündigt, wohne ich bei meiner Mutter.« Er hielt sie von sich weg und blickte sie ernst an. »Willst du, daß ich alles aufgebe?«

»Nein! Warum, Boris? Wir müssen jeder unser eigenes Leben führen, nur ab und zu leben wir gemeinsam. Es geht nicht anders. Aber wir werden uns sehen, sooft es möglich ist.«

»Nur wenn du in Paris bist?«

»Ich werde jetzt öfter in Paris sein. Und länger.« Sie gingen zu der Bank, setzten sich und hielten ihre Hände fest. »Wann hast du Urlaub?«

»Im September.«

»Wo willst du ihn verbringen?«

»Ich wollte nach Grusinien, in die Heimat meiner Mutter. Ein Onkel hat dort einen Weinberg.«

»Ich werde im September in Rio de Janeiro sein. Komm du auch dorthin, Boris!«

»Wo uns jeder sieht?«

»Ich werde allein dort sein.« Sie legte den Kopf an seine Schulter und duldete es, daß er ihre Brust streichelte. Ein paarmal seufzte sie und dehnte sich, preßte die Schenkel zusammen und zog die Lippen durch die Zähne. »Es ist furchtbar«, stammelte sie. »Warum müssen wir jetzt hier sitzen? Warum haben wir nicht wie die ärmsten Leute wenigstens ein winziges Zimmer? Boris, laß uns in die Stadt fahren! O mein Gott, hör auf, ich bitte dich, hör auf, Boris! Wir wollen doch nicht verrückt werden ...«

Sie standen endlich auf und gingen durch den Bois de Boulogne, eng umschlungen, sich immer wieder küssend, bis sie einen Taxistand erreichten.

»Zur Rue de Meurlin«, sagte Lyda rauh. »Nummer 14.«

Die Taxe fuhr an. Lobow legte den Arm um Lydas Schultern, seine Finger lagen auf ihrem Busen. Mit kreisenden

Bewegungen streichelte er ihn. Sie seufzte verhalten und kuschelte sich eng an ihn.

»Was ist mit der Rue de Meurlin?« fragte Lobow zärtlich.

»Nummer 14 ist ein Hotel. Ein kleines Hotel. Ein winziges Hotel. Dort fragt man nicht.«

»Ein Stundenhotel?«

»Ja.«

»Warst du schon mal dort?«

»Nein. Ich kenne die Adresse von einer Freundin. Rue de Meurlin ist eine heiße Adresse. Die besten Damen der Gesellschaft treffen hier ihre Liebhaber über Tage. Wenn sie zu Hause hinterlassen, sie seien beim Friseur oder beim Schneider, könnte man sie meistens in der Rue de Meurlin aufspüren. Das Hotel ist reich dadurch geworden. Wen wir dort auch sehen werden – sie werden dichthalten.« Sie hielt seine Hand fest, die in den Ausschnitt ihres Kleides rutschte. »Freust du dich?«

»Ich zähle die Meter bis zur Rue de Meurlin.«

»Und ich möchte, daß der Tag nie zu Ende geht . . .«

Sie sahen sich aus glänzenden Augen an, vereinigten sich schon mit den Blicken und schreckten auf, als der Taxifahrer nüchtern sagte: »Nummer 14. Hotel Seraphin. 110 Francs . . .«

Lyda bezahlte, stieg aus und zog Lobow aus dem Taxi. Der Chauffeur grinste, tippte an seine Mütze und fuhr weiter.

»Komm«, sagte Lyda heiser. »Komm!«

Aus dem Bericht des Hauptmanns des KGB, Boris Jegorowitsch Lobow, an seinen Vorgesetzten, Oberst Pujatkin: »Nach einigen Zärtlichkeiten im Bois sind wir mit einem Taxi in ein Stundenhotel billigster Kategorie gefahren und haben dort ein Zimmer genommen. Drei mal dreieinhalb Meter groß, zum Hinterhof hinaus, der entsetzlich nach Abfällen stank. Auf einem breiten Bett, das einzige Möbel neben einem Spiegel, einem Stuhl und einem Waschbecken, auf einer knarrenden Matratze bewies L., daß man ihr zu Recht nachsagt, in der Liebe unersättlich zu sein. Wir blieben bis sechs Uhr abends; das waren von unserem Eintreffen im Zimmer bis zum letzten Kuß genau sieben Stunden, in denen sie ununterbrochen Liebe verlangte. Ich mußte alle Tricks anwenden, um diese Stunden zu überstehen und L. nicht zu enttäuschen, was sie mir wohl nie verziehen hätte. Wir verabredeten uns für Freitag mittag wieder im Hotel. Bitte um Instruktion, ob ich den Termin wahrnehmen soll ...«

Oberst Pujatkin rief sofort an, als er das verschlüsselte Telegramm entziffert hatte. Lobow lag noch im Bett, sehr entnervt, sehr gereizt. Sein Leib brannte, als habe er im Feuer gelegen.

»Boris Jegorowitsch, was telegrafieren Sie da?« rief Pujatkin. »Sie Glückspilz! ›Soll ich den Termin wahrnehmen?‹ Sind Sie verrückt? *Jeden* Termin nehmen Sie wahr!«

»Ich verliere dabei nicht nur Reserven, ich verliere auch Substanz!« sagte Lobow müde. »Das ist kein Weib mehr, das ist ein Feuer, in dem ich verdampfe.«

»Boris, reißen Sie sich zusammen! Denken Sie daran, was unsere Soldaten im Krieg geleistet haben ...«

»Nicht im Bett, Genosse Oberst. Ich bin gern bereit, jedes Feldkommando am Ussuri anzunehmen!«

»So schlimm?«

»Wären Sie hier in Paris in meiner Lage, Sie würden ...«

»Keine Theorien, Boris Jegorowitsch! Vielleicht sind wir alten Frontkämpfer doch zäher als ihr jungen Hüpfer! Genosse, denken Sie an Rußland!«

»Im Bett eines Stundenhotels!«

»Überall ist Rußland! Wenn Lyda sich an Sie gewöhnt, wenn sie Sie liebt, wenn Sie sich bei ihr unentbehrlich machen – und wenn's im Bett ist! –, haben wir das Ziel erreicht, Boris! Dann werden Sie Major! Der absolute Höhepunkt wäre es natürlich, wenn Lyda Sie heiraten würde!«

»Unmöglich!«

»Wieso unmöglich?«

»Sie ist verheiratet.«

»Auf dem Papier. Mit Alexander Kampanos liegt sie seit langem nicht mehr in den Federn. Scheidungen sind bei den Penopoulos' was ganz Normales. Boris Jegorowitsch, Sie müssen darauf hinarbeiten, daß Lyda sich scheiden läßt und Sie heiratet! Und wenn die ganze Welt sich darüber aufregt. Wir haben unser Auge und unsere Hand in der westlichen Wirtschaft! Das wird einer der größten Erfolge in der sowjetischen Politik dieses Jahrzehnts!«

»Begonnen in einer Pariser Absteige ...«

»Seien Sie nicht so penibel, Boris! Sie leben jetzt in Paris. Gerade Frankreich ist berühmt dafür, daß seine Politik in den Boudoirs gemacht wird. Wir werden sechzig Schiffe kontrollieren. Daran müssen Sie denken! Sechzig Schiffe, von denen die Hälfte Supertanker sind! Eine Frage, Boris, ganz vertraulich ...«

»Ich höre, Genosse Oberst«, sagte Lobow gespannt.

»Haben Sie gar nichts für Lyda übrig?«

»Doch.«

»Aha.«

»Ich bedauere sie ...«

»Anders, meine ich!« rief Pujatkin.

»Sie ist eine Frau, die Wärme sucht und immer nur Kälte findet. Der eine schläft mir ihr, weil es eine gesellschaftliche Sensation ist, die ihm viele Türen öffnet, der andere nur, weil er an ihren Millionen teilhaben will. Geliebt hat sie, glaube ich, noch niemand. Und das fühlt sie.«

»Und bei Ihnen nicht?«

»Nein. Das verwundert mich etwas.«

»Vielleicht lieben Sie Lyda wirklich, wenn Sie in Aktion sind?«

»Kann sein, Genosse Oberst.«

»Wie dem auch sei, Boris: Kopf hoch und Mumm in die Knochen! Sie müssen sie dazu bringen, daß sie Sie heiratet.« Pujatkin räusperte sich. »Was haben Sie noch für Pläne?«

»Ich mache im September Urlaub.«

»Unmöglich!«

»In Rio de Janeiro. Mit Lyda.«

»Genehmigt!« Oberst Pujatkin jubelte fast. »Wir stellen Ihnen die nötigen Mittel zur Verfügung. So weit sind Sie also schon?«

»Ich bin noch weiter«, sagte Lobow und gähnte laut. Pujatkin hörte es in Moskau und hatte Mitleid mit dem Entkräfteten. »Lyda hat mir ein Angebot gemacht. Ich soll aus Rußlands Diensten ausscheiden und bei ihr als Manager eintreten. Mit 200 000 Dollar Jahresgehalt. Sie will das gegen ihre Direktoren durchboxen.«

»Zu früh, Lobow. Viel zu früh! Sie sitzen noch nicht sicher genug im Sattel! Denken Sie an die Kosaken: Erst wenn sie auf dem Pferderücken den Don bei Sturm durchschwommen haben, können sie reiten! – Was tun Sie morgen?«

»Ich treffe mich mit Lyda in einem Café in St. Germain. Dann bummeln wir an der Seine und wühlen bei den Boutiquinisten an den Quais. Ich werde ihr dort eine Schallplatte kaufen!«

»Russische Chöre?«

»Nein. Die Oper ›Norma‹ von Bellini. Hauptrolle: Irena Palvietti ...«

»Sie sind ein raffinierter Hund, Lobow! Sie wird toben!«

»Sie wird erzählen. Und ich werde ihr Beichtvater sein. Das sucht sie ja: einen Mann, bei dem sie sich aussprechen, ausweinen, austoben kann und der sie dann in die Arme nimmt und tröstet. Und ich kann zuhören und trösten.«

Kostas Portales, der Pariser Statthalter des Penopoulos-Konzerns, traf Lyda erst vier Tage nach ihrer Begegnung mit Lobow wieder. Vergeblich hatte er versucht, sie zu erreichen. In ihrer Luxussuite im Hotel ›Ritz‹ war sie ebensowenig anwesend wie in der riesigen Wohnung ihrer Freundin Helena, die in einem der prachtvollen Häuser der vornehmen und sündhaft teuren Avenue Foch eine ganze Etage bewohnte. Immer wenn Portales anrief, ertönte die lapidare Antwort: »Madame ist nicht anwesend. Nein, wir wissen nicht, wo sie ist und wann sie zurückkommt. Jawohl, wir werden ausrichten, daß Sie angerufen haben, Monsieur.«

»Das geht nicht mit rechten Dingen zu«, sagte Portales mit dunklen Ahnungen zu seinem Vertrauten, dem 2. Exportdirektor der Filiale Paris. »Wenn ich morgen von Lyda nichts höre, setze ich eine Detektei auf ihre Fersen. Ihr Rolls-Royce muß doch selbst in Paris aufzuspüren sein! Mein Gott, eine Frau wie Lyda kann doch nicht einfach tagelang untertauchen! Was denkt sie sich eigentlich?!«

Ein paarmal rief Portales auch bei den Russen an. Aber in der ›Sowjet-Export- und Handelsmission‹ bekam er nie den Chef Lobow an den Apparat, sondern nur einen untergeordneten Angestellten. Die wußten gar nichts, versprachen aber, nachzuforschen. Endlich, beim sechsten Anruf, meldete sich der Unterhändler, der damals mit Portales Kontakt aufgenommen hatte, der Genosse Okoschkin. Er war gerade mit neuen Instruktionen aus Moskau zurückgekommen und freute sich, den Griechen wieder begrüßen zu können.

»Es ist alles in der Schwebe!« sagte er und gab seiner Stimme einen betrübten Klang. »Madame Penopoulos – oder muß man sagen Madame Kampanos? – ist ein harter Verhandlungspartner. Herr Lobow kommt nicht weiter. Aber ich nehme an, Sie sind darüber informiert.«

»Natürlich!« Portales tat so, als sei er das Zünglein an der Waage. »Da tauchen mancherlei Probleme auf. Wir möchten auf gar keinen Fall in ein politisches Geschäft hineingezogen werden ...«

»Die Sowjetunion hat seit Jahrzehnten nur friedliche Absichten«, antwortete Okoschkin. »Das Mißtrauen Ihrer Firma ist irgendwie kränkend. Andere Reedereien beschweren sich nicht mit solchen Bedenken.«

»Sie haben auch nicht dieses weltweite Renommee.«

»Haben Sie das jetzt im Ernst gesagt, Monsieur Portales, oder war das ein fauler Witz?«

»Ich kann mir nicht denken, daß renommierte Reedereien ...«

»Wenn Schiffe stilliegen, nutzt das Aufpolieren des Renommees nichts mehr. Auch das vornehmste Schild verrostet dann! Wenn Sie wüßten, welche Schiffe für uns fahren, unterschrieben Sie noch heute unseren Vertrag.«

»Die Entscheidung hat Madame Kampanos sich selber vorbehalten.«

»Leider! Sie entwickelt sich zu einem Granitblock.«

Zufrieden legte Kostas Portales auf. Wenigstens der letzte Satz von Okoschkin war ein Lichtblick. Seine tiefe innere Angst, Lyda könnte dem Charme des Russen Lobow erlegen sein, war also unbegründet. Vielleicht ein anderes neues Abenteuer, dachte Portales. Einer ihrer geheimen Seitenhüpfer in die Illusion der Liebe. Ein paar Stunden oder Tage Glück, eine Welle von Selbstbetrug, bis sie auch dieses Mal wieder merken würde, daß sie nicht um ihrer selbst willen geliebt wurde, sondern nur, weil ein Mann wünschte, in den Armen einer Lyda Penopoulos gelegen zu haben. Diese Jagd nach wahrer Liebe war ihr Lebensdrama, das nie zu Ende gespielt wurde. Immer, auch nach der stürmischsten Umarmung, kam die Ernüchterung und verstörte sie das Mißtrauen. Und Portales hatte noch immer recht behalten.

Er hatte an diesem Tag nicht mehr damit gerechnet, von Lyda etwas zu hören, als das Telefon klingelte und ›Madame‹ sich meldete. Ihre Stimme klang forsch und fröhlich und offenbar glücklich. Portales nickte mehrmals vor sich hin. Wer sagt's denn, dachte er. Sie badet sich wieder in Illusionen.

»Kostas, was gibt es Neues?« fragte sie.

»Ich suche Sie verzweifelt, Lyda. Wo stecken Sie?«

»Im ›Ritz‹. Wo sonst?«

»Sie waren nie da, wenn ich Sie anrief. Darf ich zu Ihnen kommen?«

»Kann man das nicht telefonisch machen?«

Portales seufzte. Er hätte viel darum gegeben, jetzt mit Lyda unter vier Augen sprechen zu können. Nicht durch den Draht, sondern im Kontakt von Mensch zu Mensch. »Was ist mit dem Russen?« fragte er.

»Nichts.«

»Wie soll ich das verstehen?«

»Ich habe die Verhandlungen vor einer Stunde abgebrochen.«

»Du lieber Himmel! Warum?«

»Raufen Sie sich nicht die letzten Haare aus, Kostas!« Lyda lachte jungmädchenhaft. »Dieser Genosse Lobow ist zwar ein netter Mann, aber seine Absichten sind mir zu politisch.«

»Waffenlieferungen nach Afrika?«

»Da wehrt er ab, als wollte ich ihn für einen neuen Krieg verantwortlich machen. Nein, es kommt mir seltsam vor, daß er alle unsere Preisvorstellungen sofort akzeptiert. In unserer Branche, das wissen Sie, Kostas, ringt man um Achtelprozente! Gerade jetzt, in dieser miesen Lage, wo so viele Schiffe vor sich hinträumen! Er könnte bei kleineren Linien fast um ein Drittel billiger chartern. Aber nein, er will uns! Er will drei unserer größten Tanker! Er will drei Containerschiffe! Und er will nicht pro Ladung, sondern auf Zeit chartern. Das bedeutet, er will die höchste Kapazität herausholen. Da stimmt doch etwas nicht.«

»Das sage ich auch, Lyda. Haben Sie endgültig abgesagt?«

»Ich habe es offengelassen. Aber ich will nicht. Ich habe an meinen Vater gedacht. Er ist dem Geld nie aus dem Wege gegangen, aber unehrenhaft hat er nie gehandelt. In den Aufbaujahren – na ja ... Aber heute können wir es uns leisten, auch einmal nein zu sagen.«

»Das kostet viel Geld, Lyda.«

»Wie steht das Geschäft?«

»Mittelprächtig. Wir kommen ohne Verluste über die Runden.« Portales räusperte sich. »Was haben Sie für die nächsten Tage geplant, Lyda?«

»Nichts. Ich bin morgen wieder im Büro.«

Portales atmete hörbar auf. »Das ist schön!« sagte er wie ein beschenkter Junge.

»Und im September werde ich mich in Rio erholen.«

»Wie geplant?«

»Wie geplant. Ich hoffe, daß nichts dazwischenkommt. Vorher will ich noch nach Sapharin und Vaters Grab besuchen. Und nach Monte Carlo muß ich auch.«

»Was soll ich sagen, wenn heute die Russen anrufen, Lyda?«

»Sie rufen nicht mehr an. Ich habe diesem Lobow gesagt, daß es zwecklos ist.«

Zufrieden legte Portales auf. Auch wenn ein Millionengeschäft verlorengegangen war – im Grunde war er froh darüber. Er mochte die Russen nicht, so wie auch der alte Stavros Penopoulos nie in seinem Leben Kontakt mit den Sowjets gesucht hatte. »Sie sind mir unheimlich«, hatte er einmal gesagt. »Sie sind ja noch raffinierter als ich.«

An diesem Tag rief Lyda, auf dem Bett liegend und sich in einem großen Spiegel betrachtend, bei Lobow an.

»Boris, mein Liebling«, sagte sie und reckte und dehnte sich. »Was tust du?«

»Ich lese die neuen Exportberichte, mein Schatz.« Lobows Stimme, von träumerischer Zärtlichkeit, jagte einen Schauer über Lydas Haut.

»Weißt du, was *ich* tue?«

»Du drückst einen Telefonhörer an dein süßes Ohr.«

»Ich liege auf meinem Bett und sehe mich in einem Spiegel und denke an dich. Ich bin ganz nackt ... Jetzt schließe ich die Augen und streichele meine Brust und bilde mir ein, es sei deine Hand. Wie schön das ist. Hörst du es?« Ihr Atem ging schwerer. »Ich zittere vor Sehnsucht, Boris ... Ich könnte schreien! Wenn du mich jetzt sehen könntest ...«

»Ich sehe dich vor mir«, sagte Lobow zärtlich.

»Boris ...«

»Deine runden Brüste heben und senken sich, und wenn du die Lider aufschlägst, sind deine schwarzen Augen weit und glänzend und weit fort von dieser Erde, in einem nur uns bekannten Paradies.«

»O Boris, ich weine vor Sehnsucht ...«

»Ich bin bei dir!« Lobow beugte sich über das lautlos mitlaufende Tonbandgerät, das mit dem Telefon gekoppelt war. Das magische Auge schlug weit aus – es wurde eine gute, klare Aufzeichnung. »Hast du mit Portales gesprochen?«

»Ja. Er glaubt alles.«

»Das ist gut. Das war die beste Idee: untertauchen in die Anonymität. So kann niemand unsere Liebe stören.«

»Und wie bringst du das deinem Ministerium bei? In den Augen deiner Vorgesetzten hast du versagt.«

»Das ist schon erledigt, mein Liebling.« Lobow lächelte vor sich hin. »Im Gegenteil, man hat mich noch gelobt, weil ich nicht jeden Preis akzeptiert habe. Jetzt verhandle ich mit einer anderen Reederei. Es gibt genug brachliegende Schiffe. Wichtig ist nur eins: Niemand wird von unserer Liebe erfahren.«

»Noch nicht, mein kleiner Russe ...« Er hörte Lyda wieder seufzen und stellte sich vor, wie sie nackt vor dem Spiegel im Bett lag und ihren Körper streichelte. Ein unersättliches Weib, dachte er. Ein Körper, der zu einem Vulkan wird, sobald man ihn berührt. Wieviel unerwiderte Liebe ist in ihm gespeichert!

»Was heißt: Noch nicht?« fragte er vorsichtig.

»Ich werde mich scheiden lassen ...«

»Überleg dir das, mein Schatz!«

»Ich habe es mir sehr gut überlegt. Ich kann Alexander Kampanos nicht mehr sehen, nicht mehr hören, nicht mehr riechen! Er ist ein Idiot! Er treibt sich lieber im ›Hotel de Paris‹ von Monte Carlo herum, als daß er im Büro arbeitet. Und wenn er eine Blonde aus dem Norden sieht, führt er sich auf, als ob's ihn am ganzen Körper juckt. Hinterher, im Bett, blamiert er sich dann. Da gähnt er nur, verdreht die Augen und stöhnt: ›Hätte ich bloß die beiden letzten Gläser nicht getrunken!‹ Was er dann leistet, ist jämmerlich. Aber den Blonden gefällt es trotzdem. Sie genießen den heimlichen Triumph, den Mann von Lyda Penopoulos im Bett zu haben! Nein, Boris, ich lasse mich scheiden.«

»Das gibt für sechs Wochen Stoff in allen Zeitungen.«

»Na und? Das bin ich gewöhnt, mein Liebling. Sollen sie schreiben, bis ihnen die Finger bluten: Es ist *mein* Leben, und was ich daraus mache, ist ganz allein meine Angelegenheit. Was geht mich die Welt an? Bin ich Allgemeingut, nur weil ich Milliarden geerbt habe?!« Sie seufzte wieder, betrachtete sich im Spiegel und fand, daß sie schön aussah, wenn sie voller Sehnsucht war. »Wie gut, daß es dich gibt, Boris. Von unserer Liebe wird niemand erfahren.«

»Wir müssen vorsichtig sein.« Was Lobow jetzt sagte, meinte er sehr ernst. »Wir können uns jetzt keinen Skandal leisten. Noch ist die Gesellschaft auf uns nicht vorbereitet.«

»Ich liebe dich, Boris. Wann sehen wir uns wieder?«

»In diesem Monat nicht mehr, mein Schatz.«

»Das halte ich nicht aus!«

Lobow lächelte milde. »Ich muß nach Moskau! Aber vergiß nicht, immer bin ich bei dir! Wenn du auf Sapharin bist oder in Monaco oder sonstwo auf der Welt: Schließ die Augen ...«

»So wie jetzt ...«, flüsterte sie heiser.

»Atme tief ...«

»Ich seufze ...«

»Denk an unsere letzte Nacht ...«

»Ich fühle dich.«

»Dann bin ich immer bei dir.«

»O Boris! So habe ich noch nie geliebt ...«

Er hauchte einen Kuß ins Telefon und legte auf. Dann stellte er das Tonbandgerät ab, nachdem er noch Tag und Uhrzeit ins Mikrofon gesprochen hatte. Oberst Pujatkin wird beim Abhören rote Ohren bekommen, dachte er und zündete sich eine Zigarette an. Er ist schnell erregbar, weil er sexuell völlig verklemmt ist. Seine Erotik lebt sich in wilden Wunschträumen aus, denn Alexandra Tichonowna, seine Frau, hält ihn an der kurzen Leine. So gefürchtet Pujatkin im KGB ist, zu Hause muß er das Bärchen mit den Samtpfoten spielen. Dieses Tonband wird ihn etwas aufmöbeln.

Lobow drückte auf eine Taste. Irgendwo im Büro schellte es. Kurz darauf trat Okoschkin ein.

»Wie weit sind Sie gekommen, Pal Diogenowitsch?« fragte Lobow dienstlich.

Okoschkin rieb sich die Hände. »In den nächsten Wochen werden wohl einige Illustrierte wieder die alten Geschichten in großer Aufmachung aufwärmen: Stavros' Affäre mit Irena Palvietti und vor allem den mysteriösen Absturz von Perikles Penopoulos. Ich habe einen Journalisten engagiert, der ganz neue Theorien aufstellt und Perikles' Freund Tyron Spiriades verdächtigt. Das wird einen Riesenprozeß geben, aber alle Welt wird darüber sprechen und noch einmal alles aufrollen. Die Prozeßgelder sind vom Chef genehmigt.« Okoschkin lächelte breit. »Wenn das nicht das schwarze Vögelchen zermürbt, hilft gar nichts mehr.«

»Was ist mit der Witwe Nany Johnes?«

»Kommt als nächster Akt, Genosse. Immer der Reihe nach! Wie beim Feuerwerk. Die letzten Raketen sind die größten und buntesten.« Okoschkins Gesicht glänzte vor Zufriedenheit. Seine Organisation versagte nie. »Wir müssen nur noch den Zeitplan abstimmen, Boris Jegorowitsch.«

»Ich brauche ein Jahr.«

»Ein ganzes Jahr?!« Okoschkin gab sich entsetzt.

»Wenn ich jetzt zur Offensive übergehe, wird sie wie immer mißtrauisch. Sie muß sich über einen langen Zeitraum hinweg überzeugen können, daß ich mir aus ihren Milliarden nichts mache, sondern nur *sie* liebe. Den Menschen Lyda! Dann wird sie von selbst darauf kommen, der ganzen Welt bekanntzugeben, daß sie andere Erfüllung gefunden hat. Gegen meinen Willen – aber sie wird darauf bestehen! Das heißt: Dann muß alles zwischen uns so fest sein, daß der massive Gegendruck, der sofort einsetzen wird, an ihr abprallt. Ich erwarte, daß die ganze westliche Welt aufschreit. Dagegen müssen wir gewappnet sein. Pal Diogenowitsch, das ist ein so großes Unternehmen, daß ein paar Wochen oder Monate wirklich keine Rolle spielen.«

Okoschkin nickte. Er sah es ein, auch wenn er an schnellere

Arbeit gewöhnt war. Die dramatischen Einbrüche in die Lebenslinie der Dynastie Penopoulos, die von aller Welt ergriffen miterlebten ›Schicksalsschläge‹ waren Okoschkin schnell und elegant von der Hand gegangen. Er erinnerte sich gern an sie; es waren Meisterleistungen, die ihm sogar drei Umarmungen von Oberst Pujatkin und Admiral Gorschkow eingebracht hatten. Das will etwas heißen, denn nicht allzu gern umarmt man in Rußland, und nicht einmal beim abgebrühten KGB, einen Mann, den man vertraulich nur den ›Liquidator‹ nennt . . .

Sie rannten durch den staubfeinen, weißen Sand, planschten in den weißschäumend anrollenden Wellen, warfen sich, in das Wasser hineinstürzend, den größeren Wogen entgegen und ließen sich auf den Schaumkronen wieder zur Küste tragen. Sie lachten und jauchzten wie kleine Kinder, ließen das Meer an ihre Körper klatschen und schrien hell auf, wenn die Wellen sie umwarfen und die Flut sie über den Sand rollte.

Rio de Janeiro.

Der Strand am ewig blauen Meer. Sonne, Palmen, Strandzelte, Sonnenschirme aus geflochtenem Stroh, weiße Liegen. Mädchen, langbeinig und flatterhaarig, in knappen Tangas, die, indem sie unterstrichen und schamhaft verbargen, mehr Aufmerksamkeit als mit völliger Nacktheit zu erregen wußten: Anreiz für Phantasie und Begehren. In der Ferne der Zuckerhut, das Wahrzeichen der Stadt. Dann der Felsen mit dem Riesenchristus, der mit ausgebreiteten Armen die schöne, von Glut durchpulste Häuserwildnis segnete. Ein Leben ohne Zeit in Meer und Sonne.

Sie hatten, abseits vom allgemeinen Trubel, ihr Strandzelt aufgebaut und lagen in ihren Liegestühlen im Schatten der runden Strohschirme. Niemand kannte sie hier: zwei junge

Menschen, ein schlanker, mittelgroßer, blonder Mann und eine etwas pummelige, schwarzhaarige Frau, die in ihrem Bikini aussah, als habe sie den Speck der Backfischjahre noch nicht ganz abgestreift. Wenn sie sich in die Wellen warfen, liefen sie Hand in Hand, wie Kinder, die Angst vor ihrem eigenen Mut bekommen. Ab und zu lagen sie sich in den Armen, küßten sich, während die Wellen über sie hereinbrachen und sie überschütteten, oder sie badeten an verschiedenen Stellen und rannten dann mit ausgebreiteten Armen aufeinander zu, als hätten sie sich nach langer Trennung wiederentdeckt. Dann machte sie einen Sprung, hing an seinem Körper, er fing sie auf, umklammerte sie, schwankte ein wenig unter ihrem Gewicht und trug sie, immer wieder ihr Gesicht oder ihren Brustansatz küssend, zurück zum Strandzelt.

Eine selige, eine traumhafte Woche des Glücks.

Nachts bummelten sie durch die lauten Lokale, durch Diskotheken und Bars, tanzten Wange an Wange, eng umschlungen in der Masse der anderen Tänzer, und aßen in brasilianischen Lokalen die Spezialitäten des Landes. Mr. und Mrs. Stan Harding, so hatten sie sich im Hotel eingetragen. Keiner kümmerte sich um sie. Wer kannte hier Lyda Penopoulos oder gar Boris Jegorowitsch Lobow? Auch wenn ihr Bild in den Zeitungen gewesen wäre – hier in Rio, im immerwährenden Karneval des Lebens von Copacabana, starrte niemand dem anderen ins Gesicht. Hier war man nur Mensch, weiter nichts. Ein Mensch, der nichts anderes will als glücklich sein.

Lobow war zufrieden. Die Welt hatte bisher nichts von der russisch-griechischen Verbindung gemerkt, die in absehbarer Zeit die westliche Wirtschaft erschüttern würde und gegen die es dann kein Mittel mehr gab. Das Direktorium schwieg die ersten Kontakte mit den Sowjets tot, zumal die Chefin selbst, weitsichtig genug, das russische Abenteuer abgeblasen hatte. Danach verlor die ›Sowjet-Export- und Handelsmission‹ in Paris an Interesse. Kostas Portales sah keinen Grund, sich über sie noch viel Gedanken zu machen.

Der erste Teil des Planes war damit abgeschlossen und konnte abgehakt werden: Lobow hatte das Herz der Erbin gewonnen. Der letzte Akt des Dramas, das bereits 1959 begonnen hatte, als die Primadonna Irena Palvietti das bisher glückliche Familienleben der Penopoulos' sprengte und dem Titanen Stavros bewies, daß er die berühmtesten Frauen der Welt für sich erobern konnte, weil er Penopoulos hieß, ließ sich jetzt in aller Ruhe vorbereiten.

Wer würde jemals ahnen, daß die Puppenspieler in Moskau saßen? Wer konnte wissen, daß jeder tragische Schicksalsschlag in diesem Drama am Schreibtisch von Oberst Pujatkin bis in alle Details vorbereitet worden war? Das große Ziel: eine der größten privaten Handelsflotten auch ›privat‹ in die Hand zu bekommen, zum Nutzen Rußlands und zur gefährlichen Schwächung des Westens.

Am vorletzten Tag in Rio war es, das Paar lag wieder, geschützt durch die Strohschirme, am Strand, als Lobow eine Kassette in den eingebauten Rekorder seines Radios legte und auf den Startknopf drückte. Lyda lag neben ihm, hatte die Augen geschlossen und genoß den warmen Wind, der vom Meer über ihren fast nackten Körper glitt. Sie fühlte Boris' Hand auf ihrem Bauch, lächelte und umklammerte seine tastenden Finger.

Musik klang auf. Rauschend, wild, entfesselt und doch von wundervollem Wohlklang. Dann erhob sich eine metallene, mächtige, alles beherrschende Stimme, die den Lautsprecher zu sprengen drohte: ein Sopran, der den Hörer ansprang wie ein Raubtier.

Die große Arie der ›Norma‹ von Bellini.

Lyda erstarrte. Nach den ersten Tönen fuhr sie hoch, blickte wie im plötzlichen Irrsinn um sich, dann hieb sie mit der Faust auf den Apparat, packte ihn und schleuderte ihn von sich. Irgendwo zwischen Steinen knallte er auf, aber er zerbrach nicht, das Band lief weiter, und von ganz weit her hörte man noch immer die glitzernde, alles durchdringende Stimme.

Lobow saß erstarrt und spielte vollendet den Sprachlosen. Endlich wischte er sich mit zitternden Händen über die Augen. »Was ist denn los, Liebling?« stotterte er. »Warum wirfst du das Radio weg?«

»Diese Stimme!« Ihr Gesicht war wie versteinert. Die Lippen waren nur noch ein Strich. Die Augen glühten. Das Bikinioberteil, das sie nur lose übergelegt hatte, war in den Sand gefallen. Lobow sah sie von unten her an. Man kann sich an sie gewöhnen, dachte er. Schönheit allein macht eine Frau nicht aus.

»Eine Oper«, sagte er, noch immer den Ahnungslosen spielend.

»›Norma‹ von Bellini!«

»Ich weiß nicht. Möglich. Aber es war doch schön . . .«

»Die Palvietti hat gesungen!«

»Ich weiß nicht. Ich kenne mich da nicht aus. Sag mal, erkennst du so auf Anhieb eine Stimme? Alle Achtung! Du bist ein Opernfan?«

»*Diese* Stimme erkenne ich noch im Tode!« Sie warf die Beine herum und beugte sich mit ihren nackten Brüsten zu ihm. Das ist unmöglich, schien sie zu denken. Er sollte nichts wissen von meinem Vater und dieser Sängerin? Das gibt es doch nicht. Fast zehn Jahre lang waren sie der Gesprächsstoff der Welt. Zehn Jahre lang litt ich darunter. Und dann kam die andere, die große Nany Johnes, und der Skandal wurde noch größer und ich noch einsamer. Er sollte das alles nicht wissen?

»Warum hast du dieses Band mit der Palvietti gekauft?« fragte sie heiser.

»Weil es mir gefiel. Eine große Stimme ...« Er blickte hinüber zu den Steinen, hinter die der Radioapparat gefallen war und von wo noch schwach die Arie der Norma tönte. »Schade, daß sie nicht mehr singt ...«

»Ich wünsche ihr ein Leben ohne Kehlkopf!« sagte Lyda.

»Na, na! Warum denn das?«

»Da kannst du noch fragen?«

»Vielleicht siehst du das als Opernkennerin anders. Für mich singt sie sehr gut! Was mißfällt dir an der Stimme?« Das alles klang so harmlos, daß Lyda nicht wußte, wie sie sich verhalten sollte. Zum erstenmal in ihrem Leben begegnete sie einem Menschen, der nichts von Stavros Penopoulos und Irena Palvietti wußte. Das war so unbegreiflich, daß selbst ihr wilder Zorn in sich zusammenfiel.

»Wo kommst du her?« fragte sie und wischte sich die Haare aus dem Gesicht. »Vom Mond?«

»Aus Rußland!« Lobow lachte leise, etwas bedrückt. »Manche Leute verwechseln das mit dem Mond.«

»Du kennst die Palvietti nicht?«

»Nur die Stimme.«

»Und die Jahre 1959 bis 1968?«

»O Liebling, da war ich ein kleiner Beamter in Ausbildung und konnte mir nicht einmal im Sommer täglich ein Eis leisten, geschweige eine Platte von der Palvietti.«

»Ich meine keine Platten. Du hast nie gehört, daß mein Vater ...?«

»Hat er ein Konzert mit der Palvietti geben lassen?« fragte Lobow.

»Das ist ja nicht zu fassen!« Lyda sank auf ihren Liegestuhl zurück und bedeckte mit beiden Händen ihre Brüste, als schämte sie sich plötzlich. Mit weiten Augen starrte sie gegen die Unterseite des Strohschirmes.

»Ich war damals neun Jahre alt«, sagte sie. »Wir lebten in New York, Mama und ich. Papa war wie immer ständig unterwegs. London, Paris, Athen, Rom, Monte Carlo oder kreuz und quer mit der Jacht im Mittelmeer. Da kamen die ersten Fotos: ›Irena Palvietti und Stavros Penopoulos auf der Jacht bei einer Fahrt ins Glück.‹ Mama und ich haben darüber gelacht. Papa und eine Opernsängerin! Papa hat sich nie etwas aus Opern gemacht. Er besuchte zwar die Opern in Paris und in Rom, auch die Metropolitan in New York, aber es war für ihn eine Qual. Er ging nur hin, weil es zum guten Ton gehörte, sich sehen zu lassen. Puccini war ihm zu süß und verlogen, Wagner zu laut, Mozart zu verspielt, Verdi zu blutrünstig, Strauß zu füllig, und alles, was da auf der Bühne sang und starb, war ihm viel zu unwirklich. Papa war Realist. Er ließ sich nie durch Kunst, durch Oper, Konzert oder Theater verwirren. Natürlich liebte er schöne Bilder; er ließ unsere Jacht von einem berühmten Maler ausmalen, er hängte sogar echte Impressionisten in die Kabinen, aber nicht weil sie ihm ans Herz gewachsen, sondern weil sie berühmt und teuer waren. Und plötzlich sollte er die Oper entdeckt haben? Wir haben gelacht, Mama und ich! Aber dann verging uns das Lachen. Es wurde dunkel in unserer Familie . . .«

Sie atmete tief und legte beide Hände über ihr Gesicht. Die Erinnerung trug sie weg. Ein Zittern lief durch ihren Körper. Lobow betrachtete sie mit einem fast wissenschaftlichen Blick.

»Reg dich nicht auf«, sagte er leise, mit einer geradezu hinterhältigen Zärtlichkeit. »Es ist doch so lange her.«

»Es ist immer in mir. Alles ist in mir, alles, was ich erlebt habe. Ich brenne es in mich hinein. Ich tätowiere meine Seele damit. Es geht nie wieder weg.«

Als sie Irena Palvietti zum erstenmal sah, trug sie ein bodenlanges seidenes Kleidchen mit vielen Rüschen. Es war am späten Nachmittag auf der Jacht. Papa hatte sie in Athen abgeholt. Die Sängerin war unten in ihrer Kabine geblieben und ruhte sich aus.

»Die See ist ziemlich rauh«, sagte Stavros und umarmte Lyda als ein zärtlicher Vater. »Irena Palvietti verträgt das Seefahren noch nicht so gut. Freust du dich?«

»Worauf?« fragte sie. Stavros zog das Kinn an und rückte die große Sonnenbrille näher an seine Augen.

»Sie ist eine ganz große Berühmtheit, mein Sternchen.«

»Sie kann singen! Das kann ich auch!«

»Natürlich.« Stavros lachte. Wenn er lachte, sah er wieder aus wie ein armer griechischer Fischer. Sein Gesicht verzog sich dann in lauter Falten. »Die ganze Welt kennt sie.«

»Dich kennt man auch!«

»Sie wird dir gefallen.«

»Warum soll sie mir gefallen?«

»Sie ist unser Gast.«

»Stimmt das, was Mama sagt?«

»Was sagt Mama zu dir?« Stavros lehnte sich an die Reling. Auf seiner Stirn erschien eine steile Falte.

»Die Sängerin will meine neue Mama werden.«

»Blödsinn! Wie kann Mama solch einen Unsinn erzählen?«

»Sie hat dabei geweint ...«

»Mama weint schnell, das weißt du.« Stavros versuchte ein müdes Lächeln. »Irena Palvietti ist eine liebe Frau. Du wirst es sehen. Ich bin froh, daß sie hier ist.«

»Warum bist du froh?«

Stavros wußte auf diese Frage keine Antwort, die man einem neunjährigen Mädchen zumuten konnte. Er stieß sich von der Reling ab, schellte nach einem Steward und bestellte ein großes Glas Orangensaft für Lyda. Er war sehr nervös, schimpfte mit dem Kapitän und wurde erst ruhiger, als sie Athen nicht mehr sahen und das blaue Meer durchpflügten.

Dann endlich kam sie, die große Irena Palvietti. Sie stieg die Treppe zum Salon hinauf, in einem weitausgeschnittenen roten Strandkleid aus Frottee, die langen schwarzen Haare zu einem Schwanz zusammengebunden. Das sollte sie jugendlicher machen, wie auch die große Sonnenbrille und die Halskette aus goldenen Margeritenblüten, die auch an ihren Ohren glitzerten. Eine Kreation von Junière in Paris, sündhaft teuer. Aber was wußte die kleine Lyda von Junière? Dior kannte sie besser, der hatte ihre Puppen angezogen mit Modellkleidern, die ihr oft nicht einmal gefielen. Die Puppen der armen Kinder mit ihren einfachen Fähnchen waren viel interessanter.

Stavros kam auf Irena zu, küßte sie auf die Wangen und legte den Arm um sie. Lyda saß unbeweglich auf einem Deckstuhl unter dem Sonnendach der Jacht und sah der fremden Frau mit zusammengekniffenen Augen entgegen. Papa hat sie geküßt, dachte sie. Einfach geküßt! Darf er das denn? Nur Mama darf er küssen, das weiß ich. Und er umarmt sie sogar, während sie gehen und zu mir kommen. Sie lehnt sich in seinen Arm, als könne sie nicht allein gehen und müsse gleich umfallen. Ist sie krank?

»Das ist Lyda!« sagte Stavros stolz, als sie vor dem Kind standen.

Irena Palvietti verzog den breiten Mund zu einem Lächeln. »Ganz wie auf den Bildern! Guten Tag, Lyda.«

»Guten Tag!« Lyda blieb sitzen und übersah die Hand, die sich ihr entgegenstreckte. Eine lange, krallenartige Hand, die gar nicht zu dem wohlproportionierten Körper paßte. »Du bist die Sängerin?«

»Ja.« Die Palvietti schien etwas verwirrt. Stavros lächelte schief. »Du hast mich schon gehört?«

»Nein! Mama hat mir von dir erzählt. Du siehst aber ganz anders aus. Du bist viel, viel dicker.«

Die Palvietti zuckte zusammen, aber sie behielt Haltung. Stavros wurde rot und klingelte wieder nach dem Steward. »Champagner!« brüllte er, als der griechische Diener erschien. »Ich habe befohlen, daß immer Champagner in der Nähe ist! Sauerei!«

Was im Inneren der Palvietti in diesen Minuten vorging, wußte nur sie allein. Sie saß hinter dem weißen Tisch, schlürfte ihren Champagner und blickte über das leicht bewegte, von der Abendsonne wie vergoldete Meer. Erst viel später, als sie gertenschlank geworden war, als sie sich über sechzig Pfund buchstäblich abgehungert hatte und von einem Nervenzusammenbruch zum andern stolperte, als sie ihre Stimme durch das Hungern verloren hatte und nur noch der Schatten der großen Palvietti war, würde sie zu einem Vertrauten sagen: »Das kleine Biest hat mich vernichtet! Sie hat es geschafft. Damals hat sie mich mit einem Satz tödlich getroffen.«

Das Abendessen im Salon verlief bedrückend still. Lyda beobachtete Irena Palvietti und verfolgte jeden Bissen, den sie zu sich nahm. Stavros versuchte fröhlich zu sein, erzählte von seinen ›Kampfjahren‹ in New York und flocht Anekdoten ein, über die er am meisten lachte. Es kam keine Stimmung auf.

»Ich bin müde«, sagte Lyda nach dem Essen. »Ich geh' ins Bett.«

Aber sie ging nicht ins Bett, sie legte sich auf die Lauer. Stavros' Kabine war neben der ihren, und als sie nach zwei Stunden hörte, wie er leise die Tür schloß, öffnete sie ihre Kabinentür und spähte in den Flur. Sie sah ihren Vater, wie er lautlos nach hinten schlich, zu den Gästekabinen, wo auch Irena Palvietti schlief. Es war ein merkwürdiger Anblick, den Papa so auf Zehenspitzen gehen zu sehen. Es tat weh, denn Lyda war alt genug, um zu wissen, wohin er schlich.

Sie wartete eine Weile, bis Stavros bei Mrs. Palvietti in der Kabine sein mußte, dann rannte sie auf nackten Füßen den Gang hinunter und legte ihr Ohr an die Tür. Die Stimmen waren gedämpft, aber sie konnte sie gut verstehen.

»Sie hat mich beleidigt!« schrie die Palvietti. »Und du stehst dabei und läßt es zu! Ich hätte ihr eine heruntergehauen!«

»Ich habe meine Kinder nie geschlagen!« sagte Stavros ernst. »Nie!«

»Das hat ihnen gefehlt! Man sieht es! Oh, ich werde mit ihr nie warm werden! Wir werden uns nie verstehen! Nie! Ihr Blick ist Haß! Ich kenne das! Auch ich kann hassen! Wie lange bleibt sie auf der Jacht? Wochenlang? Das halte ich nicht aus! Bring sie zurück nach Athen oder setze sie in Monte Carlo ab, so lange ertrage ich sie noch! Aber keinen Augenblick länger! Wenn sie in Monte Carlo nicht von Bord geht, gehe ich! Was ist dir lieber!? Ich lasse mich doch nicht von einem Kind terrorisieren! Oh, mein Kopf! Ich könnte schreien, so weh tut er! Habe ich das nötig, Stavros?! Sie muß so schnell wie möglich vom Schiff!«

Lyda hielt den Atem an. Es trat für einen Augenblick Stille ein, wahrscheinlich küßte Papa die Palvietti. Dann hörte Lyda ihn ruhig sagen: »Gut. Ich schicke sie in Monte Carlo zu Freunden. Es wird schon alles gut gehen, Irena. Ihr habt noch viel Zeit, euch aneinander zu gewöhnen. Ihr seid zwei ausgewachsene Persönlichkeiten, ja, auch Lyda; mit ihren neun Jahren hat sie schon einen so ausgeprägten Willen wie ich. Das ist mein Stolz. Warten wir's ab.«

Mit wehem Herzen schlich Lyda in den Salon. Mit angezogenen Knien hockte sie sich auf einen Sessel und starrte vor sich hin. Da sah sie einen Stapel Platten neben dem Grammophon liegen. Schwarze, runde, zerbrechliche Schellackscheiben mit der wunderbaren Stimme der Palvietti.

Mit einem Satz war sie aus dem Sessel, stürzte zu den

Platten, packte sie mit beiden Händen. »Kaputt sollst du sein!« sagte sie und weinte plötzlich. Eine heiße Welle durchbrauste sie. »Kaputt! Kaputt! Wie du Mama kaputt machst! Und Papa! Uns alle machst du kaputt!«

Sie schleuderte die Platten auf den Boden, zerstampfte sie mit ihren nackten Füßen und merkte nicht, wie die Schellacksplitter, Messern gleich, in ihre Füße schnitten. Und während sie sich immer neue Schnittwunden zuzog, schrie sie mit kindlicher, zerbrochener Stimme: »Kaputt sollst du sein! Kaputt! Ganz kaputt ...« Dann tappte sie in ihre Kabine zurück, eine Blutspur hinter sich nachziehend, setzte sich in die Badewanne, ließ kaltes Wasser laufen und kühlte ihre blutenden Füße, ohne einen einzigen Schmerzenslaut von sich zu geben.

Stavros Penopoulos war so klug, am nächsten Tag nichts von dem Vorfall zu erwähnen. Auch Lyda sprach nicht darüber. Sie trug trotz der Hitze Strümpfe, die alle Pflaster an ihren Füßen verdeckten. Sie hatte sich alleine versorgt, ohne Hilfe eines Stewards oder des Dieners von Stavros, auch ohne Mademoiselle Georgette, die als Gouvernante an Bord gekommen war und Lyda drei Stunden am Tag Sprachunterricht erteilte: Französisch und Italienisch an zwei Tagen, Griechisch und Englisch an zwei Tagen und Spanisch am fünften Tag.

»Es muß sein, mein Engelchen«, hatte Stavros gesagt, als Lyda sich beschwerte, weil ihre Freundinnen nur zwei, höchstens drei Sprachen lernten. »Mit einem Partner in seiner Sprache sprechen zu können ist schon der halbe Vertrag. Das wirst du später einsehen. Du bist kein ›Mädchen um die Ecke‹, du bist die Tochter von Penopoulos!«

Auch Lyda sprach nicht von diesem Abend. Sie freute sich, daß sie einen kleinen Sieg errungen hatte: Irena Palvietti frühstückte an diesem Morgen nicht mit ihnen auf dem Sonnendeck. Stavros schien bester Laune zu sein. Er teilte seiner Tochter mit, daß man jetzt eine ganze Zeit auf dem Wasser bleiben werde. »Wir fahren nach Venedig, mein Liebling!« sagte er und biß in sein morgendliches Honigbrötchen. »Dort kommen neue Gäste an Bord. Berühmte Gäste.«

»So?« antwortete Lydia lustlos. »Wer denn?«

»Winston Churchill mit Frau. Er will an Bord malen!«

»Wo alles so wackelt?«

»Das stört ihn nicht.« Stavros lachte dröhnend. In solchen Augenblicken war er wieder der griechische Fischer, der bei seinem Ouzo sitzt und über sein Fischerlatein lachen kann, daß die Wände dröhnen. »Zwei Prinzen werden kommen, der Herzog und die Herzogin von Lockworth, die Varellis, du weißt, die vom Autokonzern. Lauter nette Leute. Und wichtige Leute ...«

»Und sie?« fragte Lyda. Sie stocherte in ihrem Kakao herum.

»Wer ist ›sie‹?«

»Die Sängerin!«

»Sie fliegt morgen zurück nach Rom. Sie muß singen.«

»Das ist gut.«

»Aber in Venedig kommt sie wieder mit den anderen an Bord. Ihr Mann ist auch dabei.«

»Sie ist verheiratet?«

»Natürlich!« Stavros trank seinen kalt gewordenen Tee. »Ein reicher Mann. Besitzt Kiesgruben und Steinbrüche, Bausteinfabriken und Sägewerke.«

»Dann braucht sie also gar nicht dein Geld?!«

Bei dieser Frage brach Stavros Penopoulos die Unterhaltung mit seiner Tochter ab. Er stand auf und wischte sich mit der Serviette über den Mund. Lyda sah ihn von unten her an, ebenso trotzig wie er, ganz seine Tochter.

»Was machst du jetzt?« fragte er.

»Ich weiß nicht. In der Sonne liegen. Lesen, Radio hören. Es ist alles gleich langweilig.«

»Willst du wieder zurück nach New York?«

»Nein.«

»Nach London?«

»Nein.«

»Was willst du denn?«

»Ich wünschte, Mama wäre hier.«

Stavros biß die Lippen zusammen, sah seine Tochter böse an und ging unter Deck.

Eine Stunde später telefonierte Lyda mit New York. Die Verständigung über Funktelefon war gut, nur ab und zu von Rauschen oder Knattern unterbrochen. Atmosphärische Störungen. Genia saß in ihrer Wohnung, in ihrem prunkvollen Bett und rieb sich die Augen. In New York war es jetzt drei Uhr morgens. »Du hast mich geweckt, Engelchen«, sagte sie müde. »Was hast du denn?«

»O Mama, ich habe ganz vergessen, daß bei dir die Zeit anders ist. Ich wollte dich nur hören.« Lyda schloß die Augen. Sie sah ihre Mutter im Bett sitzen, in einem langen, weiten, mit Spitzen besetzten, von Dior entworfenen Nachthemd aus Voile, einem Nachthemd voller Blüten, denn Mama liebte alle Blumen.

»Wo bist du jetzt?« fragte Genia Penopoulos.

»Vor Athen. Wir kreuzen zwischen den Inseln.«

»Was macht Papa?«

»Er arbeitet, wie immer.«

»Und was machst du sonst, Kleines?«

»Nichts. Es ist langweilig ohne dich, Mama.«

»Du bist ganz allein?«

»Nein. *Sie* ist an Bord ...«

»Sie ...« Genias Stimme wurde leiser. »Seit wann?«

»Ich weiß es nicht. Sie war schon da, als ich kam. Ich habe all ihre Platten zerbrochen!«

»Damit änderst du nichts, Engelchen. Sei brav! Gute Nacht, mein Kleines.«

Lyda preßte den Hörer fest an ihr Ohr. Da war ein anderer Laut, kein Knacken oder Rauschen. Da schwang über Tausende von Kilometern ein unterdrücktes Schluchzen mit. Genia weinte.

»Gute Nacht, Mama«, sagte Lyda. Ihre Lippen zuckten. »Sei nicht traurig, Mama . . .«

Sie legte auf und starrte gegen die Kabinenwand. Die Figuren an der Wand, phantasievolle Allegorien eines berühmten Malers, glotzten sie an. Ich hasse sie, dachte Lyda böse. Ich möchte sie vernichten. Aber wie? Wie? Mama weint! Ob man die Sängerin töten kann?

Sie saß am Fenster, starrte auf die vorbeirauschenden Wellen und malte sich aus, wie es wäre, wenn sie die Palvietti über Bord stoßen, sie in diesen schäumenden Wogen ertränken würde. Das Weinen der Mutter ging ihr nicht mehr aus dem Ohr – und mitansehen, mitanhören zu müssen, wie ihr Vater nachts heimlich zu seiner Geliebten schlich, das tat weh, ganz innen in der Brust furchtbar weh. Es nahm ihr den Atem.

Um zehn Uhr kam die Gouvernante mit dem Französischbuch. Lyda saß noch immer am Fenster. Sei mein Freund, Meer, dachte sie. Laß sie ertrinken! Schick eine hohe Welle her und reiß sie über die Reling, wenn sie im Liegestuhl liegt und sich sonnt. Aber Papa laß leben, nimm ihn nicht mit! Nur sie. Nur sie. Ich liebe meinen Papa.

»Was träumst du wieder, Lyda?« sagte die Gouvernante.

Lyda war es, als schütte jemand eiskaltes Wasser über sie aus. Sie duckte sich.

»Wir machen jetzt Französisch . . .«

»Nein!« sagte Lyda leise.

»Doch! Heute ist Montag. Französisch.«

»Ich will nicht!«

»So schaffen wir das Pensum nie, Lyda! Wir sind schon drei Lektionen im Rückstand.«

Das Kind fuhr herum. Erschrocken wich die Gouvernante zurück. Welche Augen! Die verzerrten Züge! Welche Verwandlung! »Ich will nicht!« schrie Lyda. »Hören Sie, Mademoiselle Georgette, ich will nicht! Gehen Sie weg! Weg! Weg!«

Sie griff nach ihren von Dior angezogenen Puppen und schleuderte sie gegen die Gouvernante. Mademoiselle Georgette entwich nach hinten, klinkte die Tür auf und flüchtete in den breiten Gang. Dann warf sie die Tür zu und rannte in ihre Kabine. Mit bebenden Fingern holte sie ihr Berichtsbuch aus einer Schublade und trug mit dem Kugelschreiber ein:

›*Montag:* Keine Französischstunde. Lyda bewarf mich mit ihren Puppen und benahm sich wie eine Verrückte. Sie schrie und tobte. Als ich hereinkam, saß sie am Fenster, starrte ins Meer und schien ganz weit weg zu sein.

Woran hat sie gedacht? Was geht in diesem Kind vor? Ich werde es nie begreifen, obwohl ich jetzt fast schon ein Jahr täglich um sie bin. Sie ist bereits mit neun Jahren ein Fall für den Psychiater. Ihre Seele ist zerstört. Sie hat alles, und doch fehlt ihr alles. Ein Ort, von dem sie sagen kann: Hier bin ich zu Hause. Jeder Vogel, der gemeinste Spatz, ist glücklicher als sie: Er hat sein Nest! Was hat sie? Riesige Apartments, Villen, Schlösser, die schönste Privatjacht der Welt. Aber keine Heimat.

Armes, reichstes Mädchen der Welt . . .‹

Am Nachmittag lag Irena Palvietti auf dem Sonnendeck und räkelte sich in den warmen Strahlen. Sie trug einen schwarzen Bikini und eine riesige Sonnenbrille. Stavros hockte neben ihr auf einem Schemel, dicklich, mit vom Wind zerzausten Haaren, mit stämmigen, etwas krummen Beinen. Die Nymphe und der Satyr. Sie tranken wieder Champagner, vermischt mit Orangensaft. Ab und zu lachte die Palvietti, es klang wie eine ausgesungene Koloratur.

Stavros erzählte Witze. Das konnte er vorzüglich, jedenfalls besser, als geistvolle Konversation zu treiben oder sich mit der Palvietti über Musik zu unterhalten. Da war er genauso unterlegen wie in der Literatur. Wenn einer der großen Schriftsteller an Bord war, wie etwa der uralte Somerset Maugham, der nur über hochgeistige Probleme philosophierte, dann saß Stavros ziemlich einsilbig herum. »Ich hatte nie Zeit, mich um Bücher zu kümmern«, sagte er. »Was ich gelesen habe, waren Ladepapiere und Abrechnungen. Ich mußte Geld machen. Das ist die einzige Sehnsucht eines Jungen, der in den Slums mit Ratten spielt. Jetzt ist es zu spät. Wozu auch? Wenn ich eine Oper haben will, kann ich mir eine kaufen! Genauso, wie ich mir das Spielkasino von Monte Carlo kaufen werde.«

Lyda kam an Deck, blickte hinüber zu Stavros und der Palvietti und ging zum Bug des Schiffes. Hier setzte sie sich auf den weißlackierten Behälter, der die Rettungsinsel enthielt, und zog die Knie an. Das Lachen der Sängerin klang bis zu ihr, und bei jeder perlenden Koloratur zog Lyda die Schultern zusammen, als friere sie.

Fünf Tage später kam in Venedig Winston Churchill an Bord.

Lyda stand am Fallreep und machte einen Knicks, als der große alte Mann ihr die Hand gab und ihr die Wange tätschelte. Er trug einen hellbeigen Leinenanzug, ungebügelt und viel zu weit, ein offenes weißes Hemd und Leinenschuhe. Auf dem großen runden Schädel wippte ein breitkrempiger Strohhut im warmen Wind. Lady Churchill sah so aus, wie man sich eine alte englische Lady vorstellt. Auf den weißen, kleingelockten Haaren balancierte eine runde, mit Spitzen besetzte rosa Kappe. Das Kleid war gekräuselt, auch das Stehbörtchen am Kragen, die Börtchen am Ärmel, die Fältchen im Gesicht. Sie gab Lyda einen Kuß und sagte zu Stavros: »Sie sieht Ihnen ganz ähnlich! Nein, so etwas! So müssen Sie als Kind auch ausgesehen haben.«

Seine Staffelei war für Churchill das Wichtigste. Er bestimmte selbst den Standplatz: unter dem Sonnensegel, in Fahrtrichtung. Dann saß er mit gespreizten Beinen in einem breiten Korbsessel, rauchte seine dicken Havannazigarren und trank ein großes Glas Mineralwasser. Die Zeit, da er Whisky trank und seine politischen Entscheidungen in der Badewanne traf, war schon Legende geworden.

Wie alt er ist, dachte Lyda und beobachtete ihn vom Niedergang zum Salon her. Wenn er den dicken Kopf an die Brust zieht, könnte man denken, er schliefe hinter seiner Sonnenbrille. Aber dann rutscht sie ihm tiefer auf die Nase, und man sieht seine hellen, wachen Augen. Außerdem kommt Rauch aus seinem Mund, was beweist, daß er auch atmet. Seine Hände sind mit braunen Flecken besät. Wie riesige Sommersprossen sehen sie aus.

Ob man mit dem alten Mann spielen kann?

»Komm her!« sagte Churchill zu Lyda und winkte ihr. »Ich höre, du lernst fleißig Englisch?«

»Yes and no«, antwortete Lyda. »Ich bin sehr faul.«

»Das ist gut!« Churchill lachte laut. Sein dicker Körper wackelte. »Du bist ehrlich! Das gefällt mir.« Dann rief er: »Stavros!«

Penopoulos mußte eine Begrüßung unterbrechen. Der Prinz von Laquière war an Bord gekommen. Ein Mann, der die Kunst, ohne Geld wie ein Millionär zu leben, bis zur Perfektion beherrschte. Seine Schlösser waren längst verpfändet, aber er besaß ja noch seinen Namen! Mit ihm schmückte er alle wichtigen Partys des Jetset oder des Adels. Er lebte von Einladungen und war auf Monate voll ausgebucht. Wo der Prinz von Laquière auftauchte, gab es Stimmung. Er strotzte von Charme, vermittelte jeder Dame das Gefühl, sie sei die Schönste des Abends, und sang zu vorgerückter Stunde deutsche Holzhackerlieder, was unbestritten der Höhepunkt war.

»Hier bin ich, Sir!« sagte Stavros. Er warf einen fragenden Blick auf Lyda. »Was hat sie wieder angestellt?«

»Ihre Tochter ist köstlich.«

»So kann man es, bei größtem Wohlwollen, nennen ...«

»Sie ist ehrlich! So etwas erlebe ich selten in meiner Umgebung. Solange ich Politiker war, konnte ich auch nicht ehrlich sein! Sind Sie ehrlich, Stavros?«

»Sir, ich ...«

»Sie stottern! Das ist Antwort genug!« Churchill lachte wieder. »Das Mädchen wird es einmal schwer haben, wenn es so ehrlich bleibt! Die Grundtugenden des Menschen – dazu gehört die Ehrlichkeit – zerstören den Menschen! Kein Moralist will das einsehen.«

Jetzt geht es los, dachte Stavros. Jetzt philosophiert er wieder stundenlang.

Am Kai hielt ein großer schwarzer Wagen. Ein Rolls-Royce mit römischer Autonummer. Irena Palvietti und ihr Mann Giuseppe waren eingetroffen!

»Ich muß zu den Gästen, Sir«, sagte Stavros. »Sie entschuldigen mich ...«

Er warf Lyda noch einen mahnenden Blick zu und eilte zum Fallreep. Winston Churchill drückte die heruntergerutschte Brille näher an die Nasenwurzel und faltete die Hände über dem Bauch. Lady Churchill war unter Deck und überwachte das Auspacken der Koffer. Vor allem die fertigen

Bilder mußten mit äußerster Schonung behandelt werden. Churchill hatte in Venedig sehr fleißig gemalt.

»Man hat immer über mich gesagt und noch mehr geschrieben, ich sei ein fleißiger Mann gewesen«, sagte Churchill. Lyda war nahe an ihn herangetreten und lehnte sich an den Korbsessel. Sie betrachtete den runden Kopf mit dem faltigen Doppelkinn und den schmalen Lippen, die ab und zu die dicke Zigarre aufnahmen und daran saugten. »Das ist alles falsch! Ich war immer faul. Aber keiner glaubt mir das. Man muß nur eins können: im richtigen Augenblick da sein und alles tun, was von einem erwartet wird. Verstehst du das?«

»Ja. Ich bin da.«

»Und was erwartet man von dir?«

»Ich will Papa und Mama retten ...«

»*Was* willst du?« Churchill beugte sich zu dem Kind vor. »Was heißt das?«

»Mama weint. Sie ist unglücklich. Und Papa sagt: Es wird bald alles anders werden. Ich weiß, wie es werden soll. Er will mit der Sängerin leben! Aber ich will das nicht. Ich liebe Mama und Papa. Sie sollen zusammenbleiben!«

»Das ist ein Problem, da hast du recht.« Churchill drehte den Kopf zur Seite. Über das Fallreep kamen Irena Palvietti und ihr Mann Giuseppe an Bord. Signor Palvietti war dreißig Jahre älter als Irena, aber er überspielte das mit jugendlicher Garderobe, flotter Lebensführung, elastischem Gang und dem Bewußtsein, aus einer unbekannten, dicken Sängerin, die nur mit Mühe ein Engagement fand, den größten Star der internationalen Opernbühne gemacht zu haben: Irena Palvietti, die Primadonna assoluta.

Stavros begrüßte sie mit einem langen Handkuß. Ihm war es egal, ob das entgegen aller Etikette war. Auf die Lippen konnte er sie ja jetzt nicht küssen. Giuseppe Palvietti, stolz, Gast bei Penopoulos zu sein, umarmte Stavros nach griechischer Sitte. Die alte Weisheit bestätigte sich wieder: Der betrogene Ehemann erfährt es zuletzt.

»Kennen Sie Papa gut?« fragte Lyda. Sie tippte Churchill auf den Bauch. Der alte Mann drehte den Kopf wieder zurück. Der Prinz von Laquière begrüßte Irena, indem er trällerte: »La donna è mobile . . .« Die Palvietti bedachte ihn mit einem wütenden Blick.

»Ich kenne deinen Vater ganz gut«, sagte Churchill und schob den breiten Strohhut etwas aus dem Nacken. Er paffte an seiner Zigarre und drehte sie zwischen den Lippen.

»Kannst du ihm nicht sagen, daß er zu Mama zurückkommen soll?«

»Nein, das kann ich nicht. Das ist eine Sache, die nur dein Papa entscheiden kann.«

»Aber Mama weint Tag und Nacht.«

»Ich weiß es, Lyda.« Churchill legte seine Zigarre auf den Tisch und erhob sich schwerfällig. Die Palvietti, von Stavros untergehakt, kam auf ihn zu. Giuseppe folgte ihnen mit strahlendem Gesicht, ein ahnungsloser Clown.

»Ich mag deine Mutter sehr . . .«, sagte Churchill.

Lyda nickte und lief weg, als Irena Palvietti den großen Mann Englands fast so schüchtern wie ein Schulmädchen begrüßte.

Am Abend gab Stavros ein Festkonzert im großen Salon der ›Genia‹. Außer den Jachtgästen waren noch andere bekannte Persönlichkeiten an Bord gekommen, die sich zur Zeit in Venedig erholten. Der 1. Kapellmeister der Oper von Venedig saß an dem großen weißen Flügel, um Irena Palvietti zu begleiten. Im Halbrund hatte man die mit Damast bezogenen Sessel aufgestellt; drei Diener in weißen Jacken warteten im Hintergrund an einer Bar auf die Wünsche der hohen Gäste. In der ersten Reihe saß Winston Churchill, breit, wuchtig, schon zu Lebzeiten ein Denkmal.

Stavros erfüllte seine Hausherrenpflicht mit einigen Begrüßungssätzen. Er war der einzige, dessen Smoking aussah, als habe man ihn gerade gewaschen und notdürftig getrocknet. Eleganz war nicht seine Sache. Diesen Abend gab Stavros Irena zu Ehren, die zum erstenmal vor Churchill – und noch dazu in so intimem Rahmen – singen durfte. Im Speisesaal wartete ein ausgesuchtes Dinner; das war für Stavros das ersehnte Ziel des Abends. Gutes Essen, Champagner, schöne Frauen, berühmte Namen: alles um ihn geschart, um ihn, den kleinen, schmutzigen Griechenjungen aus New York, der nie einen richtigen Freund gehabt hatte. Damals nicht, weil er zu arm war. Heute nicht, weil er zu reich war. Einsamkeit ist die Münze, mit der man für den Erfolg zu zahlen hat. In einem Traumkleid aus dunkelblauer Seide, das schwarze Haar hochgesteckt und mit Blüten durchflochten, trat Irena Palvietti an den Flügel. Stavros eilte zu ihr, küßte ihr die langen, im Vergleich zu ihrem Körper erstaunlich mageren Hände und sonnte sich mit ihr im Applaus. Auch Churchill klatschte ein paarmal, rutschte dann in seinen Sessel zurück, zog den Kopf ein und wartete auf das Konzert.

Die Palvietti begann mit der Glöckchen-Arie aus ›Lakmé‹ von Delibes. Ein Bravourstück jeder Sopranistin, von glokkenreinen, höchsten Tönen getragen, ein Perlen der Koloraturen, das immer wieder die Frage aufwarf: Wie kann eine menschliche Stimme das nur hervorbringen?

Nach dem letzten Ton brach der Jubel los. Die Palvietti verneigte sich tief. »Phänomenal!« rief Stavros laut, obgleich er nichts davon verstand und nicht viel anderes als ein leidenschaftliches Kreischen vernommen hatte. Für ihn war diese Art Musik ein Greuel. Ein griechischer Sirtaki, ja, da konnte man mitsingen, da konnte man im Kreise mittanzen . . . Aber das hier: Töne rauf, Töne runter, je schriller, um so künstlerischer – er hatte einfach kein Ohr dafür.

»Als nächstes singt Frau Palvietti die Arie der ›Tosca‹: ›Nur der Schönheit weihe ich mein Leben‹«, kündigte der Kapellmeister an. Er rückte näher an den Flügel, spreizte die Finger und begann mit einem kurzen Vorspiel. Winston Churchill rutschte noch tiefer in seinen Sessel. Er blickte die Palvietti an und bemerkte, wie sie Stavros einen verliebten Blick zuwarf. Dann sang sie. Jene Arie, die überall, wo sie gesungen wird, die Menschen ergreift und erschüttert. Die ganze Sehnsucht und Qual einer liebenden Frau ist hier Musik geworden.

Plötzlich, mitten in der Arie, zuckte der Kapellmeister am Flügel zusammen. Ein harter, falscher Ton hatte sich in die reinen Melodienbögen fallen lassen. Von allen unbemerkt, nur ein einziger Ton, aber von da an wurde die herrliche Stimme kalt und wesenlos. Es war, als singe ein Automat.

Verstört starrte der Kapellmeister die Palvietti an. Ihr Gesicht war starr, maskenhaft, erschreckend in seiner unterdrückten Wildheit. Mit aller Kraft, jenseits allen Gefühls, schleuderte sie die Töne aus sich heraus, als sollten die Wände des Raumes zerbersten. Der Blick des erschrockenen Pianisten glitt zu den Gästen, hilflos, als wolle er sie um Verzeihung bitten ... Und dann sah auch er es:

In der ersten Reihe saß Englands großer alter Mann, die Hände über dem Bauch gefaltet, das Kinn angedrückt, die Beine von sich gestreckt, die Augen geschlossen. Beim Atmen blähten sich seine Nasenflügel. Ab und zu, bei einem hohen Ton der Palvietti, huschte ein Zucken über sein Gesicht.

Winston Churchill schlief.

In der Nacht bekam die Palvietti einen hysterischen Anfall. Sie schrie, wälzte sich auf dem Bett, warf ihrem Mann Giuseppe an den Kopf, was sie erwischen konnte, hieb mit Fäusten gegen die Kabinenwand und zerkratzte Giuseppes

Handrücken, als er ihr ein Glas Champagner reichen wollte. »Das vergesse ich ihm nie, nie!« schrie sie. »So ein alter Flegel! So ein Klotz! Er ist Luft für mich! Luft – Luft – Luft!«

Giuseppe Palvietti ließ sie allein, eilte in den Salon und traf dort Stavros einsam an der Bar. Bebend vor Erregung setzte er sich neben ihn auf einen Barhocker. »Das ist unerhört!« keuchte er. »Das ist der Gipfelpunkt der Geschmacklosigkeit. Irena ist außer sich! Wie kann man bei einem Konzert der Palvietti einschlafen?! Das ist unentschuldbar!«

»Er ist ein alter Mann, Giuseppe. Wenn Sie einmal so alt sind wie er ...«

»Bald bin ich es!« schrie Palvietti. »Aber ich werde immer jünger, wenn ich Irenas Stimme höre! Das ist keine Entschuldigung. Irena will ihm das nie vergessen.«

»Churchill wird es überleben«, sagte Stavros trocken. »Was trinken wir?«

»Mir ist die Kehle zugeschnürt.«

»Brennen wir sie auf. Einen Ouzo?«

»Um Gottes willen, nein! Dann schon lieber einen Kognak.«

Stavros holte einen uralten Prince de Polignac aus dem Regal und goß ein Napoleonglas randvoll. Palvietti starrte entsetzt den Ochsentrunk an.

»Danach werde ich drei Tage lang krank sein«, sagte er.

»Davon nicht!« Stavros prostete ihm mit einem Glas Ouzo zu, diesem Anisschnaps, den jeder Fischer in Griechenland trinkt. Wenn es in Griechenland keinen Ouzo mehr gibt, gibt es auch kein Griechenland mehr. »Wollen Sie Irena auch einen Kognak bringen?«

»Sie trinkt keinen Kognak.«

»Den Prince de Polignac mag sie besonders ...«

»Das ist mir neu! Irena und Kognak? Seit wann?«

»Sie lieben Ihre Frau?«

»Wie können Sie so etwas fragen, Stavros?«

»Wir sollten ehrlich zueinander sein, Giuseppe.« Stavros nahm einen Schluck. Seine dunkle Hornbrille funkelte in der dezenten Barbeleuchtung. »Ich mag Sie. Wir sollten keine Konkurrenten sein.«

»Was? Wollen Sie jetzt auch ins Baugeschäft einsteigen?« rief Palvietti.

»Da bin ich über verschiedene Querverbindungen schon längst drin.« Stavros grinste. »Ich denke an persönliche Dinge. Der heutige Abend sollte ganz anders verlaufen. Nach dem Konzert und dem schönen Essen wollte Irena mit Ihnen sprechen.«

»Das hat sie auch getan. Aber wie!« Giuseppe umklammerte mit beiden Händen sein Kognakglas. Plötzlich schien er den Sinn von Stavros' Worten zu begreifen und blickte ihn irritiert an. »Was heißt das: Irena wollte mit mir sprechen?«

»Darum fragte ich ja: Lieben Sie Ihre Frau?«

»Sie ist der ganze Inhalt meines Lebens. Ohne sie wüßte ich mit mir nichts mehr anzufangen.«

»Unter Männern, Giuseppe: Haben Sie Ihre Frau noch nie betrogen?«

»Nie, Stavros!«

»Es gibt so viele schöne Frauen auf der Welt. Herrliche Frauen! Aphroditen! Sie sind noch in einem Alter, wo man so etwas genießen kann.«

»Danke! Was soll das alles? Haben Sie an Bord eine Auswahl hübscher Mädchen zur Gästebetreuung? Stavros, das ist nicht Ihr Stil!«

»Mein Schiff war nie ein Puff!« sagte Penopoulos hart. »Außerdem liebe ich klare Verhältnisse. Giuseppe, könnten Sie sich von Ihrer Frau trennen?«

»Unmöglich! Warum auch?« Palvietti grinste schief. »Sie von Genia auch nicht – wenn ich fragen dürfte.«

»Fragen Sie!«

»Gut! Spielchen um Mitternacht.« Palvietti stellte sein Kognakglas ab. »Könnten Sie sich von Ihrer Frau Genia trennen?«

»Ja.«

Palvietti zuckte zusammen wie unter einem Peitschenschlag. Dieses Ja kam wie aus dem Handgelenk geschlagen. Er rieb sich die gebogene Römernase und kratzte sich den weißhaarigen Kopf.

»Das sagen Sie so, weil es unverbindlich ist.«

»Ich habe mich bereits von ihr getrennt. Wir leben nicht mehr zusammen. Genia bleibt in New York oder geht zu Freunden nach London.«

»Um alles in der Welt – warum denn das?«

»Ich liebe eine andere Frau. Und diese Frau liebt mich.« Stavros blickte in sein Ouzoglas. »Giuseppe, Sie sind nicht der erste, der es erfährt, sondern der letzte.«

»Ich habe wirklich noch nichts davon gehört, Stavros. Verraten Sie mir den Namen der Dame?«

»Ihre Frau.«

»Wer?«

»Irena. Schlicht: Wir lieben uns –«

»Das ist ...« Palvietti wischte sich über das Gesicht. Plötzlich begann er zu zittern, er rutschte vom Barhocker und kam mit gesenktem Kopf auf Stavros zu. »Du Lump«, sagte er mit tonloser Stimme. »Du widerlicher, kleiner, dreckiger griechischer Seeräuber! Du stinkender Pirat!«

»Giuseppe, man sollte das in aller Ruhe durchsprechen!« rief Stavros. Er wich nicht zurück, er fühlte sich stärker als der alte Mann und um vieles jünger. »Und merken Sie sich eins: Mich können Sie beschimpfen, aber nicht mein Vaterland!«

»Du mieser, glotzäugiger Fisch!« Giuseppe atmete heftig. »Mit meiner Frau. Mit *meiner* Frau ...«

»Irena ist glücklich. Glücklicher, als sie jemals bei Ihnen war. Jetzt liebe ich, hat sie zu mir gesagt. Endlich liebe ich. Und wie sie liebt! Sie ist eine Griechin ... Giuseppe, nehmen Sie Vernunft an! Man kann Naturereignisse nicht unterbinden. Irena ist endlich eine liebende Frau.«

Palvietti senkte den Kopf, zog ihn zwischen die Schultern und rannte los. Mit aller Gewalt prallte er gegen Stavros' Brustkorb und schleuderte den Griechen gegen die Salonwand. Dann wirbelte er herum, ergriff eine Flasche und hieb mit ihr auf den wankenden Stavros ein. Verzweifelt versuchte Penopoulos, aus der Reichweite des Rasenden zu flüchten, aber die Bartheke hinderte ihn daran. Eingeklemmt zwischen Wand und Tresen, wehrte er die Flaschenschläge mit den Unterarmen ab, trat auch einmal gegen Palvietti und traf ihn am Schienbein. Giuseppe stöhnte, ließ die Flasche fallen und rammte wiederum seinen Kopf gegen die Brust des Griechen.

»Du Dreckskerl!« schrie er. »Du verfluchter Dreckskerl!«

Endlich gelang es Stavros, um die Bar herumzuwanken und Luft zu bekommen. In seinem Brustkorb züngelte der Schmerz auf wie eine Flamme, die sich entfaltet. Kurz darauf spürte er, wie ihm das Atmen schwerfiel, wie jeder Atemzug ein höllisches Stechen in der Brust auslöste. Er preßte die Hände gegen die Rippen.

Wieder rannte Palvietti gegen ihn an. Mit seinem ganzen Körper warf er sich auf Stavros. Der verlor das Gleichgewicht, seine Beine rutschten ihm weg, er schlug mit dem Hinterkopf auf; nur der dicke Teppich verhinderte eine Verletzung. Giuseppe kollerte über ihn hinweg, prallte mit der Stirn gegen ein Stuhlbein und verlor die Besinnung.

Ächzend richtete sich Stavros auf, warf einen Blick auf den verkrümmt daliegenden Palvietti, zog sich an einem Tisch hoch und wankte aus dem Salon. In seinem prunkvollen Schlafzimmer setzte er sich aufs Bett, zog unter wahnsinnigen

Schmerzen seine Smokingjacke und sein Hemd aus und betastete seinen Brustkorb. Er fühlte nichts, aber etwas war da drinnen gebrochen, das ahnte er. Palviettis Kopfstöße hatten ihn getroffen, als hätte ein Stier ihn auf die Hörner genommen.

Er klingelte und ließ sich nach hinten auf das Bett sinken. »Ich bin ausgerutscht, Alexis«, sagte er, als der Diener lautlos eintrat. »Wollte noch schwimmen. Und prallte dann auf den Rand des Schwimmbeckens. Verrückt, was? Da ist doch bisher noch niemand ausgerutscht.« Er zeigte auf seine Brust. »Ich glaube, eine Rippe ist gebrochen.«

»Mister Palvietti ist auch ausgerutscht«, sagte Alexis mit unbeweglicher Miene. »Er hat mehr Glück gehabt. Er ist unverletzt, nur ein wenig verwirrt. Ich habe ihn zu seiner Suite geleitet.«

»Alexis, holen Sie sich morgen tausend Dollar ab.«

»Danke, Sir.«

Der Diener beugte sich über Stavros und betastete die Brust. Penopoulos stöhnte auf.

»Da ist es! Genau da!«

»Wirklich, eine gebrochene Rippe. Ich werde Sie bandagieren, Sir.« Alexis richtete sich auf. »Ich werde veranlassen, daß morgen ein rutschfester Teppich um den Pool gelegt wird.«

Am frühen Morgen, noch ehe alle anderen Gäste wach waren, verließ Giuseppe Palvietti die Jacht ›Genia‹. Stavros schlief noch, halb betäubt von den Schmerzmitteln. Nur Irena war schon angezogen und begleitete ihren Mann bis zum Fallreep.

Giuseppe sah wie zerstört aus. Ein Greis. Bevor er den ersten Schritt auf das Fallreep setzte, drehte er sich um.

»Du wirst es bereuen«, sagte er leise.

»Vielleicht. Aber ich liebe ihn, Giuseppe. Ich kann nicht dagegen an.«

»Er wird dich ruinieren, Irena. Dich, deinen Körper, deine Stimme. Du bist für ihn nur ein Schmuckstück, das er sich um den Hals hängt. Die große Palvietti! Er wird dich nie heiraten.«

»Er hat es gesagt.«

»In fünf oder sechs oder sieben Jahren wird er das noch immer sagen, aber du wirst nur noch ein Schatten sein! Er ist ein Vampir.«

»Es werden sieben herrliche Jahre sein.«

»Und wenn du nicht mehr singen kannst?«

»Die Oper ist nicht alles, Giuseppe.«

»Bisher war sie dein Leben!«

»Bisher! Ich wußte nicht, daß es noch Schöneres gibt.«

»Und wir?«

»Wir waren glücklich, Giuseppe. Oder besser: Wir glaubten, glücklich zu sein. Du hattest deine Fabriken, ich die Bühne ... Aber waren wir Menschen?«

»Ich war immer ein Mensch. Ich lebte nur für dich.«

»Das ist vorbei, Giuseppe. Endgültig! Es gibt kein Zurück mehr!«

Er nickte und schämte sich nicht, daß plötzlich Tränen über seine Wangen rollten. »Wenn du mich brauchst«, sagte er mühsam, »wenn ich dir helfen soll ... ich bin immer für dich da, Irena. Ich komme sofort. Ich werde nie aufhören, dich zu lieben. Ich weiß auch nicht, wieso ...« Er wischte sich die Augen, wandte sich ab und lief das Fallreep hinunter. Einsam, nach vorne gebeugt, mit schleppendem Schritt, ein uralter Mann, ging er durch den noch schlafenden Jachthafen und verschwand hinter einer Reihe niedriger Gebäude, in der die Servicestationen der großen Bootsmarken ihre Werkstätten installiert hatten.

Irena Palvietti blickte ihm nach. Hochaufgerichtet stand sie an der Reling, der Wind wehte die schwarzen Haare über ihr

Gesicht. Wie Medea sah sie aus, wie in einer ihrer Glanzrollen: die Frau, die aus Liebe alles zerstört, vernichtet, tötet.

Vom Hauptstrand Copacabanas klang Musik herüber. Eine Gesangsgruppe in bunten Phantasiekostümen zog durch die Reihen der Sonnenhungrigen und sang brasilianische Volkslieder, alte Indianerweisen, spanische Gesänge mit maurischem Unterklang. Zwei große, langbeinige, schlanke Mulattinnen in tief ausgeschnittenen Blusen gingen singend von Liegestuhl zu Liegestuhl und hielten den Faulenzern einen großen Strohhut hin. Die Gitarrenspieler, hellhäutige Mischlinge, stampften im Takt ihrer Musik den feinen Sand. Sie drehten sich und tanzten überschäumende Lebensfreude für ein Trinkgeld.

Lyda hatte ihren Kopf in Lobows Schoß gebettet und starrte in den wolkenlosen, vom Wasserdunst glasigen Himmel. Sie atmete schwer; er streichelte ihr Gesicht, legte beruhigend die Hand auf ihre Brust und küßte, indem er sich tief über sie beugte, ihre zitternden Augenlider.

»Das habe ich alles nicht gewußt«, sagte er. »Mein armes Täubchen . . .«

»Es ist vorbei!« Sie dehnte sich unter seinen Zärtlichkeiten und genoß das Spiel seiner Finger. »Fast neun Jahre blieben sie zusammen. Mama ließ sich scheiden, heiratete später aus Trotz einen französischen Industriellen, ließ sich wieder scheiden und heiratete schließlich Pavlos Heraklion, Papas größten Konkurrenten. Es war eine schreckliche Zeit. Ich pendelte hin und her, zwischen New York und London, Paris und Monte Carlo. Hier die fremde Frau, die von allem Besitz ergriff und die Papa wirklich zu lieben schien – dort, wie Haie, die ihr Opfer umkreisen, die fremden Männer um Mama! Wo ich hinkam, war ich im Weg. Keiner sagte es mir. O nein, sie waren alle sehr nett zu mir, sie verwöhnten mich, ich hatte alles, was ein Kind, was ein Mädchen haben will, es gab keinen offenen Wunsch. Nur Liebe bekam ich nie! Nur immer Wohlwollen. Kann davon ein Mensch leben? Papa küßte mich, Mama küßte mich. Ich fuhr mit der ›Genia‹, die Papa nach der Scheidung in ›Lyda‹ umtaufte, kreuz und quer durch die Welt, immer mit Irena Palvietti vor Augen, die kaum noch sang, sie war schlank und schön geworden, aber ihre Stimme klang nicht mehr, sie war hart, kalt, in den Höhen brüchig. Ich ging mit Mama in die New Yorker Nachtclubs oder in die Restaurants von Paris und mußte mit ansehen, wie sie verliebt tat, mit gräßlichen Männern engumschlungen tanzte und sich benahm, als sei sie zwanzig. ›Ich habe deinen Vater sehr geliebt‹, sagte sie einmal zu mir, als ich in ihrem Schlafzimmer weinte. ›Aber ich habe immer in seiner Nähe gefroren. Er ist ein Mensch, der nie heiraten dürfte! Er besteht nur aus Schiffen, Tonnagezahlen, Bilanzen, neuen Märkten und Verträgen. Er weiß nicht, was ein Zuhause ist. Seine Heimat sind die Häfen in aller Welt. Das kann eine Frau nicht aushalten. Ich weiß es jetzt. Auch die Palvietti wird daran zugrunde gehen. Ich gönne es ihr!‹

So war es immer und überall. Ich stand herum, wurde beneidet, weil ich eine Penopoulos bin, aber niemand fragte, wie es in mir aussah.«

»Ich weiß es jetzt. Aber das alles ist jetzt vorbei.« Lobow küßte sie wieder. Die brasilianischen Sänger kehrten um. Der Strand, wo Lyda mit Lobow lag, war wenig belebt, hier lohnte sich das Sammeln nicht.

»Ich habe Angst«, sagte sie und zog die Schultern zusammen.

»Angst? Wovor?«

»Unser Glück ist so groß. Das kann nicht gut gehen, Boris. Ich habe das immer erlebt: Je glücklicher die Penopoulos' waren, um so furchtbarer schlug nachher das Schicksal zu.« Sie öffnete die Augen und hielt seine Hand fest, die über ihren Bauch glitt. »Was glaubst du, was passiert, wenn sie erfahren, daß du und ich . . .? Undenkbar! Das wäre wie ein Erdbeben.«

»Nur weil ich ein Russe bin?« Lobow lächelte nachsichtig. »Warum gelten wir in aller Welt als Ungeheuer, warum bloß? Weil wir Kommunisten sind?«

»Eure Weltrevolution . . .«

»Das ist Politik! Was habe ich mit Politik zu tun? Gut, ich bin Angestellter einer sowjetischen Firma. Aber wenn wir im Ausland sind, ändert sich alles. Da sind wir so, wie jeder seinem Wesen nach ist. Menschen wie alle.«

Er schwieg und blickte über den Strand und das anrollende Meer. Ob sie es glaubt? fragte er sich. Was weiß sie von den vielfältigen Pflichten, die wir im Ausland zu erfüllen haben? Wie kann sie eine Ahnung haben von dem unerbittlichen Ausleseverfahren, dem wir unterworfen sind – so lange, bis man uns für unbedenklich hält. Wer weiß überhaupt davon? Jeder von uns, der auf einem Posten im Ausland sitzt, ist ein Auge und ein Ohr Moskaus. Und wir sind überall.

»Vielleicht hast du recht«, sagte er nachdenklich.

»Womit?«

»Wir sollten nichts überstürzen. Wir sollten uns ganz langsam in unser neues Leben einschleichen.« Er lachte und küßte sie wieder auf die Stirn. »Weiß ich, ob du mich im nächsten Jahr noch liebst?«

»Du bist der erste Mann – nach Papa –, bei dem ich das Gefühl habe, eine Heimat zu haben, Boris. Bei dir bin ich endlich zu Hause. Du weißt nicht, was das für mich bedeutet.«

»Ich weiß es, mein Schwänchen.« Lobow wies aufs Meer. »Schwimmen wir noch einmal?«

»Willst du?«

»Nicht allein.«

»Ich möchte liegen bleiben«, sagte sie. »Es ist so wunderschön, deine Hände zu spüren, deine Stimme zu hören, deinem Atem zu lauschen, deinen Herzschlag zu fühlen. Liebst du mich so, wie ich bin?«

Er nickte und streichelte sie.

Sie hob den Kopf und blickte hinaber zum Hauptstrand. Die Flut lief. Eine Menge hübscher Mädchen in knappsten Tangas warf sich in die anrollenden Wellen. Wehende Haare, lange Beine, vollendet gewachsene Körper.

»Du warst oft verliebt?« fragte sie.

»Eigentlich wenig.« Lobow stützte sich auf die angewinkelten Arme. »Ich hatte wenig Zeit.«

»Keine Zeit für die Liebe?«

»So ist es.«

»Was seid ihr Russen bloß für Menschen!« Sie setzte sich und klopfte den staubfeinen Sand von ihren Oberschenkeln. Nicht ohne Neid blickte sie auf die schlanken, jauchzenden Mädchen, die durch die Wellen tobten. So viel Schönheit. Ich gäbe Millionen hin für diese langen Beine, diese schmalen Hüften, diese flachen Bäuche, diese festen Brüste. Ich bin nicht schön, aber trotzdem liebt mich Boris. Es ist keine Heuchelei, das spüre ich. Ihm ist es gleichgültig, ob ich Penopoulos heiße oder Smith oder Legrand. Er hat nie von meinem Reichtum gesprochen, nie einen Dollar angenommen, sich immer gewehrt, wenn ich bezahlen wollte in den teuren Luxuslokalen von Rio. Er hat mir Kleider gekauft, auch wenn ich keine wollte, er hat mir einen rührendschönen Ring geschenkt, einen Goldreif mit einem kleinen Brillanten darauf, so klein, wie ich sie nicht einmal am Verschluß meiner Perlenkette habe. Wie er sich freute, mir diesen Ring schenken zu können! Ein kleiner Junge war er, der mit selbstgepflückten Gänseblümchen kommt. Er muß Monate dafür gespart haben. Der Ring war zu eng, er hatte meine Finger unterschätzt, er paßte nur auf den kleinen Finger. Aber dort trage ich ihn jetzt, streife ihn nicht mehr ab. Dieser kleine Brillant ist mir wichtiger als der Schmuck der berühmten New Yorker oder Pariser Juweliere, den mir Papa gekauft hat. Um den Hals können mir Millionen hängen, aber am linken kleinen Finger trage ich Boris' Herz ...

»Wie sahen sie aus, deine Geliebten?« fragte sie. »In Rußland gibt es viele schöne Mädchen, habe ich gelesen.«

»Eine Übertreibung. Es ist wie hier, sehr gemischt. In Moskau und später in Leningrad, während meiner Ausbildung, da kannte ich ein paar Mädchen. Nein, nicht ein paar – es waren genau drei.«

»Drei? In welcher Zeit?«

»In sieben Jahren.«

»Das glaubt dir keiner!«

»Aber es war so. Ein Mädchen aus der Kantine, eine Fremdenführerin von Intourist und ein Kapitän.«

»Ein Kapitän?«

»Ja. Sie fuhr eines der langen, flachen Ausflugsboote, mit denen man in Leningrad durch die vielen Newa-Arme und rund um die Inseln fährt. Rußlands Venedig, mein Täubchen. Kanäle, Brücken, Flußarme, Inselchen, Paläste, Gärten, Festungen, Kirchen mit goldenen Kuppeln, Avenuen, aber auch enge Gassen und ganz schmale Durchfahrten. Leningrad ist eine wundervolle Stadt, viel schöner als Moskau.«

»Ich möchte mit dir in Leningrad leben!« sagte sie plötzlich. »In einem Palast an der Newa.«

»Das ist leider unmöglich.«

»Ich setze meinen Willen durch. Gegen alle Widerstände!«

»Das ist es nicht.« Lobow lächelte traurig. »Aber alle Paläste gehören dem Staat. Sie sind Volkseigentum. Man kann nicht nach Rußland kommen und einfach sagen: Mir gefällt der Palast. Er steht leer. Ich will ihn kaufen! Was kostet er? –

Man würde uns für verrückt erklären. Um eine kleine Wohnung zu bekommen, muß man sich in eine Warteliste eintragen und dann viel Geduld haben. Es kann ein Jahr dauern oder auch zwei. Keiner weiß das vorher. Wer viel Geld hat – ehrliches Geld, denn das wird überprüft –, kann sich eher eine Datscha kaufen oder bauen als eine Wohnung in der Stadt bekommen. Alle Bauten sind staatliche Unternehmen und werden zugeteilt. Das ist wahrer Sozialismus: Das Volk ist eine große Familie. Anders bei den Kapitalisten. Ihr freßt euch gegenseitig auf vor Geldgier und Eigennutz!« Er blickte verträumt zum Meer. »Manchmal verwirrt mich das alles«, sagte er leise. »Ich komme mir hier im Ausland wie auf einer kleinen Insel vor, gegen die das Meer anbrüllt. Manchmal habe ich Angst, es überspült mich. Dann habe ich eine unbändige Sehnsucht nach Rußland.«

Sie lagen am Meer, bis es dunkelte und die Lichterketten und Reklamen der riesigen Hotels und Nachtclubs von Copacabana aufflammten und alle Schönheit der Natur ertränkten in ihren bunten, schreienden Neonlichtern.

Hand in Hand gingen sie langsam zu dem Parkplatz, wo sie ihren Mietwagen abgestellt hatten, und fuhren zum ›Palace‹ zurück, der Riesenherberge der Allerreichsten, wo sich niemand darum kümmerte, wie jemand hieß, wenn er nur bezahlte.

In der Nacht tanzten sie wieder in einer auf indianisch aufgeputzten Bar, Wange an Wange, Körper an Körper. Von der Mitternachtsschau mit den sich entblätternden üppigen Girls, meist Mischlingen mit herrlichen, beneidenswert vollkommenen Körpern, sahen sie kaum etwas. Sie hatten nur Augen für sich, tranken mehr, als sie vertragen konnten, und Lobow brachte Lyda schließlich auf ihr Zimmer, zog sie aus, legte sie ins Bett, deckte sie zu und verließ brav den Raum.

Auf dem Flur blieb er stehen, gähnte, reckte sich, als seien ihm alle Muskeln eingeschlafen, und schloß sein eigenes Zimmer auf, das dem von Lyda gegenüberlag. Beim Etagen-Service bestellte er ein Glas Wodka mit Tonic Water, gab dem Kellner ein kleines Trinkgeld (nur mäßig Betuchte geben große Trinkgelder, wirklich Reiche nie! – das hatte er auch erst lernen müssen) und meldete dann ein Gespräch nach Moskau an.

Erstaunlicherweise klappte es nach wenigen Minuten. Oberst Pujatkin, eben erst ins Bett gekommen, meldete sich mißmutig. Im Hintergrund hörte man die Pujatkina nörgeln. Immer der Dienst! Nie hat man Ruhe! Selbst im Bett schläft der KGB mit! Jeder Mensch hat ein Recht auf Ruhe! Auch ein Oberst vom Sonderdezernat II!

»Ha?!« brummte Pujatkin. »Verdammt, ich schlafe schon! Was gibt es so eilig?!«

»Einen herzlichen Gruß von den Schönen aus Rio! Es stimmt! Die herrlichsten Frauen gedeihen in Rio! Sie blühen mit den Orchideen um die Wette ...«

»Boris Jegorowitsch! Nicht allein, daß Sie sich auf unsere Kosten amüsieren, jetzt werden Sie auch noch zum Sadisten!« Pujatkin starrte seine Frau an. Sie saß auf der Bettkante, in einem langen weißen Leinennachthemd, und blickte böse. Tichon Pawlowitsch seufzte ergeben. »Wie ist die Lage?«

»Hervorragend! Kennen Sie frischen Ziegenkäse aus Astrachan?«

»Sie sind besoffen, Lobow!« sagte Pujatkin grob. »Dieses Gespräch hier bekommen Sie nicht aufs Spesenkonto. Das bezahlen *Sie*!«

»Ich wollte nur einen russischen Vergleich anbringen.« Lobow nahm einen Schluck Wodka. Die Verständigung war so klar, daß Pujatkin das Schlucken hörte.

»Sie saufen ja immer noch!« rief er strafend.

»Ich wollte Ihnen melden, daß Lyda in meinen Händen weich ist wie . . .«

»Sie sind ein unmoralischer Mensch, Lobow!«

»Danke, Genosse Oberst.«

»Wofür danke?«

»Daß Sie auch so denken. Ich wollte Ihnen einen Gefallen tun. In Wahrheit ist das, was wir mit Lyda treiben, ein infames Spiel mit den edelsten Gefühlen einer Frau.«

»Was ist mit Ihnen los, Boris Jegorowitsch?«

»Lyda ist anders, als es unsere Recherchen dargestellt haben. Das war eben nur Papier! Man kann einen Menschen nicht auf ein paar Seiten pressen. Ein Mensch, vor allem eine Frau, ist zu vielschichtig. Bei Lyda kommt hinzu, daß man sich ihrer Herkunft wegen ein ganz schiefes Bild macht. Die Welt sieht nur die Milliarden-Erbin. Die Tochter des großen Stavros Penopoulos. Die Frau mit den zwei gescheiterten Ehen. Die Löwin, die gegen die Witwe Nany Johnes kämpft. Die Ruhelose, die – darin ihrem Vater gleich – durch die Welt rast und sich in flüchtige Abenteuer einläßt. Das alles ist sie – und ist sie doch nicht!«

»Studieren Sie jetzt heimlich Psychologie?« fragte Pujatkin spöttisch.

»Das Zusammensein mit Lyda ist angewandte Psychologie. Ich . . . ich beginne, sie zu lieben.«

»Boris Jegorowitsch! Was jetzt kommt, ist ein Befehl: Legen Sie sich hin und schlafen Sie sich aus! Ich wußte gar nicht, daß Sie weinerlich werden, wenn Sie zuviel getrunken haben!«

»Ich liege bereits, Genosse Oberst.« Lobow streckte sich auf seinem Bett aus. »Lyda möchte gern nach Leningrad.«

»Das kann sie. Jederzeit. Wer will ihr das verwehren? Jedes Jahr besuchen Hunderttausende aus dem Westen Leningrad.«

»Sie will ein Haus kaufen.«

»In Leningrad?!«

»Und dort mit mir wohnen.«

»Zu früh, Lobow, zu früh! Das ist auch nur wieder eine Laune! Im Augenblick sind Sie Favorit – aber sind Sie es auch noch in einem Jahr? Das wäre eine Niederlage, wenn Sie nur eine Station wären und nicht der Endbahnhof! Wir müssen auf lange Zeit planen! Sie müssen für Lyda unentbehrlich werden! Es darf für sie nichts anderes mehr geben als Sie! Aber soweit sind Sie noch nicht! Der Blödsinn mit Leningrad beweist es. Das Vögelchen hat das Flattern noch nicht verlernt; man muß es ans Nest gewöhnen! Lobow, treten Sie etwas auf die Bremse! Es kommt jetzt die Zeit, wo Sie sich rar machen müssen. Wo Lyda nach Ihnen rufen muß! Wo sich zeigen muß, wie echt ihre Liebe ist. Werden Sie nach ein paar Monaten gegen einen anderen Mann ausgetauscht, haben Sie verloren. Und das heißt: wir alle! Damit muß man rechnen.«

»Ich glaube es nicht.«

»Viel Glück jedenfalls, Lobow! Und denken Sie immer daran: Eine Frau liebt am intensivsten, wenn sie unglücklich ist!«

Pujatkin legte auf. Er strich sich über das Haar, schlug die Bettdecke zurück und streckte sich aus. Die Pujatkina saß noch immer mit bösem Blick auf der Bettkante.

»Wer dich reden hört, muß denken, hier spräche der größte Fachmann in Sachen Liebe!« sagte sie und klopfte auf ihr Kopfkissen. »Wie traurig ist die Wirklichkeit!«

»Die größten Feldherren waren Theoretiker!« brummte Pujatkin. »Gute Nacht.«

»Ich bin auch eine unglückliche Frau.«

»Seit dreißig Jahren, ich weiß. Da hilft keine Therapie mehr!« Pujatkin drehte sich auf die Seite, kniff die Nasenflügel zusammen und täuschte ein pfeifendes Schnarchen vor. Rio de Janeiro, dachte er dabei. Blankbusige Mulattinnen mit Pfeffer in den Hüften!

Er hörte, wie sich die Pujatkina mit einem Seufzer hinlegte und zudeckte. Dann ging das Licht aus. Ruhe.

Pujatkin schnarchte weiter mit einem leisen Pfeifen, aber er dachte intensiv nach.

Daß Lobow begann, sich in Lyda Penopoulos zu verlieben, gefiel ihm gar nicht. In seinem Hirn schlug ein Alarmglöckchen an.

Am nächsten Morgen erwachte Lyda mit einem bleischweren Schädel. Sie lag nackt im Bett und konnte sich nicht erinnern, sich ausgezogen zu haben, noch wußte sie, wie sie ins Hotel gekommen war. Fetzen des Geschehens versuchte sie zusammenzukleben: die Bar, das endlose Tanzen, eng umschlungen mit Boris, die Show auf der Bühne mit den sich entkleidenden Mulattinnen, das überlaute Orchester, die Kübel von Alkohol, die man getrunken haben mußte ... Sie schloß die Augen, atmete tief durch, verspürte einen heftigen Brechreiz und einen würgenden Ekel. Es roch noch immer nach Alkohol, nach Rum, nach Tee mit Rum ...

Sie setzte sich mit einem Ruck auf. Die Jalousien waren hochgezogen, die Morgensonne flutete unangenehm hell ins Zimmer, ein leichter Wind drang durch die geöffneten Fenstertüren und blähte die Gardinen.

»Guten Morgen, mein Schatz!« sagte Lobow fröhlich. Er erhob sich vom bereits gedeckten Tisch in der Mitte des großen Raumes und kam zu dem um zwei Stufen höheren Schlafteil, der mit seinem breiten Bett und dem Spitzenhimmel darüber wie eine dekorierte Bühne aussah. In beiden Händen hielt er einen großen Rosenstrauß und legte ihn Lyda zu Füßen auf die Bettdecke. Blaßrote Rosen von einer Blütenpracht, wie sie selbst Lyda noch nicht gesehen hatte.

»Mein Gott, was ist denn heute für ein Tag?« fragte sie und

beugte sich vor. Sie streichelte die Knospen und wischte sich das Haar aus der Stirn. »So schöne Rosen!«

»Ich habe sie erst im neunten Geschäft bekommen. Eine Stunde bin ich herumgefahren. Es sollten ganz besondere Rosen sein.«

»Sie sind es.« Ihr Kopf brummte. »Wie schrecklich munter du bist! Wie lebendig. Ich sterbe ...« Sie blickte an sich hinunter, erkannte ihre völlige Nacktheit und zog den Rosenstrauß vor ihre Brüste. »Ich weiß nichts. Hast du bei mir geschlafen? War ich schrecklich? Ich erinnere mich an nichts mehr.«

»Ich habe dich allein gelassen. Du warst geradezu ohnmächtig.«

»Furchtbar! Wer hat mich ausgezogen?«

»Ich.«

»O danke. Dieser Alkohol! Alles riecht nach Rum!«

»Ich bin ein Esel!« sagte Lobow zerknirscht. »Der Alkohol bin ich.«

»Du?« Sie starrte ihn entgeistert an.

»Das Frühstück. Ich habe Tee bestellt, Tee mit Rum. Dort« – er zeigte nach hinten in den Raum auf den gedeckten runden Tisch. »Ich wollte dich überraschen. Nun war es wieder falsch.« Er hob beide Arme und ließ sie wieder an den Körper fallen. »Ich bin eben doch nur ein russischer Bauer ...«

»Komm her!« sagte sie zärtlich. Sie ließ die Rosen fallen und streckte die Arme nach ihm aus. »Komm her.« Ihre Nacktheit regte ihn auf, obgleich er sich dagegen wehrte und an Pujatkin dachte, was alle Gefühle schon im Keim ersticken mußte. Aber sein Trieb war stärker. Er setzte sich auf die Bettkante und ließ seinen Kopf auf ihre Brust sinken. Sie krallte die Hände in sein blondes Haar, preßte sein Gesicht in das weiche, duftende Tal ihres Busens und seufzte auf, als er die Arme um sie schlang.

Später saßen sie am Tisch, frühstückten opulent mit Eiern, Schinken, Kaviar und einer Käseplatte, tranken sogar den Tee mit Rum und waren glücklich. Niemand belästigte sie; an der Klinke vor der Tür hing das Schild: Nicht stören. Lyda hatte ihre schwarzen Haare mit einem roten Band zusammengebunden und sah so jung aus, als habe sie ihre Haut mit der eines eben erwachsen gewordenen Mädchens getauscht. Sie trug ihren seidenen Morgenmantel und darunter nichts. Von draußen drang gedämpft der Lärm der Riesenstadt ins Zimmer. Vor den Fenstern des Apartments blickte man auf einen großen tropischen Park.

»Ich habe mir etwas ausgedacht«, sagte Lobow und biß herzhaft in ein knackiges Hörnchen. »Wir fliegen morgen nach Sao Paulo.«

»Wundervoll! Was ist da los?«

»Ein Autorennen.«

Lobow zuckte zusammen. Das Messer, auf dem Lyda gerade eine Scheibe Schinken balanciert hatte, fiel klirrend auf den Teller. Die Schinkenscheibe segelte auf den Teppich. Mit weiten Augen, als würge sie jemand, als bekäme sie keine Luft mehr, mit verzerrtem Mund und zitternden Händen starrte sie Lobow an. Es war ein Anfall, der ihn entsetzt aufspringen ließ.

»Himmel, was hast du?« rief er und lief um den Tisch zu ihr. Sie stieß ihn mit beiden Fäusten von sich, als er sie umarmen wollte, riß sich das Band aus dem Haar, zerwühlte ihre notdürftige Frisur. Lobow wich zurück, tupfte sich mit der Serviette über das Gesicht und schüttelte den Kopf. »Ich hole einen Arzt . . .«, stotterte er.

»Was soll ein Arzt?« fauchte sie. Ihre Haltung veränderte sich wieder. Wie ein bedrängtes Tier kauerte sie sich zusammen, wie nach allen Seiten sichernd. »Warum hast du das gesagt?«

»Was?« fragte er hilflos.

»Sao Paulo!«

»Eben ... eben warst du noch begeistert ...«, sagte er verständnislos.

»Du hast – Autorennen gesagt!«

»Ja. Auf dem Rundkurs. Die besten Fahrer der Welt sind da. Es wird ein Ereignis werden. Ich habe heimlich Karten gekauft, um dich zu überraschen.«

»Das – das ist dir gelungen.« Sie legte den Kopf weit nach hinten und starrte an die üppige, mit Stuck verzierte Decke. In der Sonne leuchteten die vergoldeten Rosetten. »Boris, hast du wirklich jahrelang geschlafen?«

»Ich war in Moskau und Leningrad.«

»Vor mir darf das Wort Autorennen nie mehr ausgesprochen werden ...« Sie umklammerte die Tischplatte. »Ich weiß, das klingst hysterisch. Aber was bin ich denn? Die Summe meiner Vergangenheit, weiter nichts. Überall, wo ich hinblicke, sind Erinnerungen. Sie erdrücken mich. Begreifst du das? Sie erwürgen mich! Ich will ihnen entfliehen – aber sie holen mich immer wieder ein. Und jetzt sagst du es noch!«

»Ich – ich habe keine Ahnung ...«

»Die ganze Welt sprach damals darüber! Ein Jahr lang!«

»Die Welt – eure kapitalistische Welt endet an der russischen Grenze! Der Platz in unseren Zeitungen ist zu wertvoll, um ihn mit eurem Gesellschaftsklatsch zu füllen. Wir haben in Rußland andere Probleme, wichtigere.« Er ging zu einem Stuhl, über dem seine weiße Jacke hing, holte aus der Tasche zwei Eintrittskarten und die Flugtickets und zerriß alle in kleine Schnipsel. »Vorbei!« sagte er. »Auch für mich vorbei! Für immer! Kein Wort mehr darüber.«

»Aber du weißt nicht, warum ...«

»Ich will es nicht wissen. Es interessiert mich nicht.«

»Es ist ein Teil meines Lebens, Boris.« Sie hatte sich sichtlich beruhigt. Der erste Schock war überwunden. Sie stand auf, ging mit offenem Morgenmantel unruhig im Zimmer auf und ab und preßte die Hände gegen ihre Brust. »Es war eine große Liebe ...«

»So etwas habe ich geahnt«, sagte Lobow bedrückt.

»Ich dachte, es sei eine große Liebe gewesen ... bis ich dich traf. Nein, das ist nicht bloß dahergesagt. Ich habe oft geglaubt, glücklich zu sein, und war dann für diese Männer doch nur ein goldenes Spielzeug. Bei dir ist alles echt.«

Boris nickte, wandte sich ab, um ihr nicht in die Augen blicken zu müssen, und zerteilte mit den Schuhspitzen die auf dem Teppich liegenden Papierschnipsel. Das kann ich nicht, Oberst Pujatkin, dachte er bitter. Ihr jetzt in die Augen sehen und fröhlich lächeln. Trotz KGB-Schule ... So abgebrüht bin ich noch nicht! Ihr habt meinen Verstand gedrillt, nicht meine Seele.

»Es war vor sechs Jahren«, sagte sie. »Ich war damals zwanzig. Papa war seit zwei Jahren mit Nany Johnes verheiratet. Ich irrte um die Welt, war mal bei Mama in London oder Paris, mal auf unserer Insel Sapharin, mal in St. Tropez oder Monte Carlo mit Freunden. Ich konnte nicht sein, wo Nany war. Ich konnte nicht die gleiche Luft mit ihr atmen, ich hätte schreien können, immer, ohne Unterbrechung, wenn ich sah, wie Papa den Glücklichen und Stolzen spielte, aber innerlich immer einsamer wurde – wie ich. O Boris, du hast seine Augen nicht gesehen! Diese lebenssprühenden Augen! Sie wurden trüber, immer trüber, blickten nach innen und suchten Halt. Aber niemand konnte ihm helfen. Er warf jeden raus, der mit ihm über seine seelischen Probleme sprechen wollte. Tante Andromeda, Onkel Lakadonis, sogar Perikles, der ihm sonst alles sagen konnte, und auch mich ... ›Ich bin der glücklichste Mensch der Welt!‹ brüllte er. ›Was wollt ihr? Ihr macht euch nur in die Hosen, weil ihr an das Erbe denkt!‹ – So gemein konnte Papa reden, wie ein Kistenschlepper aus Piräus!« Sie blieb am Fenster stehen. Im Gegenlicht, durch den dünnen Morgenmantel hindurch, leuchtete ihr nackter Körper in der Sonne. Sie ist *doch* schön, dachte Lobow und bewunderte sie stumm. Hübsch – das vergeht, das ist Puppenhaftigkeit. Aber eine Frau kann schön sein durch ihre Persönlichkeit, durch ihren Geist, ihren Charme, ihre Herzlichkeit – auch wenn ihr Körper nicht nach den zur Zeit gültigen Idealformen geformt ist. Das ist Schönheit, die überdauern kann. Und Lyda ist schön – man muß nur ein Auge dafür haben.

»Was blieb mir übrig?« sagte sie leise. »Ich war ständig auf der Flucht vor dieser Frau – und auf der Flucht vor Papas Unglück. Da – da traf ich ihn.«

»Wen?« fragte Lobow mit rauher Stimme, und die war nicht künstlich, die war echt. Dieser andere Mann, der vor sechs Jahren – lag es an ihm, daß Lobow sich plötzlich unbehaglich fühlte?

»Jérome Marcel«, sagte sie leise. »Er war Rennfahrer, Formel I. Ein Mensch ohne Nerven.«

Das Festbankett zu Ehren der Rennfahrer-Elite im ›Hotel de Paris‹ von Monaco war in vollem Gange. Aus den riesigen Kristallüstern des großen Ballsaales fiel das gleißende Licht über Hunderte von sündhaft teuren Abendkleidern, Kreationen der berühmtesten Modeschöpfer, über Fräcke und weiße oder schwarze Smokings, brach sich funkelnd in den Brillantcolliers und Diamanthalsbändern der Damen. Die ebenfalls in Abendtoilette gekleideten Detektive, die sich unter die Ballgäste gemischt hatten, schätzten als Fachleute den hier versammelten Schmuck auf ungefähr 20 Millionen Dollar. Es war ein Aufmarsch von Reichtum und Schönheit, wie ihn selbst Monte Carlo nicht oft erlebte, allenfalls bei den Wohltätigkeitsbällen des Fürsten Rainier.

Nicht nur das Hotel glänzte, dieser Wohnpalast aus der Jahrhundertwende, der zu den besten Etablissements der Welt gehört und in dessen Gästebüchern die Namen fast aller Frauen und Männer stehen, die einem Jahrhundert Glanz und Profil gegeben haben. Auch die Boulevards waren erleuchtet, Scheinwerfer tauchten das Spielkasino mit Kuppelbau und Türmchen in taghelles Licht; im Hafen hatten die Jachten über die Toppen geflaggt und bunte Lichterketten gezogen von Mast zu Mast, und oben auf dem Felsen schimmerte, von allen Seiten angestrahlt, gleich einem Märchenpalast das Schloß der Grimaldis. Und alles war umhüllt von einer samtweichen Nacht mit einem grandiosen Sternenhimmel. Monte Carlo – die schönste Stadt der Welt? Die attraktivste bestimmt, sobald ihre Lichter wie tausend Diamanten zu funkeln beginnen.

Jérome Marcel hatte beim Großen Preis von Monaco nicht gesiegt, aber er war Zweiter geworden. Für sich selbst – und auch für die anderen, selbst für die Fachpresse – war er der wahre Sieger. Ein zu langsamer Radwechsel hatte ihn Sekunden gekostet und ihn vom ersten Platz, den er bis dahin unangefochten gehalten hatte, verdrängt. Er hatte zwar alles auf eine Karte gesetzt, war gefahren wie ein Teufel, hatte drei Wagen überholt, aber gegen den Spitzenreiter kam er nicht mehr an. Mit nur zwei Sekunden Differenz schossen sie durchs Ziel. Ohne den lahmen Monteur, der um drei Sekunden zu langsam war, hätte das Ergebnis anders ausgesehen.

Man sagte es Marcel, beglückwünschte ihn fast mehr als den Sieger, vor allem die Frauen umdrängten ihn, wollten mit ihm Champagner trinken und stellten ihre Reize in den tief ausgeschnittenen Kleidern zur Schau.

Jérome Marcel war zu allen freundlich, ein lieber Junge, wie die Presse schrieb, unkompliziert, ehrlich, draufgängerisch, ein Mann ohne jegliche Angst, ein Fahrer von exzellentem Können. Er fuhr nicht nur, er lebte mit seinem Wagen. So hart der Job war, so todesnah jede Runde – er verlor nie eine gewisse Zärtlichkeit gegenüber seinem Wagen. Nach jedem Rennen streichelte er ihn wie eine Geliebte. Auch jetzt war er im Gewühl von so viel entblößtem, parfümiertem Fleisch, so viel Gezwitscher und Augenflirt und unter einem Dauerregen von Komplimenten nur der große Junge, der sich selbst darüber wunderte, daß er so erfolgreich war. Er lachte, seine weißen, starken Zähne blitzten. »Wie ein Raubtier!« sagte eine seiner Verehrerinnen selig. Er prostete mit seinem langstieligen Champagnerglas allen zu, als spielte er eine Szene aus der ›Fledermaus‹ und tanzte abwechselnd mit den Frauen, die ihm lästig werden wollten. So gut wie er als Fahrer war, so schlecht tanzte er; ein paarmal trat er den Damen kräftig auf die Füße, aber sie betrachteten es anscheinend als Auszeichnung und ließen sich von ihm mit seufzender Lust mißhandeln.

Als er sich hinter eine Säule geflüchtet hatte, wo er sich ein neues Champagnerglas geben ließ und etwas Distanz zu all den halbentblößten Brüsten und den sinnlich geöffneten, feuchten Lippen bekam, stieß sein Rennkollege Pierre Lafond zu ihm. Lafond war der ewige Dritte. So etwas gibt es nur einmal; er hatte sich daran gewöhnt. Als er dreimal auf dem Hockenheimring Zweiter geworden war, hatte ihn das total verwirrt. Er ließ seinen Wagen untersuchen, denn irgend etwas stimmte da nicht. Kein Getriebeschaden, kein Ölauslaufen, kein Zündfehler, kein Ventilbruch, nicht einmal ein Reifenwechsel – das war ihm unheimlich. Aber in Monaco war er dann wieder Dritter. Seine Welt kam wieder in Ordnung. Lafond war der zuverlässigste Fahrer von allen. Wenn Marcel sich nahezu selbstmörderisch auf die Piste stürzte und die Kurven mit einer solchen Verve nahm, daß die Zuschauer entsetzt die Augen zukniffen, fuhr Lafond seinen souveränen Stil mit dem beruhigenden Bewußtsein: Du bist unter den ersten Drei. Du wirst wieder Dritter.

Lafond wischte sich mit dem Handrücken ein paar Schweißperlen von der Stirn und machte dann mit seinem Glas eine alles umfassende Bewegung. »Ich schwitz' mich tot!« sagte er. »Die Weiber sind wie mit Pfeffer gespritzt! 400 PS kannst du besser beherrschen als die! Bis jetzt habe ich drei Heiratsanträge, fünf Einladungen in Privatwohnungen, sieben Hotelzimmernummern und zwei Haustürschlüssel gesammelt. Wie steht's bei dir?«

»Fehlanzeige!« Marcel lächelte breit. »Nach einem Tanz haben die Damen Mühe, ihren Tisch aufrecht zu erreichen. Die denken dann mehr an ihre Füße als an ihren Zimmerschlüssel.«

»Aha!« sagte Lafond plötzlich. Er nahm einen Schluck und hob grüßend das Champagnerglas.

Marcel blickte sich um. Das Gewühl im Saal war bedrohlich geworden. »Was ist? Schlüssel Nummer drei?«

»Von der nicht!« Lafond nickte zu der langen Bar hin. »Da ist sie endlich.«

»Wer? Deine unbekannte, geheimnisvolle Bettrolle?«

»Die lernt ihr nie kennen! Ich bin doch nicht verrückt und liefere euch das Reh für die Jagd! – Lyda ist gekommen.«

»Wer ist Lyda?«

»Mensch, Jérome, du Esel: Lyda Penopoulos!«

»Ach, die?!« Marcel blickte hinüber zur Bar. Auf einem der geschnitzten Hocker, unter dem Baldachin, von gedämpftem, mildem Licht angestrahlt, saß ein Mädchen mit durchaus nicht modisch frisierten Haaren, in einem gewiß teuren, einmaligen, aber gar nicht attraktiven Abendkleid. Es war zwar schulterfrei, doch über der Brust fiel es sackartig ab bis zum

Boden. Auch der Schmuck war konventionell: eine Perlenkette mit Brillantschließe, Brillantohrringe und ein dünner Reif ums Handgelenk. Das Mädchen rührte mit einem Quirl in dem Sektcocktail herum, den ihr der Chefmixer serviert hatte. Dann trank sie und wandte sich dabei dem Saal zu. Marcel sah in ein melancholisches Gesicht mit großen, schwarzen Augen.

»Ich sehe sie zum erstenmal«, sagte Jérome Marcel. »Nur von Fotos kenne ich sie. Da wirkt sie viel größer und – wie soll ich sagen – reifer.«

»Sie kommt auch sonst nie zu Autorennen. Daß sie hier ist, scheint ein Zufall zu sein. Aber Monte Carlo ist schließlich die Hauptschaltstelle des alten Stavros!«

»Sag bloß nicht ›alt‹!« Marcel lachte verhalten. »In den Armen der schönen Nany wird er wieder flott! Das ist für ihn wie eine Generalüberholung! Kolbenwechsel ...«

»Gehen wir hin?« fragte Lafond. Marcel schob die Unterlippe vor.

»Zu ihr? Dem reichsten Mädchen der Welt? Was soll ich da? Ihr auch beim Tanzen auf die Füße treten? Kennst du sie überhaupt?«

»Ich habe im Sommer vorigen Jahres mit ihr in Saint Tropez Boule gespielt. Reiner Zufall. Ein Bekannter von ihr kannte mich. So kommt's eben.«

Sie umgingen das Gewühl der Tanzenden und Flirtenden, der Diskutierenden und der Sich-zur-Schau Stellenden, näherten sich der Bar und fanden, das sahen sie schon von weitem, keinen Platz mehr. Doch das hinderte Lafond nicht, Marcel mit den flachen Händen im Rücken vorwärtszustoßen.

»Welch eine Überraschung!« rief Lafond denn auch, als sie hinter Lyda Penopoulos standen. »Meine Boule-Siegerin!« Lyda drehte sich auf dem Barstuhl um und musterte ihn kühl, abweisend. »Mademoiselle, erkennen Sie mich nicht mehr?

Saint Tropez. Voriges Jahr. Plage Waikiki. Ich dachte, ich könnte Boule spielen, aber Sie haben mich aus den Strandschuhen gekippt! So etwas vergesse ich nie.« Und ehe Lyda antworten konnte, klopfte er Marcel auf die Schulter. »Das ist mein Freund Marcel. Jérome Marcel.«

»Ich weiß«, sagte Lyda sachlich. Marcel verbeugte sich leicht. Er verfluchte Lafond, der den Draufgänger spielte und ihn dann in die Schlacht warf.

»Sie wissen?« fragte Marcel verblüfft.

»Sie wurden Zweiter im Rennen!« Lyda lächelte verhalten. »Ich saß auf der Tribüne neben dem Fürsten. Sie hatten viel Pech. Sie lagen lange an der Spitze.«

»Drei Sekunden haben mir gefehlt.«

»Das ärgert Sie gewaltig, was?«

»Und wie! Nicht ich habe das Rennen verloren, sondern die Box! Da kann man so gut sein wie nie – und dann ist da ein Mechaniker, der drei Sekunden schläft. Man könnte aus der Haut fahren!«

»Autorennen ist Ihr ganzes Leben, nicht wahr?«

Sie sahen sich an. Marcels Augen waren blau, ihre Augen waren schwarz. Aber als ihre Blicke aufeinandertrafen, veränderte sich alles und wurde golden.

»Viel von meinem Leben gehört dem Rennen«, sagte Jérome Marcel stockend. »Viel, aber nicht alles.«

»Wie kann man Sie trösten?« Lyda drehte sich voll zu ihnen um. Ihr breitflächiges Gesicht lag nun im Schimmer der Kristallüster. Das schwarze Haar glänzte wie Seidenfäden. Sie war kaum geschminkt, das Rot der Lippen wirkte natürlich, nicht aufgemalt. »Wollen wir tanzen?«

»Das wäre für Sie eine Leidensstrecke, Mademoiselle«, sagte Marcel und lächelte schief. »Ich mache keine Tanzschritte – ich kupple und bremse.«

»Ich bringe es Ihnen bei, ja?« Sie rutschte vom Hocker und

stand neben ihm, mittelgroß, in ihrem Modellkleid, das die Figur unkenntlich machte, bis auf den Ansatz der Brüste, über denen das Gummikräuselband das Kleid festhielt. »Sie spielen gerade einen Slowfox.«

»Hätten Sie Tango gesagt – ich hätt's auch geglaubt.«

»Mademoiselle Penopoulos ist eine gute Lehrerin«, hakte Lafond ein. »Erst seit ich von ihr eine Lektion bekam, spiele ich Boule richtig.«

»Versuchen wir es!« Lyda lachte jungmädchenhaft. »Wer so wie Sie in die Kurven rast, hat doch wohl keine Angst vor ein paar Tanzschrittchen?«

»Ich nicht!« rief Marcel und bot Lyda seinen Arm. »Ich nicht, Mademoiselle. *Sie* sollten Angst davor haben! Sie ahnen nicht, was Sie erwartet! Sollten wir nicht vorher dem Hotel-Arzt einen Wink geben?«

Sie lachte schallend, bog sich zurück, zog auf der Tanzfläche Marcel mit einem Ruck an sich und legte den Arm um ihn.

Er tanzte wirklich wie ein Bär.

Nicht, daß er sinnlos herumtappte und eine komische Figur machte, jedoch er hatte nicht das geringste Gefühl für Rhythmus; jedwede Musikalität schien ihm völlig abzugehen. Immerhin gab er sich alle Mühe, mit seinen stämmigen Beinen und Füßen nicht in allzu gefährliche Nähe von Lydas Schuhen zu kommen. Er ließ sich von ihr, die ihn ja das Tanzen lehren wollte, über das Parkett schieben, aber da die Tanzfläche heillos überfüllt war, fiel es nicht auf, daß Jérome Marcel eigentlich nur neben oder um Lyda herumlief. Jedenfalls bewunderten ihn die Damen und zwinkerten ihm zu, wenn er an ihnen vorbeitrottete. Natürlich die Lyda Penopoulos, dachten sie. Kann sich mit ihren Milliarden alles angeln, sogar den schönen Jérome. Aber er wird bald merken, was er sich da eingefangen hat. Wie dem Spinnenmännchen wird es ihm ergehen, das von seinem Weibchen nach der Liebe getötet wird. Paß auf, Jérome Marcel! Diese Lyda ist eine männerfressende Bestie! Man sollte ihn warnen ...

Pierre Lafond hockte auf seinem Barstuhl und genoß einen Champagnercocktail. Er freute sich, daß es ihm gelungen war, Marcel mit Lyda zusammenzubringen. Für ihn war die reiche Erbin einige Nummern zu groß. Auch bei solchen Gelegenheiten tröstete er sich mit seinem alten Spruch: »Junge, du bist immer der Dritte! Der letzte in der Spitzenklasse – aber immerhin Spitzenklasse!« Jetzt interessierte es ihn, wie sich alles weiterentwickelte. Er hatte den Vorhang aufgezogen und saß nun auf einem Logenplatz, um den Fortgang des Schauspiels zu verfolgen. Im Grunde genommen war Jérome Marcel, was Frauen betraf, ein selten fauler Hund. Da ihm offenbar jede Frau zufiel, als schüttele er reifes Obst vom Baum, gehorchte er nur biologischen Zwängen und hatte es, von ein paar Ausnahmen am Anfang seiner kometenhaften Laufbahn abgesehen, nie nötig gehabt zu sagen: »Ich liebe dich!«

Liebe ... Das war für ihn so etwas wie Ölwechsel oder Batteriekontrolle. Eine Frau gehörte in seinen Lebensrhythmus wie eine Inspektion des Rennmotors. Sie besaß eine Funktion, mehr nicht. Wenn bei anderen Rennfahrern die schönsten Mädchen an den Boxen warteten, wenn ihre attraktiven Frauen an der Piste standen und die Zeit stoppten, wenn die Zeitschriften von ihnen Bildberichte brachten über neue Liebschaften – und es waren bei Damen fast immer bekannte Namen dabei –, dann saß bei Marcel nur ab und zu ein langmähniges Wesen vor der Box und starrte ängstlich auf die vorbeiheulenden, flachen, mit Reklame bemalten Ungeheuer, gelenkt von den Gladiatoren der Neuzeit, die nicht mehr von Löwen und Panthern zerfleischt werden, sondern sich mit 300 km Stundengeschwindigkeit in die Luft katapultieren oder in einer explodierenden Teerwolke erbärmlich ersticken oder verbrennen. Marcel liebte nur seinen Wagen, hieß es in der Branche. Er denkt nicht an Triebe, nur ans Getriebe.

Lafond rührte in seinem Cocktail. Die Kapelle spielte jetzt einen Boogie. Aus den vornehmen Herrschaften wurden zuckende Gestalten, wie von epileptischen Krämpfen durchrüttelt, mit wackelnden Köpfen, zitternden, verkrampften Gliedmaßen und verzückten, leicht geröteten Gesichtern. Dekolletés rutschten, Smokingschleifen verschoben sich, Hemden wurden durchgeschwitzt, Frisuren lösten sich auf. Welche Stimmung!

Hier war nun Jérome Marcel von den Regeln des Tanzens befreit. Er löste sich von Lyda, verdrehte den Oberkörper, stieß einen Laut aus, der wie »Uff!« klang, und wackelte in den Knien. Dann stampfte er um sie herum, wedelte mit den Armen, schnellte den Unterkörper vor und zurück, zog die Schultern hoch, wagte einen verwegenen Dreher, griff nach Lydas Händen und zog sie an sich, stieß sie von sich weg, hielt sie fest, damit sie nicht hinfiel, und wieselte mit Gummibeinen vor ihr auf und nieder.

Sie lachte hell und warf den Kopf zurück, drehte sich vor ihm und zuckte im wilden Rhythmus an seinem ausgestreckten Arm. »Das geht ja wunderbar!« rief sie außer Atem. »Bravo!«

»Wenn Sie das Tanzen nennen ...« Marcel tapste hin und her wie ein Boxer beim Schattenboxen. »Wer das erfunden hat, war unter Garantie ein Nichttänzer, der auch mal aufs Parkett wollte.«

Mit einem Ruck zog er Lyda an sich, umarmte sie, was gar nicht zu einem Boogie gehörte, und blieb mitten auf der Tanzfläche zwischen den zuckenden Leibern stehen. Ihr Gesicht, etwas verschwitzt und gerötet, war ganz dicht vor ihm. Die Lippen waren geöffnet und glänzten bläßlich. Ihre großen, schwarzen Augen, eigentlich das Schönste an ihr, starrten ihn mit einem Ausdruck kindlicher Erwartung und fraulicher Bereitschaft an.

Er wußte nicht, warum, er wollte es gar nicht – aber er küßte sie. Er küßte sie, als seien sie allein, und er hörte in diesem Augenblick weder die Musik noch den Lärm der tanzenden Menschen, weder den keuchenden Atem um sich herum, noch sah er das Aufzucken der Blitzlichter. Am Rande der Tanzfläche lauerten die Fotografen – und wenn das kein Motiv war! Der Welt bester Rennfahrer, Jérome Marcel, und das reichste Mädchen, Lyda Penopoulos. Küssen sich auf dem Parkett, vor allen Augen! Das bringt ein gutes Honorar! Und der alte Stavros wird wieder einmal toben!

Pierre Lafond hob sein Glas und prostete unbeachtet in die Menge. Salut, Jérome! Es hat gezündet! Genieße den Augenblick; eine Zukunft gibt es da nicht. Eher sprengt Stavros Penopoulos seine ganze Flotte in die Luft, als daß er seine Tochter einem Rennfahrer gibt. Sie ist erst zwanzig, Jérome. Amüsiere dich, alter Knabe, aber gerate bloß nicht in die Schußlinie des Familienclans! Wenn morgen die Fotos in allen Zeitungen erscheinen, klingelt es im Hirn des alten Stavros sowieso Alarm.

Marcel ließ Lyda los und schob sie wieder von sich weg. Wieder begann er mit den Schultern zu zucken, und weil's so schön gewesen war, spielte die Kapelle gleich einen Boogie hinterher.

»Verzeihung«, sagte er. »Aber ich konnte einfach nicht anders ...«

Sie blieb steif, wie festgewurzelt stehen. Ihre großen Augen verfolgten seinen vor ihr hin und her pendelnden Körper.

»Wieso konnten Sie nicht anders?«

»Ihr Mund ... Ihre Augen ... so nah ... Ich mußte Sie einfach küssen! Sie dürfen mir als Gegenleistung auch eine runterhauen! Ich halte still.«

»Warum sollte ich Sie ohrfeigen?«

»Um das Gleichgewicht wieder herzustellen. Wir haben Aufsehen erregt!«

»Das ist mir gleichgültig. Ich errege immer Aufsehen. Die Welt platzt vor Neugier. Ich komme mir manchmal vor wie eine ständig wechselnde Reklame für das sogenannte Jet-set-Leben.«

»Sind Sie das nicht?«

»Ich weiß es nicht.« Sie schaute etwas hilflos um sich. »Wollen Sie weitertanzen?«

»Sie?«

»Nein.«

Er stellte seine dummen Zuckungen ein und faßte ihre schlaff herunterhängende Hand.

»Dann gehen wir!« Er drängte sich mit ihr durch die Tanzenden und sah Lafond, wie er von der Bar winkte, sie sollten zu ihm herüberkommen. Marcel schüttelte den Kopf und lächelte in drei Kameras, die sich sofort auf ihn richteten. Die Blitzlichter flammten auf.

»Flüchten wir vor den Hyänen!« sagte er. »Wie wär's mit dem Wintergarten?«

»Der ist jetzt auch überfüllt.« Sie blickte zu ihm hoch wie ein Kind, das einen ganz großen Wunsch auf dem Herzen hat. »Können Sie nur Rennwagen fahren?«

Marcel lächelte breit. »Wenn man mir sagt, wo bei einem anderen Wagen Gas und Bremse liegen, könnte es gelingen ...«

»Das war eine dumme Frage, nicht wahr? Ich habe einen Rolls-Royce.«

»Bekannt!«

»Den nehmen wir uns und fahren einfach weg. Irgendwohin. Was halten Sie davon?«

Marcel zögerte. Die Sache begann, ungeahnte und nicht gewollte Formen anzunehmen. Es war gar keine Frage, daß man Lydas und sein Verschwinden bemerken würde, und dann hätten die wildesten Gerüchte freie Bahn. Die Sensationspresse würde sich auf diesen einmaligen Stoff stürzen: Das reichste Mädchen der Welt und der Rennfahrer! Eine Liebesstory wie im Märchen. Von der Piste auf alle Meere! Heiratet Lyda einen Rennfahrer? Verliert der internationale Rennsport Jérome Marcel an eine Reederei? Ein blendendes Paar: der Furchtlose und die Dollarprinzessin ...

»Man wird sich die Mäuler zerreißen, Mademoiselle«, sagte Marcel.

»Worüber? Weil wir keine Lust haben, in diesem schwitzenden Affenkäfig auszuhalten, und die frische Luft vorziehen? Das steht doch wohl jedem frei.«

»Wir sind aber kein ›Jeder‹. Man wird sofort etwas in uns hineininterpretieren.«

»Ach! Und was?« Sie sah ihn trotzig an.

»Eine Liebesaffäre zum Beispiel ...«

»Aber das ist doch Blödsinn!«

»Natürlich ist das Blödsinn!« Er verspürte plötzlich einen leichten Schmerz. Blödsinn ist das also in ihren Augen, dachte er. So abwegig erscheint es ihr also, daß sie sich in mich verlieben könnte. Fortfahren, irgendwohin, vielleicht ans Meer, an ein romantisches Plätzchen, an einen winzigen Strand in der Felsenküste, wo man ganz allein ist. Sternenhimmel und Mond über sich – Wellenrauschen, der Geruch von Seetang, auf den Lippen das Salz, das mit dem Gischt in winzigen Tröpfchen herübersprüht. Wie eingebettet in unnennbare Sehnsüchte fühlt man sich dann und möchte so ganz anders sein, als man ist ... Das alles nennt sie Blödsinn?! Lyda Penopoulos, was wollen Sie eigentlich?

»Ich habe den zweiten Schlüssel zum Rolls«, sagte sie. Auch im riesigen Foyer des Hotels drängten sich die Menschen. »Aber wenn Sie Angst haben ...«

»Das hätten Sie nicht sagen dürfen, Mademoiselle. Da treffen Sie bei mir ins Schwarze.« Marcel breitete die Arme aus. »Wo wollen Sie hin? Ich fahre Sie um die ganze Welt!«

»Es genügt, wenn wir einen Platz finden, wo uns keiner. kennt.«

»Das dürfte schwierig sein!« Marcel sah sich um. Überall lauerten die Reporter mit ihren Kameras. Es war offenkundig: Sie witterten eine Sensation.

»Trennen wir uns«, schlug er vor. »Schleichen wir uns einzeln hinaus. Sie zuerst; ich folge in fünf Minuten. Wo steht der Rolls?«

»Auf dem Privatparkplatz des Hotels. Sie kennen ihn?«

»Ja. Reserviert für kleine Götter.«

»Das war nicht fein, Monsieur!«

»Pardon.«

Sie nickte, hielt ihm die Hand hin, er küßte sie. Alles sah danach aus, als verabschiede sich Lyda Penopoulos vorzeitig und ziehe sich zurück. Die Reporter waren sichtbar enttäuscht. Keine neue Affäre, keine neuen Schlagzeilen. Sie gingen in den Festsaal zurück, um weitere Opfer zu suchen. Es gab noch genug zu beobachten, woraus sich eine kleine Klatschspalte fabrizieren ließ. Aber eben nur eine kleine ...

Lyda verließ das Hotel durch den Hintereingang, erreichte unbemerkt den privaten Parkplatz, schloß den Rolls-Royce auf und setzte sich auf den Beifahrersitz in das weiche Polster. Den Schlüssel steckte sie ins Zündschloß. Sie holte aus der Abendtasche einen kleinen Spiegel heraus und betrachtete sich im schwachen Licht der Wandlampe, die den Parkplatz erhellte. Sie leckte über ihre Fingerspitzen, strich mit den feuchten Kuppen über ihre Augenbrauen und tupfte etwas Wimperntusche aus den Augenwinkeln.

»Mach keine Dummheiten«, sagte sie leise zu ihrem Spiegelbild. »Hörst du? Halt dich zurück! Du willst dich nur mit ihm unterhalten. Er soll erzählen, von sich und seinem Leben. Das wird dann endlich mal ein Abend ohne Langeweile sein. Ohne all das blöde, hohle Geschwätz, das ich mir täglich anhören muß. Er ist ein lieber, natürlicher Junge, der noch nicht einmal tanzen kann. Der vielleicht gar nichts anderes kann, als auf ein Gaspedal zu treten und tollkühn über eine Rennpiste zu jagen. – Mach keine Dummheiten, hörst du?« Sie steckte den Spiegel hastig in die Abendtasche und lehnte sich zurück. Die linke Tür öffnete sich. Jérome Marcel glitt auf den Sitz und rieb sich die Hände.

»Gelungen!« sagte er mit fröhlicher Jungenstimme. »Das hat keiner mitbekommen! Mademoiselle, das haben Sie hervorragend gespielt. Sie haben diese ausgebufften Reporter an der Nase herumgeführt! Jeder glaubt, Sie sind auf Ihrer Suite.« Er umfaßte das Lenkrad und drehte den Schlüssel auf Zündung. »Wohin darf ich Sie bringen? Wo verbergen sich die feinen Leute? Ich habe darin so gar keine Erfahrung.«

»Wo möchten *Sie* hin, Jérome?«

»Ich? Ehrlich?«

»Ganz ehrlich.«

»Ins Bett! Ich bin hundemüde.«

»Pfui!«

»Erst das Rennen, dann die Interviews, dann der Empfang beim Fürsten, anschließend der Ball, und dann noch das Tanzen ... ich kippe aus den Schuhen. Aber das heißt nicht, daß ich an der frischen Luft nicht wieder munter werde. Jeder Motor hat Kraftreserven, da muß man nur die richtige Drehzahl kennen.«

»Sie denken wohl nur in PS, Jérome?«

»Ich verspreche Ihnen, ab sofort nur noch an Sie zu denken, Lyda.«

»Sagen Sie das noch einmal!«

»Ich verspreche Ihnen ...«

»Nein! Meinen Namen!«

»Lyda ...«

»Noch einmal. Bitte!«

»L-y-d-a ...«

Sie schloß die Augen und atmete tief. »Das war schön«, sagte sie leise. »Sehr schön!«

»Das verstehe ich nicht.« Er starrte sie an. Sie lag in den Polstern und wirkte so klein, kindlich, zerbrechlich. Er war versucht, sie aufzurichten, ihr über das Gesicht zu streicheln, zu fragen: Wo tut's denn weh?

»Ich bin gewöhnt, daß man meinen Namen immer mit besonderer Betonung ausspricht. Ob meine Lehrerinnen oder Lehrer, die Bekannten meines Vaters, die Bekannten meiner Mutter, die Geliebten meines Vaters, oder seine neue Frau, oder die Männer, die sich um mich bemühen, oder die Freundinnen, die ihren Neid und ihre Mißgunst in Gesäusel verstekken, die Angestellten und die Gäste, jeder, überhaupt jeder hat einen bestimmten Ton in der Stimme, wenn er mich anredet. Nur Sie nicht, Jérome. Sie sprechen ›Lyda‹ wie jedes andere Wort aus.«

»Vielleicht bin ich zu müde ...«

»Warum wollten Sie dann mit mir wegfahren?«

»Ich will? Das ist ein Irrtum? *Sie* haben den Vorschlag gemacht!«

»Warum haben Sie zugestimmt?«

»Weil ich ab und zu – aber das ist selten – ein höflicher Mensch bin. Heute habe ich meine sanfte Tour.« Marcel gähnte tatsächlich. »Pardon! Müdigkeit macht mich milde.«

Fast lautlos glitt der Rolls-Royce durch die Ausfahrt hinaus auf die Straße. Gegenüber erhob sich, von Scheinwerfern angestrahlt, der Kuppelbau des Kasinos. Marcel umkreiste den länglichen, mit Rasen und Blumenrabatten geschmückten Vorplatz und entschloß sich, in Richtung Cap Martin zu fahren. Sobald sie das Gebiet von Monaco verlassen hatten, ließ der Verkehr nach; nur noch vereinzelt begegneten ihnen Autos, und als sie zum Meer abbogen, kam ihnen kein Scheinwerfer mehr entgegen. Über eine schmale Straße, die hinunter zu einer Bucht führte und bestimmt nicht für einen Rolls-Royce angelegt worden war, rumpelten sie durch die Nacht. Obwohl ein Rolls die beste Federung der Welt haben soll und obwohl man behauptet, daß bei einer Geschwindigkeit von 100 Stundenkilometern ein volles Wasserglas, auf das ausklappbare Tablett der Hintersitze gestellt, nicht überschwappen darf – auf diesem steinigen Weg erzitterte auch die Karosserie eines 150 000-Mark-Wagens. Unten, an der Spitze des Caps Martin, drehten sich die Strahlfinger des Leuchtturms. Marcel bremste und stellte den Motor ab.

»Was ist?« fragte Lyda.

»Ich möchte dem vornehmen Herrn Rolls nicht auch noch zumuten, diesen Pfad bis zum Meer zurückzulegen. Auch Herr Rolls hat nur eine Ölwanne, und die könnte mit Leichtigkeit aufgeschlagen werden.« Er beugte sich zur Scheibe vor. Ein romantischer Himmel, wie gewünscht, sternenklar, samtweich. Ein Meer, das im Mondschein widerleuchtete. Versilberte Felsen und ein Stück Strand wie aus einem Bilderbuch. Dazwischen Zypressen, Pinien und ein paar windzerzauste Palmen.

»Wollen wir zu Fuß weiter?«

»Klettern?«

»Das nicht. Der Weg ist nur steil ...«

»Mit meinen hohen Absätzen? Im Abendkleid! Und Sie im Smoking?«

»Steigen wir erst mal aus.« Er öffnete die Tür, lief um den Wagen herum und machte einen tiefen Diener, als Lyda die Beine zur Seite schwenkte und nach dem Boden tastete. »Mademoiselle, wenn ich behilflich sein darf?«

Er schob die Arme unter sie, hob sie hoch und trug sie ein paar Meter weiter bis zu einem großen Stein, auf den er sie niedersetzte. Lyda hatte sich an seinen Nacken geklammert und löste den Griff auch nicht, als Marcel sich aufrichten wollte. Ihm blieb nichts übrig, als nach vorn gebückt in der Umklammerung ihrer Arme zu verharren. »Wir sind verrückt, nicht wahr?« sagte sie leise. »Ganz schön verrückt. Was wollen wir eigentlich hier?«

»Keinen Boogie mehr hören ... zum Beispiel ...«

Sie lachte hell, wie eben ein Mädchen von zwanzig Jahren lachen kann.

»Das ist gut, Jérome!«

»Keine schwitzenden und dumm daherquatschenden Menschen ...«

»Wunderbar!«

»Kein einstudiertes Lächeln. Keine Blitzlichter. Nichts mehr von dem ekelhaften Klüngel, den man die ›feine Gesellschaft‹ nennt!«

»Fabelhaft!« Sie blitzte ihn mit ihren großen Augen an. »Aber auch kein Motorenlärm? Kein Reifenwechsel? Kein Vergaserschaden? Kein durchgebrannter Auspuff? Kein Klappern im Getriebe?«

»Nichts! Gar nichts! Nur wir – und der Himmel und das Meer.« Er war fast traurig, daß sie ihre Arme von seinem Nacken löste. Er setzte sich vor sie auf den Felsboden. »Wenn man das jemandem erzählen würde, daß wir uns von einem Fest wegschleichen, um nachts allein an einem Kap zu sitzen, würde man uns für verrückt halten. Oder für total verkitscht.« Er lehnte den Kopf nach hinten an ihre Knie und griff nach ihrer Hand, die auf seiner Schulter lag. »Es ist das erstemal, daß ich so etwas mache ...«

»Wirklich? Ich sitze oft allein am Meer. Auf Sapharin oder auch hinter der Reling unserer Jacht. Oder ich stehe in Monte

Carlo am Fenster und sehe hinaus auf das spiegelnde Wasser. Dann werde ich ganz ruhig.« Sie fühlte, wie ein Zittern durch sie lief, als er ihre Hand nahm und die Handfläche küßte. »Warum – warum haben Sie meine Marotte mitgemacht? Warum sind Sie mit mir vor den anderen geflüchtet?«

»Ich spürte, daß es Sie glücklich macht. Ja, ich gebe zu – ich hatte erst einen ganz anderen Eindruck von Ihnen. Nach all den Bildern, die es von Ihnen gibt, nach den Berichten über Sie, was man sich so alles erzählt, was geklatscht wird. So jung, habe ich manchmal gedacht, und schon so viel auf dem Buckel ...«

»Das war nicht galant, Jérome.«

»Ich will auch nicht galant sein. Das können die Jünglinge mit den Schmachtlocken besser. Die haben das geübt, die können nicht anders als charmant sein. Ihre Väter stopfen ihnen die leeren Köpfe mit Geldscheinen aus, und wenn sie noch soviel Blödsinn reden – dahinter stecken immer einige Millionen Dollar. Manchen Leuten genügt das, um Idiotie als geistvoll erscheinen zu lassen!« Er räusperte sich. »Ja, das wäre heraus. Nun kennen Sie meine Einstellung zu Ihren Kreisen. – Können wir zurückfahren?«

»Nein.«

»Machen wir weiter in Romantik?« Er küßte wieder ihre Handfläche. »Soll ich ein kleines Lied aus der Provence singen? Sie werden es nicht glauben ... aber ich singe immer noch besser als mancher Kräher aus den Hit-Paraden! Sogar Gitarre kann ich spielen. In der Provence gibt es ein Lied von einem Mädchen, das sich in einen Fischreiher verliebt. Nicht, weil er so schön ist, sondern weil er fliegen kann, weil er die Welt sieht, weil die unbekannte Weite sein Revier ist. – Verrückt, was?«

»Nein. Wunderschön, Jérome.« Sie beugte sich über seinen Kopf und stützte ihr Kinn auf seine blonden Haare. »Es muß schön sein, wenn man noch Wünsche offen hat. Ich habe keinen. Was denken Sie eigentlich über mich? Typisch Millionärstochter – nicht wahr? Kommt auf den Gala-Ball des Fürsten von Monaco und hat plötzlich den Spleen, mit ihrem Rolls-Royce und einem berühmten Rennfahrer auszukneifen und sentimental zu werden. Eine Laune, weiter nichts. Und wie verhält man sich als wohlerzogener Mann? Man goutiert die Laune und macht mit. Absurde Launen gehören zu ihrem Leben, das weiß man. – Ist das richtig so?«

»Nein! Irgendwie ist das merkwürdig zwischen Ihnen und mir.«

»Merkwürdig? Erklären Sie das!«

Marcel drehte sich herum und saß nun vor ihren Füßen. Er umfaßte ihre Beine und drückte sein Kinn an ihre Knie.

Erklären, dachte er. Wie soll man dafür Worte finden, ohne daß sie abgedroschen und dumm klingen? Ich selbst finde mich ja nicht mehr zurecht in diesem nie gekannten Zustand.

»Ich habe mich nie danach gedrängt, Sie kennenzulernen«, sagte er. »Sie verkörpern für mich eine andere Welt, in die ich nicht hineinpasse. Als dann heute abend Pierre Lafond mich zu Ihnen hinschob und mit seinem dusseligen Boule-Spiel anfing, nur um Sie zur Aufmerksamkeit zu animieren, hätte ich ihm in die Kniekehlen treten können. Ich wette, die Sache mit dem Boule-Spiel war von hinten bis vorn gelogen. Aber so macht er das immer. Er kann lügen, daß die Mauern einstürzen, und verzieht keine Miene dabei.«

»Sie lügen nie?«

»Selten. Nur im Notfall.«

»Wie jetzt?«

»Lyda, warum so mißtrauisch?«

»Weil ich eine Penopoulos bin. Ach, Jérome, manchmal, nein, oft wünsche ich mir, nur eine einfache Mademoiselle Henriette zu sein. Oder das junge Mädchen aus der Provence, das einen Fischreiher liebt, weil er fliegen kann über Berge und Meer. – Aber Sie wollten von sich erzählen.«

»Eigentlich von Ihnen, Lyda. Nach wenigen Sätzen zerrten Sie mich auf die Tanzfläche und versuchten, mir einen Slowfox beizubringen, was kläglich mißlang. Ich bin, obwohl ich singe und Gitarre spiele, der unmusikalischste Mensch, den ich kenne. Das klingt absurd, ist aber so. Wenn ich was singe, dann nur nach dem Gehör. Auf der Gitarre klimpere ich, weil ich herausgefunden habe, daß Gesang selbst mit der schrecklichsten Begleitung immer noch besser klingt als ohne. Sehen Sie – und lachen Sie jetzt nicht –, das ist meine Tragik: Ich möchte so gern gut singen können, ich möchte so gern ein Instrument spielen, ich möchte so gern mit der Musik Freundschaft schließen – aber irgend etwas in meinem Ohr oder in meinem Gehirn, Abteilung Töne, will nicht. Dafür reagiert dieses Hirn sofort, wenn der Motor ein falsches Geräusch von sich gibt oder irgend etwas sonst am Wagen nicht in Ordnung ist. Dann habe ich plötzlich das absolute Gehör.« Er lächelte und sah Lyda aus seinen tiefblauen Augen strahlend an. »Aber als wir tanzten, Mademoiselle, und ich mir alle Mühe gab, daß Sie nicht in die Nähe meiner Füße kamen, fühlte ich mich plötzlich wohl. Darf ich sagen: sauwohl?! Ich wünschte mir, es möge eine lange Nacht werden.«

»Das ist sie nun«, sagte sie leise. »Was machen wir mit der Nacht?«

»Wünschen Sie sich etwas! Sie haben gesagt, es gäbe für Sie keine Wünsche mehr. Nun haben Sie einen Wunsch frei.«

»Und kaum geäußert, wird er erfüllt?«

»Oder nicht! Ich kann auch nein sagen!«

»Ich möchte einmal bei einem Rennen in Ihrer Box stehen.«

»Nein.«

»Ich möchte einmal in Ihrem Rennwagen fahren.«

»Absolutes Nein!«

»Ist das Ihr letztes Wort?«

»Ja.«

»Danke.«

Sie beugte sich über ihn, legte beide Hände um seinen Kopf und küßte ihn auf den Mund. Es war ein scheuer, flüchtiger Kuß, kein leidenschaftliches Aufeinanderpressen der Lippen, und trotzdem durchflutete beide in diesem Augenblick ein Strom von Seligkeit.

Ein Blitz durchbrach die Stille. Marcel fuhr empor und stürzte nach vorn. Zu spät. Der Fotograf, der ihnen lautlos gefolgt war, hetzte durch den Felsenweg davon.

»Stehenbleiben!« schrie Marcel. »So ein Saukerl! Bleiben Sie stehen, dann geschieht Ihnen nichts. Aber wenn ich Sie einhole, dann gnade Ihnen Gott!«

Er setzte hinter dem Flüchtenden her, aber der Vorsprung war selbst für einen durchtrainierten Mann wie Marcel zu groß. Ein paarmal stolperte er über große Steine, was ihn wertvolle Sekunden kostete, und als er die befestigte Straße erreichte, sah er gerade noch, wie ein kleiner Wagen, ein Citroën 2 CV, nach halsbrecherischem Start davonhoppelte. Er merkte sich die Autonummer, aber was nutzte das? Ein Wagen aus Nizza.

Langsam kam er zu Lyda zurück und hob bedauernd beide Arme. Sie saß noch immer auf dem Stein und hatte die Hände im Schoß gefaltet.

»Entwischt! Die Suppe wird gekocht; wir müssen sie auslöffeln. Wenn das morgen in der Zeitung steht, dieses Bild – das wird ein Geschnatter geben! Um nichts!«

Sie stand auf und ging an ihm vorbei. »Sie sagen es!« Ihre Stimme klang spröde. »Um nichts . . .«

»Bis jetzt.« Er lief ihr nach, riß sie an den Schultern herum und zog sie an sich. Sie wehrte sich, drückte ihre Fäuste gegen seine Brust, wollte ihn von sich stoßen.

»Jetzt werden Sie doch noch verrückt!« rief sie. Ihr Atem keuchte. »Sie enttäuschen mich. Sie sind genau wie die anderen! Lassen Sie mich los!«

»Lyda ...« Marcel ließ sie frei. »Bitte! Gehen Sie zum Wagen. Ich weiß, was Sie denken. Ich fasse Sie nicht mehr an. Ich gebe Ihnen nicht einmal mehr die Hand ...«

»Jérome ...« Sie blieb vor ihm stehen. Ihr Gesicht zuckte, als wolle sie gleich anfangen zu weinen. »Jérome ... ich habe Angst ...«

»Vor was?«

»Davor, daß – ich Sie liebe ...« Sie schloß die Augen. »Jérome ... Küß mich richtig ...«

Erst gegen Mittag kam Lyda in das Büro der Penopoulos-Linie am Boulevard-sur-mer in Monte Carlo. Die Angestellten, die ihr begegneten, grüßten höflich, aber mit einer Neugier, die allzu deutlich war. Selbst die Sekretärin im Vorzimmer ihres Vaters sagte nicht wie sonst immer: »Ich will anfragen, ob nichts Besonderes vorliegt«, sondern ließ sie gleich die Tür zum Chefbüro aufreißen.

Stavros Penopoulos saß hinter dem breiten englischen Schreibtisch mit der grünen Lederplatte und blickte aus seinen etwas vorquellenden Augen böse auf seine Tochter. Vor ihm lagen keine Akten, sondern einige Zeitungen. Es schien so, als habe er schon lange auf Lyda gewartet.

»Mach die Tür zu!« sagte er laut. Seine Stimme, tief und grollend, duldete keinen Widerspruch. Mit einem Schwung warf Lyda die Tür ins Schloß und kam näher. Stavros musterte finster seine Tochter.

»Was ist das?« schrie er plötzlich. Seine Faust krachte auf die Zeitungen. »Meine Tochter knutscht nachts an einsamen Stränden mit Rennfahrern herum!«

»Nicht im Plural! *Ein* Rennfahrer. Jérome Marcel...« Sie griff nach den Zeitungen. Auf den Titelseiten überall die Fotos: Lyda mit Marcel beim Tanz. Marcel küßt Lyda die Hand. Lyda und Marcel Arm in Arm. Und dann – aus Nizza – der Höhepunkt: Felsenküste, Leuchttürme. Marcel kniet vor Lyda, sie umklammert seinen Kopf und küßt ihn weltvergessen. Ein Bild voll romantischer Innigkeit. Darunter der Text: Die Love-story des Jahres – Lyda Penopoulos und Jérome Marcel: ein Traumpaar!

Sie schleuderte die Zeitungen auf den Boden und lehnte sich an die Tischkante. »Geschmier!« sagte sie laut.

»Und das Foto?« schrie Stavros. »Etwa eine Fotomontage?! Wenn das so ist, vernichte ich diese Zeitung.«

»Das war kein Kuß.«

»Aha! Was sonst? Wurde der junge Mann vielleicht ohnmächtig und brauchte eine Mund-zu-Mund-Beatmung?! Ich verbiete dir, Lyda, zu...«

»Ich habe ihn erst später richtig geküßt.«

»Richtig...?« Stavros holte tief Atem. Sein Gesicht schwoll an.

»Ich liebe ihn, Papa.«

»Einen Rennfahrer? Einen Mann, der nur Gas geben kann, sonst nichts! Was ist er denn? Was hat er gelernt? Wo kommt er her?«

»Nicht aus den Slums von New York. Und er hat auch keine Schuhe auf der 6. Straße geputzt...«

Stavros Penopoulos zog den Kopf zwischen die Schultern. Jeder hatte es in den letzten zwanzig Jahren vermieden, ihn auf seine Herkunft anzusprechen oder sie auch nur anzudeuten. Nicht, daß er sie verleugnen wollte. Im Gegenteil, er war stolz darauf, als kleiner, rotziger griechischer Auswanderer angefangen zu haben und jetzt den Welthandel mitzubestimmen. Er hatte der Welt gezeigt, was in ihm steckte und was er konnte. Aber man sollte es ihm nicht mehr vorhalten. Die Vergangenheit hatte er verschüttet, sie war ein schönes Grab, auf das er ab und zu einen Blumenstrauß legte. Aber er hatte keine Lust, auch jetzt noch den Geruch von Zwiebelgemüse mit sich herumzutragen. An die Vergangenheit zu erinnern war einzig und allein *seine* Sache. Anderen gestand er es nicht zu.

»Du fliegst sofort nach London zu deiner Mutter!« entschied er.

»Nein!« sagte sie trotzig und überlaut.

»Die Tickets sind nebenan.«

»Nagele sie an die Wand!«

»Wie sprichst du mit mir?« Die dicke Faust krachte wieder auf die Tischplatte. »Ist das Rennfahrer-Jargon?«

»Ich fahre in zwei Tagen mit Jérome nach Indianapolis zum Training. Ich werde an der Box seine Zeiten stoppen. Wer will mich daran hindern?«

»Ich!« brüllte Stavros, hochrot im Gesicht. »Ich!«

»Und wie? Willst du mich festbinden?«

»So ähnlich, allerdings!«

»Dann versuche es!«

»Ich enterbe dich!«

»Schon wieder? – Ich brauche dein Geld nicht!«

»Willst du Schuhe in der 6. Straße putzen? Oder willst du in der Bronx auf den Strich gehen?«

Sie beugte sich vor, weit über den Tisch, und blickte ihrem Vater in das wutverzerrte Gesicht. »Wenn du nicht mein Vater wärst«, sagte sie langsam und betont, »hätte ich jetzt einen Aschenbecher genommen und ihn dir über den Kopf geschlagen! Du hast es verdient!« Und plötzlich schrie auch sie, hell und durchdringend: »Verdammt, ich bin alt genug!«

»Zwanzig Jahre!«

»Alt genug, um deine Geliebten zu ertragen! Erst die Palvietti, dann die anderen zwischendurch, dann die neue Frau ... Du willst mir Moral predigen? Gerade du?! Ich habe von dir gelernt! Ich bin ein Teil von dir, bin deine Tochter! Wenn du mich verprügeln willst, stell dich erst vor einen Spiegel und ohrfeige dich selbst! Was habe ich denn gesehen von dir? Fotografenglück! Lächeln vor der Kamera! Aber hinter den Türen nur Tränen, Schreien, Mätressen, Intrigen, Lügen, Scheidungen ...« Sie richtete sich wieder auf und trat nach den Zeitungen auf dem Teppich. »Jérome verdient im Jahr eine Million Dollar ...«

»Ein Taschengeld!« brüllte Stavros.

»Für deine neue Frau – bestimmt! Wo ist sie denn? In New York? Kauft sie wieder ein? Bei Tiffany? Bei Cartier? Bei Balmain oder Dior? Nur Kleinigkeiten für 150 000 Dollar? Die Dame mit den sechsunddreißig Perücken! Ich will raus hier! Raus! Ich bin zu jung, um schon zu verfaulen! Verstehst du das?«

»Geh auf dein Zimmer! Ich schicke dir einen Arzt.«

»Ich packe meine Koffer und fliege nach Indianapolis.«

»Du verläßt das Haus nicht! Du wirst bewacht! Ich habe angeordnet, daß du ab sofort keinen Schritt mehr allein tust! Ich habe deine Freundin Circe aus Athen kommen lassen. Sie ist unterwegs! Und dann kommst du auf die Jacht.«

»Und wenn ich durch das ganze Mittelmeer schwimmen muß, du hältst mich nicht fest! Du nicht! Ja, das ist deine große Waffe: enterben! Ja, tue es doch! Gib Perikles alles. Er ist ja dein Goldjunge! Er kann tun, was er will! Er kann sich Geliebte halten, die seinen Mutterkomplex befriedigen. Er kann das Geld hinauswerfen, der liebe Junge; der Kronprinz darf alles. Er hat ein Flugzeug, er ist Direktor im Konzern, er wird aufgebaut als der einzige Erbe. Und ich? Mich will man zur Blöden machen, zum hirnlosen Goldpüppchen! Das ist vorbei, Papa! Ich werde dir zeigen, was ich kann!«

»Den Daumen auf eine Stoppuhr drücken!« schrie Stavros außer sich. »Und jetzt raus!« Er sprang auf. »Mit diesem Rennfahrer rede ich auch noch!«

»Er wird dein Geschrei kaum anhören. Für ihn bist du völlig uninteressant.«

»Das wird sich zeigen. Ich gebe jedem Rennstall fünf Millionen Dollar, wenn er ihn nicht mehr beschäftigt! Dann kann er mit seinem Helm an der Straßenecke stehen und betteln.«

»Das wirst du nicht tun, Papa«, sagte sie ruhig. Und wenn sie ruhig wurde, ganz kalt und ruhig, wie jetzt, dann wurde sie gefährlich wie ein Raubtier. Stavros wußte das – er kannte seine Tochter besser, als sie annahm. »Denn wenn du das tust, stehe ich neben ihm und bettele mit. Und ein Schild hänge ich mir um den Hals: ›Hier steht die Tochter von Stavros Penopoulos und bittet um einen Cent.‹ – Das kannst du niemals ertragen!«

Sie wandte sich ab, drückte die Tür auf, ließ sie gegen die Wand krachen und verließ hoch erhobenen Hauptes die Konzernverwaltung.

In der folgenden Nacht, als Stavros, von einer Ahnung getrieben, bei Lyda im Hotel anrief, meldete sich niemand. Er stürzte sofort zu seinem Rolls und ließ sich zum Hotel fahren.

Lydas Zimmer war abgeschlossen; aber der Direktor selbst öffnete mit seinem Generalschlüssel.

Die Suite war leer. Die offenen Schränke gähnten Stavros an. Alles war ausgeräumt. Keine Koffer mehr, aber auch keine Nachricht. Entsetzt starrten die Hoteldirektoren auf diese Demonstration einer Flucht.

Stavros Penopoulos brüllte wie ein verwundeter Stier, beschuldigte alle, nicht aufgepaßt zu haben, bestand dann darauf, das Zimmer von Jérome Marcel zu betreten. Vor der Tür des Rennfahrers benötigte der Direktor keinen Generalschlüssel. Das Zimmer war nicht abgeschlossen. Und es war leer wie Lydas Suite.

Es gab keine Fragen mehr. Die Situation war klar.

»Eine Million Dollar!« sagte Stavros dumpf. »Eine Million für den, der mir diesen Marcel findet ...«

»Das können Sie nicht tun!« Der Vizedirektor der Reederei, den man aus dem Bett alarmiert hatte und der gerade eingetroffen war, rang die Hände. »Sie können doch kein Kopfgeld aussetzen, Sir!«

»Und ob ich kann!« schrie Stavros. »Ich kann sie jagen, bis sie sich die Füße bis zum Hals abgelaufen haben! Warum kann ich das nicht?«

»Es wäre klüger zu schweigen. Die Öffentlichkeit ...«

»Sie kann mich!« Niemand nahm Penopoulos diesen Ausdruck übel. Man kannte seine Ausbrüche. »Ein Rennfahrer und meine Tochter!«

»Wir werden bald wissen, wo sie sind«, sagte der Vizedirektor. »Dafür sind beide zu bekannt. Ich würde vorschlagen, keinen Kommentar herauszugeben. Dann wird der Skandal zu einem modernen Märchen. Das Mitleid der Öffentlichkeit wird Ihnen gelten, Sir.«

»Darauf scheiße ich!« sagte Stavros unflätig. »Ich will meine Tochter wiederhaben. Mir ist es total gleichgültig, wie Sie das anstellen. Aber Sie müssen sie wieder herbeischaffen!«

In den nächsten Tagen hatten die Zeitungen keine Titelblattnot. Lyda und Jérome Marcel sorgten für gute Berichte. Fast alle Schlagzeilen lauteten gleich:

Die Romanze des Jahrhunderts. Lyda Penopoulos und Jérome Marcel auf der Flucht in ihre Liebe. Wo verstecken sie sich? Wo liegt ihr Liebesparadies?

Moskau ist kein Ort, wo man moderne Märchen als Morgenlektüre zum Frühstück mit Kaffee, Tee, Brötchen und Honig liest und sich darüber freut, daß auch in der Milliardärsfamilie Penopoulos nicht alles so glatt verläuft, wie man eigentlich annehmen sollte. Auch ein Dollarberg allein scheint nicht glücklich zu machen. Lyda, das reichste Mädchen der Welt, brach aus ihrem goldenen Käfig aus und brannte mit einem Rennfahrer durch. Das war eine Geschichte so recht nach dem Herzen der Massen, auch wenn ihnen diese Glitzerwelt so fern lag. Sie hellte immerhin den grauen Alltag etwas auf, ließ einen, wenn auch nur in der Phantasie, teilhaben am Leben der Großen und erzeugte gelegentlich die tiefste alle Freuden: die Schadenfreude.

Im KGB-Gebäude, in der Abteilung II, viertes Stockwerk, dachte man grundlegend anders. Als die ersten Auslandszeitungen zur Auswertung durch die Pressestelle gelaufen waren und die einzelnen Dezernate ihre Ausschnitte bekommen hatten, drückte Oberst Tichon Pawlowitsch Pujatkin auf einen Klingelknopf seiner Telefonanlage. Dann lehnte er sich in dem einfachen Bürosessel zurück, überflog noch einmal die Ausschnitte und stieß mit den Fußspitzen gegen den Schreibtisch. Wer Pujatkin kannte, wurde äußerst vorsichtig, wenn der Genosse Oberst auf diese Weise seinen Arbeitsplatz malträtierte.

Pujatkin legte die Ausschnitte auf den Tisch. Es hatte geklopft. »Ja!« brüllte er laut. »Kommen Sie rein, Masajew!«

Nikita Alexejewitsch Masajew, in seinem Zimmer durch Pujatkins Alarmklingel aufgeschreckt vom morgendlichen Tee, schloß die Tür hinter sich. Er brüllt, dachte er. Er tritt gegen seinen Tisch. Er sitzt da mit einem Gesicht, als habe man ihn mit Galle eingerieben. Die Luft ist dick, Nikita! Dabei ist heute ein so schöner Tag.

»Masajew, haben Sie die Auslandsberichte gelesen?« fragte Pujatkin, noch ziemlich zurückhaltend. Seine Finger trommelten nervös auf die Ausschnitte. Masajew rekapitulierte in

Gedanken schnell die Schlagzeilen, die er beim Tee gelesen hatte, und nickte.

»In Bonn läuft wieder eine Aktion gegen die Berliner Mauer«, sagte er und hoffte das Richtige getroffen zu haben. Pujatkin starrte ihn an, als habe sich Masajew vor ihm unsittlich entblößt, und gab seinem Schreibtisch einen harten Tritt. O je, dachte Masajew, das war falsch. Was steht denn noch in diesen verdammten, geschwätzigen westlichen Zeitungen?

»Was ist in Monte Carlo passiert?« fragte Pujatkin dumpf. »Nikita Alexejewitsch, betrachten Sie bei Ihrer morgendlichen Auslandslektüre nur noch die nackten Kapitalistenweiber?«

»Monte Carlo?« fragte Masajew etwas dümmlich zurück. Er überlegte hastig. Was war los in Monte Carlo? Ein Autorennen! Seit wann regt sich Pujatkin über Autorennen auf? Es laufen doch keine sowjetischen Wagen auf den Pisten. Was hätte das auch für einen Sinn, da doch die sowjetische Autoindustrie längst bewiesen hatte, daß es nicht auf Schnelligkeit ankommt, sondern auf Langlebigkeit. Wenn westliche Wagen schon längst verrostet auseinanderfielen, brummten sowjetische Autos noch immer brav über die Straßen: zeitlos, unverwüstlich, gemütlich. Wozu auch die Hetze? In Rußland lag die Zeit herum – man konnte sie in Säcken sammeln. »Hat ein Genosse die Spielbank gesprengt?« witzelte Masajew.

Pujatkin schwieg, sichtlich erschüttert. Dann schob er die Ausschnitte über den Tisch und gab seinem Schreibtisch einen gemeinen Tritt. »Lesen Sie, Nikita Alexejewitsch! Was sagen Sie nun?«

Masajew überflog die Schlagzeilen, die Pujatkin rot unterstrichen hatte. Die Romanze des Jahrhunderts. Lyda Penopoulos mit Jérome Marcel. Die Reiche und der Weltmeister von morgen ...

»O je!« sagte Masajew.

»Wie konnte das passieren?!« Pujatkins Stimme konnte sanft und väterlich sein; jetzt klang sie vulkanisch. »Wer hat da geschlafen?«

»Ich werde sofort einen Bericht anfordern, Genosse Oberst. Aber wie ich die Dinge sehe, konnte niemand ahnen, daß Lyda Penopoulos ausgerechnet mit einem Rennfahrer ... Hier steht es ja: Alle waren überrascht, überrumpelt, stehen vor einem Rätsel. Einen Tag zuvor kannten sie sich noch nicht ... Wer rechnet denn auch damit, daß innerhalb einer Nacht ein Mädchen wie Lyda ihr ganzes bisheriges Leben verleugnet?«

»Ja! Wer rechnet damit?! *Sie* hätten damit rechnen müssen!« Rumm! Der Schreibtisch zitterte. »Masajew, wir wissen doch alle nur zu gut, wie die Familienverhältnisse bei den Penopoulos' beschaffen sind! Wir haben uns darauf eingestellt, immer das große Ziel vor Augen. Lyda war unser größter Trumpf – und jetzt?! Verschwindet mit einem Rennfahrer! Ihre Leute haben geschlafen, Masajew. Oder sie vertragen das fette Leben im Westen nicht. Man sollte sie abberufen und neu in die Mangel nehmen!« Pujatkin faltete die Hände vor der Brust. Masajew überlegte, wie er möglichst schnell das Zimmer verlassen konnte.

»Worüber denken Sie nach?« fragte Pujatkin zielsicher.

»Ich werde den Genossen Okoschkin nach Monte Carlo schicken.«

»Was soll denn der an der Riviera?«

»Lyda aufspüren. Wenn wir wissen, wo sie sich versteckt, können wir vielleicht den Gang der Dinge in unserem Sinne beeinflussen.«

»Glauben Sie, sie hat eine Visitenkarte mit der neuen Anschrift hinterlassen? Wenn ihr mich sucht – ich bin in der Südsee?«

»Jérome Marcel kann nicht einfach untertauchen.«

»Ach! Und warum nicht?«

»Er hat seine Rennverpflichtungen einzuhalten.«

»Auf die pfeift er jetzt! Mit einer Milliarde im Rücken.«

»Der alte Stavros wird Lyda sofort enterben.«

»Das hat er schon mehrmals angedroht. Und was ist daraus geworden? Große Versöhnung mit Tränen, Papilein hier und Papilein dort und ein Sack voller Geschenke! Nikita Alexejewitsch, der Alte hängt viel zu sehr an seinen Kindern, als daß er sie enterben würde. Gut, er kümmert sich wenig um sie, aber wenn er sie sieht, glänzt sein Gesicht, und er bekommt Kuhaugen! Wie ich den Stavros kenne, wird er auch den Rennfahrer akzeptieren, wenn seine Lyda mit ihm glücklich wird!« Pujatkin wippte mit seinem Schreibtischsessel, ein Zeichen nachlassenden Zorns. Masajew atmete auf. Nichts ist für einen Russen gefährlicher, als beim KGB einen Haken hinter seinem Namen zu bekommen.

»Kennen Sie Marcel?« fragte Pujatkin. »Kann sie mit ihm glücklich werden?«

»Bisher lebte Marcel nur für seine Rennwagen. Affären hier und da, die üblichen langbeinigen und langmähnigen Girls in den Boxen ...«

»Girls!« sagte Pujatkin angewidert. »Masajew, wie sprechen Sie denn! Das klingt ja entsetzlich dekadent!«

»Von ernsthaften Liebesaffären habe ich noch nichts gehört. Lyda ist die erste.«

»Ein Wunder? Die zweitgrößte Privat-Handelsflotte!«

»Ich glaube nicht, daß das Jérome Marcel imponiert. Er muß Lyda wirklich lieben, um sich auf ein solches Abenteuer wie Entführung einzulassen.« Masajew war glücklich, das Gespräch auf allgemeinere Bahnen lenken zu können. Er war sich seines Versagens bewußt. In der letzten Zeit war er seiner Sache zu sicher gewesen. Genia – wiederverheiratet in London, Stavros – wiederverheiratet mit Nany Johnes, Perikles in den Händen einer Geliebten, der er sogar treu war, was nachgerade unheimlich war, und Lyda bislang als bunter Schmetterling in der Welt herumschwirrend und überall dort zu Hause, wo der Jet-set sich wohl fühlte. Keinerlei Komplikationen. Alles lief so, wie es Moskau angenehm war: Die Familie Penopoulos befand sich in einem unsichtbaren, aber unaufhaltsamen Auflösungsprozeß. Ein paar Anstöße von außen – dafür war Masajew zuständig – beschleunigten den Verfall. Und nun tauchte dieser Rennfahrer auf. Unbekümmert, stark, impulsreich, von keinem Skandal belastet. Ein leuchtender Sonnengott in Lydas Augen. Ein gefährlicher Mann für die Pläne des KGB.

»Aber trotz dieser großen Liebe«, dozierte Masajew weiter, »wird Marcel nie seine eingegangenen Verpflichtungen vernachlässigen. Dazu ist er zu ehrlich, zu gewissenhaft. Beim nächsten Formel-I-Rennen sehen wir ihn wieder. Und in seiner Nähe muß dann auch Lyda sein – selbst wenn sie keiner dort entdecken sollte. Das ist so sicher, wie Sie einen Zorn auf mich haben! – Es kann also gar nichts passieren.«

»Nichts? Sie könnten heiraten!« Pujatkin betrachtete die Fotos, mit denen die Liebesstory garniert war. Das nächtliche Kußbild am Strand von Cap Martin regte ihn am meisten auf. »Das wirft uns weit zurück!«

»Okoschkin ...«, sagte Masajew milde. Pujatkin schnaufte durch die Nase.

»Ihr verdammter Okoschkin! Er kann auch keine Wunder fabrizieren!«

»Er hat noch nie versagt, Genosse Oberst.« Masajew rieb sich den etwas höckrigen Nasenrücken. Er war ein kleiner, schmächtiger Mann mit eng anliegendem, schwarzem Haar, ein Typ wie Mikojan, und er kam auch aus der gleichen Landschaft, jenem armenischen Winkel der Sowjetunion, von dem man sagt, er bringe Menschen hervor, die schon bei der

Geburt die Mutter bestehlen. »Pal Diogenowitsch wird sich sofort um Jérome Marcel kümmern, sowie wir seinen Aufenthaltsort wissen. Ich werde mich erkundigen, wo das nächste Rennen stattfindet.«

Pujatkin war zunächst zufrieden. Er nickte Masajew zu und entließ ihn. Schon fünf Minuten später rief Masajew an. »Wir haben es!« rief er freudig. »Das nächste Formel-I-Rennen findet in Südafrika statt. In Kapstadt, auf einer neuen Rennstrecke. Die Fahrer müssen sie erst noch testen! Da haben wir Marcel lange genug im Visier.«

»Und wann ist das Rennen?«

»In drei Monaten.«

»Zu spät!« schrie Pujatkin. »Masajew, was kann in drei Monaten alles passieren! Sie müssen Lyda früher entdecken, viel früher! Jérome Marcel ist genau der Ehemann, der uns nicht genehm ist! Wenn sie einen aus ihren Kreisen heiratet – gut, das beschleunigt nur den Verfall. Aber dieser Marcel paßt nicht in unsere Pläne. Das wäre ja wie eine Blutwäsche für die Penopoulos' ...«

»Wir werden sofort in Monte Carlo die Spur aufnehmen«, versprach Masajew. Er legte auf und fügte hinzu: »Wenn es überhaupt eine Spur gibt ...«

Es gab keine Spur. Auch nicht für Stavros Penopoulos.

Der Reeder beauftragte heimlich die besten Detektive mit den Nachforschungen. Auch Perikles, der bevorzugte Bruder, der zu Rennfahrerkreisen beste Beziehungen unterhielt, mußte sich auf Vermutungen beschränken. Niemand aus der feinen Gilde der Formel-I-Fahrer konnte sagen, was sich Jérome Marcel bei dieser Entführung gedacht hatte und wo er mit Lyda versteckt sein könnte.

»Sie kommt schon wieder«, sagte, ohne innere Teilnahme, Nany Penopoulos, verwitwete Nanette Johnes, wenn Stavros auf seiner Jacht wie ein gereizter Tiger hin und her lief und die kräftigsten griechischen Fischerflüche ausstieß. »Hat sie denn genug Geld?«

»Geld!« Stavros warf die Arme hoch. »Ihre Mutter in London hat genug!«

»Dann sollte man mal Genia fragen, ob *sie* nicht weiß ...«

»Nie! Niemals! Und wenn Lyda neben ihr im Bett schlafen sollte – sie würde es mir nie verraten! Da hätte sie doch etwas, womit sie mich treffen kann! Damit kann sie mich weich machen! Das ist Balsam für ihre rachedürstende Seele! Nein, aus London kommt nichts. – Wir können nur warten! Das ist alles. Und das macht mich verrückt!«

In Monte Carlo traf in diesen Tagen Pal Diogenowitsch Okoschkin ein. Ein unscheinbarer Mensch, höflich, etwas schüchtern sogar, linkisch in den Bewegungen, immer lächelnd, wie um Verzeihung bittend, so, als sei er erschrocken, daß er überhaupt lebte. Er nahm ein Zimmerchen in einem Hotel von Monte Carlo, einem schmalen Haus in einer engen Gasse, in der es nach gebratenem Fisch stank – auch das gibt es im Paradies Monaco –, bezahlte die Miete für vierzehn Tage im voraus und trug sich in das Gästebuch als Sylvaner Thorsten ein. Ein Schwede, der gar nicht so schwedisch aussah und deshalb auch Komplexe zu haben schien.

Okoschkin genoß das milde Klima an der Riviera, ging viel spazieren, sonnte sich am Strand des vornehmen Beach-Clubs, für den er eine Eintrittskarte mitgebracht hatte, und sprach hier und da sehr schüchtern und respektvoll mit den Großen und Gernegroßen des Jet-sets. Er erfuhr einiges, aber nichts Entscheidendes über Lyda Penopoulos. Nichts, was nicht er oder Masajew schon wußten.

Alles wartete auf das Wiederauftauchen von Jérome Marcel. Spätestens in Kapstadt zum Rennen.

Vierzehn Tage später flog Okoschkin nach London. Er freundete sich dort mit dem Gärtner von Genia, der Mutter

Lydas, an, aber der Gärtner kümmerte sich nur um seinen mustergültigen englischen Rasen und nicht um die Familie. Etwas fündiger wurde Okoschkin, nachdem er das Küchenmädchen nach einem Zirkusbesuch mit auf sein Hotelzimmer genommen, mit Whisky zugänglich gemacht und wie ein stolzer Liebhaber ins Bett getragen hatte.

Er erfuhr: Lyda mußte schon jetzt in Südafrika sein. Genia hatte in den letzten Tagen gelegentlich eine Landkarte von Südafrika betrachtet und führte nachts lange Telefongespräche. Das entsprach gar nicht ihrem bisherigen Lebensstil. Wann hatte sich Genia jemals um Landkarten gekümmert? Ihr plötzliches Interesse an Topographie konnte nur bedeuten, daß Lyda sich im Süden des Schwarzen Erdteils befand.

Okoschkin meldete das nach Moskau und bat darum, seinen Trip bis Kapstadt erweitern zu dürfen. Er wollte sich bereits gründlich orientiert und vorbereitet haben, bevor Jérome Marcel aus seinem rosaroten Liebestraum in die harte Realität zurückkehrte.

Knysna ist außerhalb Südafrikas ein unbekannter Ort, aber trotzdem ein Stück vom Paradies. Wenn man auf der dem Indischen Ozean zugekehrten Seite Südafrikas von Port Elizabeth die Garden-Route an der Küste hinunterfährt bis Kapstadt, diese breite, von riesigen Eukalyptusbäumen gesäumte Straße, auf der man keine anderen Verkehrsschilder sieht als ›Achtung! Elefanten!‹, dann erblickt man von der Höhe einen Einschnitt in graurote Felsen, in die sich der Ozean im Laufe von Millionen Jahren hineingesägt hat. Hinter dem Felsentor, durch das bei Flut weißgischtige, hohe Wellen schlagen, breitet sich eine seichte Bucht aus, die bei Ebbe leerläuft und goldgelben, pulverfeinen Sand freigibt. In diese Bucht hinein ragt, nur ein wenig höher als das höchste

Wasser, eine schmale Landzunge und bildet im Rücken eine Lagune mit Schilf und Sykomoren, Palmen und Zedern, Eukalyptusbäumen und Riesenfarnen. Von der Hauptstraße führt eine mäßig steile, schmalere Straße hinunter in diesen Lagunenkessel und zu der Reihe weißer Villen, die auf der Landzunge errichtet wurden.

Das ist Knysna. Eine kleine Stadt wie in Gottes Hand. Von den Bergen geschützt, vom Ozean umschmeichelt, der hier friedlich hineinfließt, nachdem er das Felsentor brüllend passiert hat. Rund herum wächst tropischer Urwald die Hänge hinauf, leuchten Orchideen, riesige Rosenbüsche und das Gewirr der Lianen. Auf einer Felsnase steht ein kleiner Leuchtturm mit einem runden Hut auf dem Kopf: das Signal für die Fischer, den Weg durch die Klippen zu finden. In den Buchten rund um die Lagune glitzert der weiße Sandstrand in der Sonne, und über allem liegt eine tiefe Stille. Denn auch das Rauschen des Ozeans vor den roten Felsen wird gleichsam aufgesogen vom Zauber dieser Landschaft, die zum Träumen reizt, zum Hinlegen in den Sand, zum In-den-Himmel-Starren und zum seligen Einatmen dieser ambrosischen Düfte. Hier wird wohl jeder von dem Gefühl überwältigt: So viel Schönheit ist nicht mehr von dieser Welt.

Knysna, diese Märchenstadt, wird bewohnt von Künstlern, reichen Kapstädtern, sorglosen Pensionären und Grundbesitzern, die links und rechts der Garden-Route ihre Farmen betreiben. Würde nicht da und dort ein Schwarzer in den Gärten arbeiten, Fenster putzen, Wäsche aufhängen, bei Ebbe auf dem Meeresboden nach Würmern für die Angel suchen oder, die Einkaufstasche in der Hand, vor einem der wenigen Läden des Ortes palavern, würde wohl niemand glauben, in Afrika zu sein. Auf den sauberen, gepflegten Straßen sind nicht viele Menschen zu sehen. Sie liegen hinter den hohen Hecken in den Gärten ihrer schönen Häuser oder auf den

Veranden und Terrassen und blicken mit nie erlahmender Verzückung auf die schimmernde Lagune, die roten, vom Urwald überwucherten Felsen, das sanfte Meer, das bizarre Felsentor und den längst außer Betrieb gesetzten kleinen Leuchtturm, der jedes zweite Jahr neu gestrichen wird.

Ja, es gibt noch Paradiese auf der Erde. Eines heißt Knysna.

Eine jener weißen Villen am Strand der Landzunge zum Meer, ein fast würfelförmiges Haus mit einem heruntergezogenen roten Ziegeldach, umgeben von einem Park voll blühender Büsche und blaugrüner Zedern, war seit fast drei Monaten vermietet. Es gehörte einem Architekten aus Kapstadt, der hier den Sommer verbrachte, wenn in dem Steinmeer am Kap die Hitze unerträglich wurde. In Knysna, in dieser Villa auf der Lagune, waren die Sommer immer vom Ozean gekühlt. Obgleich die Stadt in einem Bergkessel gelegen war, staute sich hier nie die Hitze. Durch das Felsentor wehte unablässig der Wind und drückte die Hitze nach oben weg.

Wer jetzt in der Villa wohnte, kümmerte niemanden. In Knysna fragte man nicht viel; Künstler respektieren die persönliche Freiheit, und wer selbst nicht gern gefragt wird, vermeidet es, andere auszuhorchen. Nur soviel hatte man erfahren, durch das afrikanische Dienstmädchen und den Gärtner, die im Drugstore natürlich von ihrer neuen Herrschaft erzählten: daß der Master mit Autos zu tun hatte. Und der Briefträger, der die Post von einem Omnibus abholte, der die Post wiederum von dem kleinen Flugplatz Plettenberg-Bay mitbrachte, wußte zu berichten: »Das muß ein Rennfahrer sein. Bekommt Briefe von bekannten Autofirmen. Und in seinem Wohnzimmer, ich war mal drin, hängt ein großes Poster: ein Rennwagen. Und wer sitzt hinter dem Steuer? Der neue Mieter. Jérome Marcel heißt er. Ich werd' mich mal erkundigen, ob der bekannt ist. Die Frau bei ihm? Nichts gegen zu sagen. Immer nett, immer höflich, manchmal ein wenig traurig. Liegt im Garten und blickt oft zum Felsentor. Ein ganz anderer Typ als er. Kleiner, schwarzhaarig, mit großen, dunklen Augen. Und französisch sprechen sie miteinander, ja, französisch. Ist ja klar: Jérome Marcel, das klingt ja nach Frankreich ...«

Die Zeit kroch dahin. Drei Monate sind auch im Paradies ein Vierteljahr ...

Marcel hielt sich fit, indem er im Garten arbeitete, dicke Stämme zerhackte, mit einem Holzboot bei Flut in der Bucht ruderte, bei Ebbe sogar durch das Felsentor sich wagte und auf dem freien Ozean gegen die Wellen kämpfte. Dann saß Lyda unweit auf der überdachten Veranda und wartete auf seine Wiederkehr, und wenn das Boot wieder auftauchte, lief sie an den Strand und umarmte Jérome mit einer Wildheit, als sei er der Vernichtung eben noch entronnen.

»Ich freue mich auf Kapstadt«, sagte Marcel eines Abends. Sie saßen vor dem Kamin, hatten ein Feuer aus Zedernholz entfacht, das herrlich duftend mit blaßblauer Flamme brannte, und tranken eine Flasche des berühmten Stellenbosch-Weines. Marcel hielt sein Glas gegen die Flammen. In dem rubinroten Wein brachen sich die Feuerstrahlen wie in einem Kristall.

Lyda saß weit zurückgerutscht in ihrem Sessel und hatte die Beine von sich gestreckt. Die knappen Shorts umspannten die festen Oberschenkel. Unter dem engen T-shirt wölbten sich ihre runden Brüste, halterlos, straff; die Spitzen drückten sich durch den dünnen Stoff.

»Du hast mir versprochen, nie mehr Rennen zu fahren«, sagte sie langsam.

»Das habe ich.«

»Ich würde sterben vor Angst, das weißt du.«

»Und ich sterbe ganz langsam, Stück für Stück, wenn ich nicht mehr in meinem Wagen sitzen kann!«

Sie wußte es; sie wußte es seit gut drei Wochen. In den ersten Tagen nach der Flucht, die sie in einem Hotelzimmer in einer Vorstadt von Zürich verbracht hatten, nachdem sie unter falschem Namen mit der ersten Morgenmaschine von Nizza in die Schweiz geflogen waren, hatten sie zahlreiche Telefongespräche in alle Welt geführt. Am fünften Tag endlich gelang es Jérome, seinen Freund in Kapstadt zu erreichen.

»Mensch, was führst du mir da vor?« rief der Architekt. »Das ist ja eine ganz neue Masche von dir! Hast du diese Art von Publicity nötig? Fährst du in letzter Zeit so miserabel, daß du deinen Ruf mit einer Lyda Penopoulos aufmotzen mußt?! Junge, laß die Hände von dem Goldkäfer! Der bringt dir nur Unglück. Wo steckst du denn jetzt? Ist sie noch bei dir?«

»Ich brauche dich«, sagte Marcel. Seine bittende Stimme war drüben in Südafrika deutlich zu hören. Noch keiner hatte Jérome Marcel jemals um Hilfe betteln gehört. »Versprich mir, daß du den Mund hältst!«

»Wie eine Jungfrau ihre Unschuld.«

»Das ist schon mies!«

»Gott sei Dank, wieder der alte Jérome!«

»Ich möchte dein Haus in Knysna mieten, Jack ...«

»Mit ihr, der Millionenschleuder?«

»Ich liebe sie.«

»Jérome, hast du zuviel Abgasdämpfe eingeatmet?«

»Ich erkläre es dir später. Jetzt nur eins: Können wir nach Knysna?«

»Natürlich. Immer. Aber warum gerade Knysna?«

»Kennt den Ort jemand in Europa?«

»Wohl kaum! Dem Himmel sei Dank! Sonst machen eure Reisemanager aus diesem Paradies noch ein Feriensilo!«

»Wir wollen uns dort eine Weile verkriechen, Jack. Man soll sich daran gewöhnen, daß wir zusammengehören. Wenn wir wieder auftauchen, sieht die Welt ganz anders aus.«

»Aber nicht schöner.« Der Freund in Kapstadt räusperte sich. »Wann wollt ihr kommen?«

»Sofort. Wir reisen als Ehepaar Smith.«

»Sehr originell! Viel Phantasie hast du nie gehabt. Wie ist das mit dem Visum?«

»Das kann ich in drei Tagen bekommen.«

»Als Mister Smith?«

»Natürlich nicht. Aber in der Passagierliste der SAA stehen wir als Ehepaar Smith. Wie ist Lyda in Südafrika bekannt?«

»Wie eine weiße Hyäne.«

»Hast du keine besseren Vergleiche?«

»Gut denn. Wie ein Mensch, der einen milliardenschweren Vater hat. Ein Wort noch, Jérome: Was willst du mit Lyda?«

»Wir lieben uns, Jack.«

»Das habe ich staunend vernommen. Und weiter?«

»Was weiter?«

»Wie soll's enden?«

»Es hat ja eben erst angefangen.«

»Selbst das zäheste Krokodil stirbt nach dreihundert Jahren!«

»Du bist ekelhaft, Jack!«

»Aber ehrlich, mein Junge!«

»Ich möchte sie heiraten, Jack!«

»Lyda Penopoulos?! Jérome, lauf schnell in die nächste Werkstatt und laß dir alle Schrauben nachziehen. Bei dir klappert etwas!«

»Ich pfeife auf die Mitgift, wenn du das meinst! Ihr Vater kann sie ruhig enterben!«

»Das ist so ziemlich unmöglich, mein Junge. Erstens wird

das der alte Stavros nie tun, schon um seiner Frau nicht das halbe Imperium zu überlassen, zweitens liebt er seine Tochter abgöttisch – wenn stimmt, was man so liest –, und drittens wird, wenn es gar nicht anders geht, der ungeliebte Schwiegersohn gekauft. Das heißt, du kommst als irgendein Subdirektor in die Reederei und spielst den dümmlichen Kronprinzen. Und wenn das liebe Frauchen später ihre Launen bekommt und du haust berechtigterweise auf den Tisch, dann knallt sie dir an den Kopf: Was willst du denn, du leere Flasche – was bist du denn ohne mich?! Dann bist zu zu alt zum Autorennen! Dann kannst du nur noch die Startfahne schwenken und die Runden anzeigen!«

»So weit wird es nie kommen«, sagte Marcel fest. »Ich gebe doch meinen Beruf nicht auf. Ich mache ja auch das Rennen in Kapstadt mit.«

»Weiß sie das schon?«

»Nein.«

»Aha! Das beweist mir, daß sie dir auf der Seele kniet, das Rennfahren aufzugeben.«

»Sie versucht es. Aber ich weiche aus.«

»Schon faul! Schon völlig durchgeschimmelt! Mit so einem Eiertanz willst du die Zukunft beginnen?! Jérome, dein Herz besteht aus zwölf Zylindern und 460 PS! Komm nicht nach Knysna, sondern nimm deine Lyda an die Hand und reiche sie ihrem Vater zurück. Stavros wird so dankbar sein, daß er dich mit Gold erschlägt.«

»Verdammt! Ich brauche kein Geld! Wir lieben uns, Jack! Und wir fliegen nach Knysna!«

Das Gespräch hörte Lyda nicht mit an. Sie war in Zürich, kaufte auf der berühmten Bahnhofstraße ein und wurde nicht erkannt. Sie trug die Haare hochgekämmt, die Augen hinter einer dicken Sonnenbrille verschanzt, und sprach italienisch. Die Verkäuferinnen beachteten sie nicht mehr als andere

Kunden. Eine junge Dame, die sich Sommerstiefelchen kauft, und dazu einen Schal von Yves St. Laurent.

Es waren glückliche Tage für Lyda, die ihr Leben änderten, ihr Inneres ausfüllten, ihrem Gefühl zum erstenmal einen Halt boten. Wenn sie in Jéromes Armen lag, an ihn hingekuschelt wie eine schnurrende Katze, dann wünschte sie sich einen Stillstand der Zeit, eine ewige Nacht, eine nie vergehende Sehnsucht. Später dann, in Knysna, in dem Haus an der Lagune, sagte sie einmal: »Das alles ist so wunderschön. Es macht mich so unbegreiflich glücklich. Ich habe Angst, daß wir eines Tages aufwachen, und alles war nur ein Traum.«

Sie mieteten sich einen Landrover, fuhren in Wildschutzgebiete, belauschten Giraffen und Zebras, Wasserbüffel und Elefanten, saßen an den Wasserstellen in ihrem getarnten Wagen und sahen den trinkenden Löwen zu, hörten die Hyänen und ihr widerliches, heiseres Bellen und beobachteten, wie die Aasgeier die Reste eines Springbockes zerrissen, die von den Löwen verschmäht worden waren. Sie aßen geräucherten Kuduschinken und zartes Gazellenfleisch und fotografierten einen riesigen Baum voller birnenförmiger Früchte, bis die Früchte zu leben begannen, kreischten und in einem wilden Inferno durcheinandersprangen: eine Pavianherde mit Hunderten von Tieren. Einmal gerieten sie mitten in eine Büffelherde und ließen den Wagen mit laufendem Motor stehen, jederzeit bereit, bei einem Angriff der Stiere mit Vollgas davonzurasen. Aber die Herde strömte rund um sie herum vorbei, dicke Staubwolken aufwirbelnd, prustend, schnaufend und knurrend, und verschwand in den Niederungen des Flusses.

Lyda hatte sich an Marcel geklammert, zitternd, stumm. Ihre Fingernägel gruben sich in seine Arme. Erst als die Büffelherde abgezogen war und sie in der Weite der Steppe nur noch vereinzelte Gnus, die man in Südafrika ›Schwarte

Beesters‹ nennt, friedlich weiden sahen, fand sie ihre Sprache wieder.

»Das war gefährlich, nicht wahr?«

»Ja, das war gefährlich.« Marcels Stimme war belegt. »Es heißt, Wasserbüffel sind die gefährlichsten Tiere überhaupt. Ein Löwe ist feige dagegen.«

»Jetzt hast du auch Angst gehabt, Jérome ...«

»Hm.« Er nickte und fuhr langsam weiter. »Es ist ein verteufeltes Gefühl, wenn man nichts anderes tun kann als warten.«

»Wie beim Autorennen.«

»O nein! Da hast du den Wagen in der Hand!«

»Und dann kommt ein Ölfleck, oder jemand rammt dich, oder der Reifen platzt ...«

»Daran denkt man nicht, wenn man am Steuer sitzt.« Er fuhr schneller. Der Landrover hüpfte über die steinige, von Löchern durchsetzte Piste. »Wir fahren jetzt zu einer Stelle, wo es Flußpferde geben soll.«

Sie nickte. Er will ablenken, dachte sie. Er will nicht darüber sprechen. Er weiß, daß ich ihn nie mehr in einem Rennwagen sehen möchte. Ich könnte diese Angst um ihn nie aushalten. Jérome, ich liebe dich.

Sie beobachtete ihn, wie er hinter dem Steuer des Landrovers saß und auf die höckerige Steppenpiste starrte. Ein kantiges Gesicht, das im Profil viel älter wirkte, als es war. Er schwieg und hatte das Kinn angezogen.

Er hat Heimweh, dachte sie. Heimweh nach seinem Rennwagen, nach den fürchterlichen Betonbahnen, nach dem quirlenden Leben an den Boxen. Heimweh nach dem Rausch der Schnelligkeit, nach dem Rundenrekord, nach dem Sieg. Jetzt schon hat er Heimweh – nach kaum sechs Wochen mit mir. Aber er sagt es nicht, er spricht nie darüber. Er ist zärtlich wie immer, verzaubert die Nächte, berauscht mich mit seiner

Liebe. Und morgen fahren wir wieder irgendwohin, an einen Fluß, an ein Wasserloch, über die Steppe, in einen Wald, an die Küste des Indischen Ozeans, in ein Eingeborenendorf, über die Felder einer Farm, wir sehen den Springböcken zu, wenn sie in weitem Bogen durch die Luft schnellen und vor uns flüchten, und wir fotografieren ein riesiges, abgrundhäßliches Warzenschwein, wie es sich in der Suhle am Flußufer wälzt.

Der Briefträger aber bringt seit fünf Tagen Post von seinem Rennstall. Meldungen über Neuerungen am Wagen, Trainingspläne, Streckenpläne, Erfahrungsberichte. Und er tut so, als interessiere ihn das alles sehr wenig.

Mein Gott, hilf mir. Er hat Heimweh nach seinem Rennwagen ...

Nun war das erste wahre Wort gesprochen worden. »Ich sterbe ganz langsam, wenn ich nicht mehr in meinem Wagen sitzen kann ...« Hineingesagt in das Glas mit funkelndem Rotwein, als spräche er mit einer Fee, die ihm einen Wunsch erfüllen konnte.

»Wann?« fragte Lyda leise. Das Feuer prasselte. Das Zedernholz roch stark nach süßem Harz. Es war sehr warm im Zimmer, vor dem Kamin, aber Lyda fror. Von innen heraus kam das. Es gibt ein Frieren, das aus dem Herzen kommt.

»In neun Tagen.«

»Und das Training?«

»In sechs Tagen kann ich anfangen.«

»Du wirst es tun?«

»Ich weiß es nicht.« Er beugte sich vor, stieß einen Holzkloben tiefer in die Flammen und blieb, weit nach vorn gebeugt, sitzen. »Es ist der dritte Lauf vor der Weltmeisterschaft.«

»Kannst du Weltmeister werden?«

»Theoretisch ja. Noch! Ich liege mit drei Punkten zurück. Monte Carlo hat mich in eine gute Position gebracht. Wenn ich Kapstadt gewinnen kann, dann den Nürburgring ... Aber Monza ist ein Monster! Darum müßte ich in Kapstadt ... wegen des Punktevorsprungs, Lyda ...«

»Und wenn mein Herz stehenbleibt vor Angst?!«

»Nur beim ersten Mal. Später dann, wenn du selbst an den Boxen stehst ... das ist ein Leben, das ist ein Fluidum ... Man kann es mit nichts vergleichen!«

»Es gibt kein Später mehr, wenn mein Herz stehenbleibt!«

»So schnell stirbt man nicht, Liebling.« Er lächelte in die Flammen. »Vom Rennen in Monaco warst du begeistert!«

»Da kannte ich von dir nur deinen Namen, und den fand ich noch wenig interessant.« Sie sprang auf, kniete vor ihm und schlang die Arme um seinen Hals. »Und wenn ich dich bitte, wenn ich dich anflehe, wenn ich vor dir auf die Knie falle ...«

»Lyda!«

»Gib das Rennen auf! Bitte, bitte!«

»Und wovon soll ich leben?«

»Wir haben doch Geld genug.«

»*Dein* Geld!«

»Mein Geld, dein Geld! Es ist *unser* Geld!«

»Ich habe es nicht verdient, das ist es! Es ist von der Reederei Penopoulos eingefahren worden! Und jeder wird sagen: Ah, sieh an, der Jérome Marcel! Verschrottet seine Rennwagen. Gibt die Lizenz zurück. Lehnt sich zurück in seinem dicken Clubsessel und ist nur noch der Mann von Lyda Penopoulos! Was will er auch mehr? Soviel Geld hat die – man kann nicht einmal die Zinsen verfressen! – Lyda, das ist das Schlimmste, was man mir nachsagen könnte!« Er stand auf, hob sie vom Boden hoch und zog sie an sich. »Was bin ich denn? Was habe ich gelernt? Was kann ich? Autofahren – das kann ich! Vorher war ich Mechaniker, bis mir einer einen Sportwagen lieh, mit dem ich dann ein Bergrennen gewann. Vielleicht war's nur Glück. Aber auf einmal kümmerte man sich um mich. Dann hab' ich mich hochgedient in den Rennställen. Erst Markenrennen, dann Formel III, dann einige Rallyes, bis ich endlich in einem Formel-I-Wagen saß und Zweiter wurde! Ein Bombeneinstand. Aber nur, weil dem Favoriten das Getriebe um die Ohren flog. Doch darüber spricht keiner. Ich war Zweiter, bekam von der nächsten Saison an einen besseren Wagen und wurde Vierter in der Gesamtwertung. Weißt du, was das heißt? Angebote der großen Firmen, Reklame zu fahren. Werbe-Filme, Werbe-Plakate, mein Bild auf Verpackungen, Inseraten. Das Rennen der Sponsoren um meinen Namen begann, und das Geld rauschte nur so in die Kasse! Dann vor zwei Jahren viermal Erster ... in Zandvoort, in Japan, Johannesburg und Indianapolis. Bis zum Weltmeister trennten mich nur noch zwei Punkte. Da kam das Unglück auf dem Nürburgring. Mein Wagen krachte gegen die Leitplanke, weil mich einer wie ein Irrer überholte und schnitt. Glück hatte ich! Ich sauste in ein Gebirge aus Strohballen – überschlug mich nicht, brannte nicht! Aber das Rennen war für mich aus! Doch von diesem Tag an konnte ich sagen: Ich bin Millionär! Vom Schmiermaxe, wie man mich nannte, als ich noch an den Boxen stand, zum Idol der Jugend! Aber ebenso schnell, wie du in unserem Beruf oben sein kannst, fällst du auch in den Abgrund. Das ist wie im Show-Geschäft: Eine Saison keinen Sieg oder keinen Song – und du bist vergessen. Weg vom Fenster. Bei uns bekommst du dann vom Rennstall die Wagen, die immer nur zu Bruch gehen, bis man dir sagt: Junge, da läuft nichts mehr. Du kannst ja noch in der Tourenwagenklasse mitfahren ... Und kein Sponsor steckt dir mehr für Reklame die Hunderttausender in die Tasche!« Er atmete tief durch und drückte Lyda fest an sich. »Puh, soviel habe ich noch nie geredet. Aber jetzt weißt du, wie das mit uns Rennfahrern ist.«

»Ich liebe dich –«, stammelte sie und küßte seine Brust. »Ich liebe dich. Alles andere ist unwichtig. Ich liebe dich.«

»Ich könnte eine Autovertretung übernehmen. Mit dem Geld, das ich zur Seite gelegt habe, könnte ich mir einen schönen Laden und eine modern eingerichtete Werkstatt leisten. Eine Reihe Kollegen lebt so in das Alter hinein. Aber du?! Eine Lyda Penopoulos als Frau eines Autovertreters?«

»Ich werde dann Lyda Marcel heißen, und keiner kennt mich mehr!«

»Und wenn der Laden schlecht geht, wird man heimlich in Monte Carlo anrufen. Und siehe da, schon rollen die Aufträge. Alle Angestellten der Penopoulos-Linie fahren nur noch meine Automarke! Entwicklungshilfe nennen das die Politiker. Und wieder wird es heißen: Dieser Marcel! Ohne seine Frau Lyda läge er längst auf der Schnauze. Aber wenn alle Penopoulos-Männer nur die Marke PIPAPO fahren ... da hat er gut lachen! Nach 30 000 Kilometern werden die Wagen ausgewechselt gegen neue. Der Kerl braucht nur noch die Formulare auszufüllen!«

»Du hast Komplexe, Jérome«, sagte sie und streichelte sein Gesicht. »Mein Gott, das sehe ich erst jetzt. Du hast Komplexe ... Warum können wir nicht leben wie Millionen anderer Menschen?«

»Weil du eine Penopoulos bist.«

»Zum Teufel! Soll ich denn an meinem Namen zugrunde gehen?« Sie schrie plötzlich und ballte die Fäuste. »Ist es ein Fluch, reich zu sein? Haben wir kein Recht auf Glück? Keinen Anspruch auf Ruhe und Liebe und Geborgenheit – nur weil wir erfolgreich sind? Ich will eine Frau sein, Jérome, nichts als eine Frau, deine Frau! Und Kinder will ich haben –

ist das so unnatürlich? Und ich will den Mann heiraten, den ich liebe, ganz gleich, woher er kommt, wer er ist, was man über ihn denkt . . .«

»Und genau das kann sich eben eine Lyda Penopoulos nicht leisten!« sagte Marcel steif. »Oder willst du später an der Kasse sitzen und die Werkstattrechnungen buchen?«

»Warum nicht? Bin ich zu schade dazu? Nur weil ich Penopoulos heiße? Mein Vater hat in New York Schuhe geputzt . . .«

»Ich glaube, du verstehst mich nicht, Lyda.« Marcel blickte über ihren Kopf in den Kamin mit dem knisternden Zedernholz. »Ich *muß* fahren! Ich bin noch nicht soweit, um zu sagen: Ich höre auf; ich habe genug für den Rest des Lebens. Da fehlt noch einiges. Da fehlt der Weltmeister in der Formel I.«

»Und ich verbiete dir zu fahren!« sagte sie laut.

Er ließ sie los und starrte sie an. Im gleichen Augenblick merkte sie, daß sie mit diesem Satz alles zerstört hatte. Einem Marcel kann man nichts verbieten. Sie warf sich an ihn. Umklammerte ihn und begann zu weinen. »Das war dumm!« schluchzte sie. »Ich weiß, das war dumm. So war es auch gar nicht gemeint. Jérome, hau mir eine runter! Komm, schlag mich! Ich habe es verdient. Vergiß es, vergiß alles aus den letzten Minuten! Ich liebe dich doch . . .«

»Ich werde nie eine Frau schlagen«, sagte Marcel dumpf. »Aber ich fliege morgen nach Kapstadt und nehme das Training auf!«

»Jérome!« Ihre Stimme war tonlos, gebrochen. »Ich habe Angst! Sag mir, was soll ich tun, damit du nicht mehr fährst?«

»Nichts! Da kann man nichts tun!« Er schob ihre Arme von seinem Nacken, nahm sein Rotweinglas, trank es leer und warf es in die Flammen. Es zerschellte . . . der Rest des Weines verdampfte zischend. »Ich verspreche dir nur eins: Wenn ich

Weltmeister bin, fahre ich noch eine Saison, dann höre ich auf. Dann brauche ich das Geld der Penopoulos' nicht mehr!«

»Und wenn du nicht Weltmeister wirst?«

»Dann fahre ich so lange, bis sich mein Bart um die Räder wickelt!«

»Du – du liebst mich also nicht?« stammelte sie. Ihre Augen waren ganz weit.

»Ich liebe dich grenzenlos. Aber ich werde nie meine Persönlichkeit aufgeben. Ich will *mit* dir leben, aber nicht *neben* dir ...«

In dieser Nacht rannte Jérome Marcel zu Fuß durch Knysna zu einer Villa am Rande der Lagune. Der einzige Arzt wohnte dort; das Hospital, oben in den Bergen an der Hauptstraße, war viel zu weit entfernt. Im Schlafanzug, aus dessen Tasche eine Pistole hervorragte, öffnete der Arzt die Tür. Zu solcher Zeit klingelte niemand an Knysnas Villen.

»Kommen Sie schnell, Doktor!« schrie Marcel. Seine blonden Haare hingen ihm über das verschwitzte Gesicht. »Schnell! Vielleicht ist es schon zu spät ...«

Lyda Penopoulos hatte versucht, sich mit dreißig Schlaftabletten das Leben zu nehmen. In tiefer Besinnungslosigkeit, kaum noch atmend, lag sie vor dem Kamin zwischen den beiden Sesseln.

Der Doktor von Knysna, ein alter Armeearzt, der wenig Worte um selbstverständliche Dinge machte, behandelte Lyda Penopoulos nach einer Methode, die wohl kaum die letzten Erkenntnisse der Medizin berücksichtigte.

Zunächst ließ er die Vergiftete auf dem Teppich vor dem Kamin liegen, kniete sich neben sie, riß ihr das Nachthemd bis zum Nabel auf und legte sein Ohr auf ihren Leib, nachdem er die linke Brust wie einen lästigen Klumpen weggeschoben hatte. Dann nickte er ein paarmal wortlos, betrachtete Lyda mit dem sterilen Interesse jener Ärzte, für die der Patient nur ein Fall ist, holte aus und verabreichte ihr rechts und links ein paar schallende Ohrfeigen. Marcel zuckte schmerzlich zusammen und holte tief Atem.

»Muß das sein?« fragte er heiser vor Angst.

»Ja. Das muß sein!«

»Ich denke, man pumpt den Magen aus, oder man flößt Milch ein, oder man gibt ein Gegengift und Herzspritzen ...«

»Später! Erst die Ohrfeigen! Sie hat's verdient! Jeder, der sich umbringen will, bekommt von mir erst einmal Dresche! Ich hatte in meinem Medizinerleben bisher 164 Suizidfälle – das hier ist Nummer 165! Und immer habe ich die Idioten erst verprügelt und dann behandelt. Die meisten konnte ich retten. Die Erfolgreichen hatten entweder zuviel geschluckt oder gespritzt, oder ich kam einfach zu spät. Hier komme ich nicht zu spät!« Er richtete sich auf und dehnte sich. »So ein dummes Luder! Ihre Frau?«

»Ja«, sagte Marcel ohne Zögern.

»Ehekrach?«

»So ähnlich.«

»Was heißt so ähnlich? Junger Mann, Sie müssen mir das schon genauer erklären. Ich muß nicht nur die Selbstmörder behandeln, sondern mich auch um die Ursachen kümmern. Oft sind die Verursacher kränker als die Selbstmörder!« Er rieb sich die Hände und nickte Marcel zu. »Tragen wir sie ins Schlafzimmer! Dabei können Sie schon immer mit der Beichte anfangen.« Er griff Lyda unter die Schultern, Marcel faßte ihre Beine. Sie hoben sie auf und trugen sie, im Gleichschritt gehend, ins Bett. Der Arzt schien das Haus zu kennen; er fragte gar nicht, wo das Schlafzimmer lag. »Erzählen Sie!«

»Ich bin Rennfahrer –«

»Aha! Da hat die alte Genoveva also recht!«

»Wer ist Genoveva?«

»Das Hausmädchen der Porters von Nummer 5. Eine Seele von Mensch. Seit dreißig Jahren bei der Familie. In letzter Zeit weint sie immer, weil sie ›vom Sklavenjoch befreit werden soll‹, wie die afrikanischen Freiheitskämpfer sich ausdrücken. Sie gehört zu den Schwarzen, die sich für ihre weiße Familie vierteilen ließen, wenn es jemand verlangte. Und da sie ihre Augen und Ohren überall hat, erzählt sie mir: Da wohnt jetzt einer, der in diesen rasenden Autos sitzt. Ich hab's vom Briefträger! Und der muß es ja wissen. Mit dem Postgeheimnis nimmt es der gute Moses nicht so genau.«

Sie legten Lyda ganz flach und zogen sie vollends aus. Ihr Körper war schlaff und regungslos. Die Muskeln hatten sich entkrampft und entspannt. Unter dem schwarzen Haar glänzte bleich ihr Gesicht im Schein der Nachttischlampe.

»Ich hole einen Eimer«, sagte Marcel bedrückt.

»Wozu?«

»Die Magenspülung ...«

»Nur Ruhe, mein junger Herr. Ich weiß Ihren Namen nicht ...«

»Marcel. Jérome Marcel.«

»Doktor Vennebosch. Harald Vennebosch.« Der Arzt setzte sich auf die Bettkante, griff nach Lydas schlaffem Arm und fühlte den Puls. »Wenn sie alle Tabletten geschluckt hätte, die in dem Gläschen fehlen, wäre sie längst in einem anderen Land. Herzrhythmus und Puls sind zwar kläglich müde, aber das haben wir gleich.« Dr. Vennebosch blickte um sich. »Wo haben Sie geschlafen?«

»Neben meiner Frau natürlich.«

»Wieso natürlich? Nach einem Ehekrach gibt es für Männer viele Möglichkeiten, die Nacht herumzukriegen! Sie besaufen sich im Nebenzimmer, oder sie fahren in die nächste Kneipe, oder sie machen sonst irgendeine Dummheit, die beweist, daß ein Mann im Grunde nie erwachsen wird! Sie haben also neben Ihrer Frau geschlafen?«

»Ja.«

»Nun ja, die Drahtseilnerven eines Rennfahrers, da haben wir sie! Und Sie haben nicht gemerkt, daß Ihre Frau Tabletten genommen hat?«

»Nein.«

»Sie haben auch nicht gemerkt, daß sie aufstand, ins Wohnzimmer lief und dann vor dem Kamin zusammenbrach? Vielleicht hat sie Angst bekommen, wollte in die Küche, die berühmte Gegengift-Milch trinken, und erreichte ihr Ziel nicht mehr. – Das haben Sie alles nicht gehört?! Gab es in Ihrer Ahnenreihe ein Murmeltier?«

»Ich hatte mich betrunken, Doktor ...«, sagte Marcel leise. »Ja. Ich hatte mich nach dem Krach vollaufen lassen. Zum erstenmal in meinem Leben habe ich so viel getrunken, daß ich einfach ins Bett fiel. Daß ich Lyda entdeckte, war reiner Zufall.«

»Sie mußten auf den Lokus!«

»So war's ...«

»Na, dann fangen wir mal an!«

Dr. Vennebosch öffnete seine abgewetzte Tasche, holte einige verchromte Kästchen und Döschen heraus und baute sie neben Lydas nacktem Leib auf. Dann nahm er eine gläserne Spritze aus mit Sterilmitteln getränkter Watte und steckte eine lange Nadel auf. Marcel betrachtete die Vorbereitungen mit Sorge. Er hatte ein flaues Gefühl im Magen.

»Worum ging es denn?« fragte Dr. Vennebosch.

»Kleinigkeiten ...«

»Mein lieber Monsieur Marcel, das ist keine Antwort für mich. Sie kennen mich noch nicht, der alte Vennebosch haßt Gemeinplätze. Also, was war los?«

»Ich muß beim Großen Preis von Südafrika fahren.«

»Auf der neuen Strecke in Kapstadt?«

»Ja. Übermorgen beginne ich mit dem Training.«

»Das ist Ihr Beruf. Keiner für mich, ich habe Angst vor diesen röhrenden Ungetümen, sehe auch keinen Sinn darin, mit 200 Kilometern in die Kurven zu gehen, wenn man es mit 60 Kilometern sicherer tun kann. Was heißt hier Rekord? Wem nützt er? Was hat die Menschheit davon, wenn Sie mit Ihrem Wagen auf gerader Strecke 340 Kilometer fahren, oder wenn jemand auf dem Mount Everest steht, Fähnchen schwingt und dann wieder herunterkommt? Und das alles unter größter Lebensgefahr! Ändert sich dadurch die Welt? Werden die Mächtigen der Welt dadurch ein wenig friedlicher? – Also: Warum jagen Sie um Zehntelsekunden über die Rennstrecke?«

»Es ist Sport, Doktor.«

»Blödsinn! Es ist Geschäft! Sie verdienen damit Millionen! Das griechische Sport-Ideal ist längst verwest! Jeder, der heute am besten zuschlagen kann, wird Millionär. Weltmeister. Massen-Idol! Warum? Weil es kaum noch geistige Ideale gibt. Nur noch Nervenkitzel, Gewalt, Rekorde, Übermenschliches, Unmenschliches! Es ist zum Kotzen! – Übrigens Kotzen! Das kitzeln wir gleich aus Ihrer Frau heraus. Nein, keine Magenspülung. Das ist eine Viecherei. Ich habe das immer verabscheut, auch als Arzt. Wo's nicht anders geht – gut! Aber hier machen wir es eleganter. Ich injiziere ein Mittel, das zum Brechen reizt. Dann Herzstütze, Kreislaufstabilisation, von mir aus die gute alte Milch aus Omas Küche – und morgen wird Ihre kleine Frau zwar schlapp, aber lebensfähig in den Kissen liegen.«

»Können Sie Lyda nicht in das Hospital bringen lassen?« fragte Marcel unsicher.

»Warum denn das?«

»Ich muß morgen nach Kapstadt fliegen. Zum Training.«

»Kann man nicht verschieben, was?«

»Nein! Wir müssen die neue Strecke gründlich kennenlernen, wenn wir eine Chance haben wollen.«

Dr. Vennebosch nickte mehrmals, zog die Spritze auf, gab Lyda die Injektion in den rechten Gesäßmuskel und klappte dann seine verchromten Schachteln auf. Spritzen, Ampullen, Alkoholtupfer, Kompressen. »Ich werde mich um Ihre Frau kümmern«, sagte er.

»Das kann ich nicht verlangen, Doktor.«

»Nee, das können Sie auch nicht. Ich tue es freiwillig. Wann fliegen Sie?«

»Morgen mittag. Das ist der einzige Flug.«

»Von Plettenberg-Bay. Natürlich. Ich fürchte, um diese Zeit wird Ihre Frau noch schlafen. Wenn sie dann aufwacht, sitzt ein fremder Mann am Bett. Ist Ihre Frau vielleicht schreckhaft?«

»Nein.«

»Gott sei Dank! Mein Anblick reißt nicht zu Jubeltönen hin.« Dr. Vennebosch injizierte das Kreislaufmittel. Fast gleichzeitig begann Lyda zu würgen. Dr. Vennebosch hob ihren Oberkörper hoch, stützte ihn an seiner Brust und hielt Lyda fest. »Jetzt brauch' ich eine Schüssel.«

Marcel rannte in die Küche, riß eine Plastikschüssel vom Haken und stürmte ins Schlafzimmer zurück. Dr. Vennebosch hielt sie unter Lydas Kinn und plauderte munter weiter.

»Nun mal zurück zum Ehekrach! Wieso will sich Ihre Frau umbringen, wenn Sie Rennen fahren? Daran ist sie doch gewöhnt.«

»Sie will nicht, daß ich noch fahre. Sie hat mich angefleht, damit aufzuhören.«

»Ein liebes, kluges Frauchen. Wieviel Tote hat es bei Rennen schon gegeben?«

»Wieviel sterben täglich auf den Straßen?«

»Stimmt! Die Technik macht aus uns potentielle Selbstmörder und Mörder. Ein Samstag auf deutschen Autobahnen – haben Sie das schon mal erlebt?«

»Nein. Aber ich kenne den Wochenendverkehr in Paris, das genügt.«

»Ich war in Deutschland. Zu Besuch bei meinem Neffen! Wir fuhren über die Autobahn von München nach Salzburg. Ich sage Ihnen: Ich gehe lieber zu Fuß durch die Kalahariwüste, da fühl' ich mich sicher, da komm' ich an! Ob das mit Salzburg gelingt, ist reine Glückssache!«

Während Lyda ihren Magen reinigte und erbärmlich zuckte und stöhnte, während Marcel ihren Kopf festhielt und ihr in den Würgepausen den Mund mit einem nassen Lappen abwischte, machte sich Dr. Vennebosch Gedanken über die Ehe Jérome Marcels.

»Wie wird das weitergehen mit Ihnen?« fragte er. »Sie fahren Rennen – Ihre Frau ist dagegen. Zwei grundverschiedene Standpunkte, die nie zusammenkommen können. Wer gibt nach?«

»Ich kann nicht«, sagte Marcel gequält. »Mir fehlen noch zwei, drei Jahre, um finanziell sicher zu sein.«

»Aber Ihre Frau hat Angst. Angst um Sie! Weil sie Sie liebt!«

»Ich weiß es. Ich liebe sie auch. Aber sie muß doch einsehen ...«

»Wie soll eine Frau, wenn sie solche Angst hat, sich ausgerechnet mit dem abfinden, was diese Angst verursacht?«

Das Würgen hatte aufgehört. Marcel nahm die Schüssel weg, Dr. Vennebosch legte Lyda auf das Kissen zurück und deckte sie zu. Er fühlte nochmals ihren Puls und hörte den Herzschlag ab. Bleich, wie eingefallen, lag sie mit geschlossenen Augen und schlief nach dem kräfteraubenden Erbrechen weiter.

»Ich glaube, ich gebe ihr einen Tropf!« sagte Dr. Vennebosch. »Ich hole ihn gleich von drüben. Meiner Ansicht nach hat sie zehn Tabletten geschluckt.«

»Das reicht doch ...«, stotterte Marcel.

»Kommt auf die Abwehrkraft des Körpers an. Der eine bläst sich damit aus, der andere schnarcht wohlig vierundzwanzig Stunden und sagt: War das ein schöner Schlaf! – Ganz individuell. Ihre Frau hat sich jedenfalls unterschätzt. Zehn Tabletten verkraftet sie gerade noch, so am Rande balancierend.« Er erhob sich von der Bettkante, ging in die Küche, wusch sich die Hände und kam, während er sich abtrocknete, ins Zimmer zurück. »Wissen Sie, was ich morgen Ihrer Frau sagen werden, wenn sie aufwacht und Sie sind weg, in Kapstadt? ›Suchen Sie sich auch einen Sport, wo es um Kopf und Kragen geht! Klettern Sie senkrechte Felswände hoch, möglichst vereiste, oder lernen Sie kunstfliegen. Mal sehen, wer klein beigibt!‹«

»Um Himmels willen, Doktor, sagen Sie das nicht! Sie kennen Lyda nicht. Sie tut es wirklich.«

»Genauso, wie Sie in den Rennwagen klettern. Es steht dann eins zu eins! Da muß doch Ihr Sportlerherz jubeln! Unentschieden. Da ist doch noch was drin! Auf zur nächsten Runde! *Das* ist Fairplay!« Dr. Vennebosch warf das Handtuch über eine Sessellehne und streifte die Hemdsärmel herunter, die er zur Behandlung aufgekrempelt hatte.

»Wo kann ich hier schlafen? Ich möchte in der Nähe bleiben, falls es Komplikationen gibt. Ist das Fremdenzimmer noch eingerichtet?«

»Aber ja! Sie kennen das Haus?«

»Ich kenne hier alle Häuser. Das hier gehört dem Architekten Jack Hyder. Ein Freund von Ihnen?«

»Ja.«

»Das ist schon die zweite Tablettenfresserei in diesem

Haus! Vor einem Jahr, fast genau auf den Tag, rief mich Jack Hyder um Hilfe. Ein langbeiniges Wesen. Fotomodell. Er hatte ihr beim Gläschen Wein gesagt, daß dies der letzte gemeinsame Abend gewesen sei.« Dr. Vennebosch nickte zum Schlafzimmer. »Dieses Doppelbett scheint's in sich zu haben!«

Die Nacht wurde ruhig. Lyda schlief fest, manchmal rasselte ihr Atem, aber Dr. Vennebosch, der sofort von Marcel alarmiert wurde, sagte beim fünftenmal ungeduldig: »Wenn Sie mich noch mal wecken, haue ich Ihnen zehn Kubik Schlaf in den Hintern! Dann können Sie als Nachtwandler Rennen fahren!«

Marcel blieb noch lange wach, lag neben Lyda und sah sie an. Ich liebe sie, dachte er. Ihr zuliebe würde ich sogar das Rennfahren aufgeben ... Nur diese Saison muß ich noch durchhalten, Lyda, nur noch drei Rennen. Das können wir doch durchstehen. Ich verspreche dir, dann höre ich auf! Wir werden bescheiden leben müssen – bescheiden, gemessen an dem Leben, das du bisher geführt hast. Aber wir werden genug haben. Und wir werden glücklich sein ...

Er beugte sich über sie, küßte sie auf den kalten Mund und schlief bald darauf ein.

Vom Flughafen ließ sich Jérome Marcel zur Rennstrecke fahren. Der Taxifahrer erkannte ihn und bat um ein Autogramm. »Der neue Rennkurs ist Klasse«, sagte er. »Nach den modernsten Erkenntnissen gebaut. Da können Sie auf den Geraden aufdrehen, sage ich Ihnen. Bin verdammt gespannt, wie hoch der Rundenrekord liegt.«

Marcel nickte. Er dachte an die Worte von Dr. Vennebosch und seine Anklage gegen die Sucht, die Leistung immer höher zu peitschen. »Sie haben Interesse an Rekorden?«

»Interesse?« Der Taxifahrer lachte. »Das ist doch unser

einziges Vergnügen nach Feierabend. Ich lese den Sportteil von A bis Z. Ist schon toll, was die Jungs so alles leisten. Gewichtheben über 400 Kilo! Hundertmeterlauf unter 10 Sekunden. Weitsprung, Hochsprung, Kugelstoßen, Diskus ... da purzeln die Rekorde nur so. Von Kampf zu Kampf. Wer hätte gedacht, daß so etwas möglich ist?«

»Und das freut Sie?«

»Und wie!« Der Taxifahrer blickte schnell zur Seite auf Marcel. Er begriff die Frage nicht ganz. »Wundert Sie das?«

»Nein. Viele denken so, was?«

»Hunderttausende! Was sage ich – Millionen!« Der Fahrer lachte unsicher. »Aber das wissen Sie doch. Zum Beispiel ich. Ich bin jetzt ausgesprochen glücklich, Jérome Marcel fahren zu dürfen. Wenn ich das nachher meinen beiden Jungen erzähle, was meinen Sie, wie die mich beneiden! Morgen weiß es die ganze Schule: Der Vater von Bill und Jeff hat den berühmten Marcel im Auto gehabt.«

»Danke«, sagte Marcel in sich gekehrt. Er dachte an Lydas Tränen, an ihren Selbstmordversuch, an ihre panische Angst vor den Rennautos, an ihr Flehen: Ich knie vor dir nieder ... fahr keine Rennen mehr ... »Sie haben mir sehr geholfen.«

»Ich – Ihnen?«

»Ja.« Marcel lehnte sich in die Polster zurück. »Geben Sie mir Ihren Namen. Ich schicke Ihnen für die ganze Familie Freikarten.«

Im Fahrerlager traf Marcel nur Philipp Bearns an, den Rennleiter seines Stalls. Er überwachte die Endmontage der Wagen, die erst vor ein paar Stunden ausgeladen worden waren. Von den Rennfahrerkollegen war noch niemand an der Strecke; sie saßen noch im besten Kapstadter Hotel auf den Terrassen und sonnten sich oder besichtigten die Weinkellereien von Stellenbosch. Aber an allen Boxen wimmelte es von Monteuren, Journalisten, Fotoreportern.

»Wie immer der erste!« rief Bearns. Er umarmte Marcel, drückte ihn an sich. »Dein Wagen ist gerade in der Mangel. In zwei Stunden ist er klar. Willst du dich gleich reinsetzen und ganz vorsichtig eine Orientierungsrunde drehen?«

»Vielleicht.« Marcel reckte sich und blickte auf das geschäftige Treiben. Das ist meine Welt, dachte er. Das brauche ich! Diese Atmosphäre von Benzin, Öl und Gummigeruch. Die Rennpiste vor mir. Hinter mir der brüllende Motor. Und dann der Rausch, dieses überwältigende Bewußtsein: Jetzt bist du vorn, jetzt kannst du gewinnen, jetzt hast du sie alle geschlagen – wenn alles gut geht.

Wenn alles gut geht ...

Die nächste Sekunde kann die letzte sein. Aber daran denkt man eben nicht.

»Die neuen Vergaser werden gerade eingebaut«, sagte Bearns. »Bei denen kann es nicht mehr vorkommen, daß sie verstopfen. Wir haben sie unter härtesten Bedingungen getestet.«

Marcel nickte. Er ging zu seinem Wagen, der noch ohne Verkleidung vor dem Werkstattbus stand. Fünf Monteure in weißen Overalls schraubten daran herum; sie grüßten Marcel mit einem freundschaftlichen »Hallo!« und arbeiteten weiter. Ein anderer Arbeiter, im blauen Overall, schleppte Kisten zu der Box: Ersatzteile und Werkzeuge, die während des Rennens gebraucht wurden. Er blieb keuchend stehen, setzte die Kiste ab und wischte sich mit dem Unterarm den Schweiß aus dem Gesicht.

Das ist er, dachte er. Ich habe ihn sofort erkannt. Netter Junge. Kein Wunder, daß Lyda Penopoulos wie eine Motte auf ihn zugeflogen ist.

Er holte sein Taschentuch aus dem Overall, putzte sich die Nase und ruhte sich von der Schlepperei ein wenig aus. Er war neu im Fahrerlager. Eine Aushilfskraft. Als er sich beim Personalchef des Organisationskomitees als Hilfsarbeiter beworben hatte, war es ihm nicht schwergefallen, die besten Zeugnisse vorzuweisen. Nach den Papieren hatte er sogar zwei Jahre in Deutschland gearbeitet, am Hockenheimring.

»Ich bin ein Zugvogel«, sagte der Mann, der Karel Čipek hieß und ein gebürtiger Tscheche war. »Ich leide unter Fernweh. Wenn ich einen Atlas in die Hand bekomme oder auf einen Globus gucke, dann juckt's mir in den Füßen. Bevor ich in der Kiste liege, will ich die ganze Welt gesehen haben. Nun bin ich in Südafrika, nächstes Jahr geht's nach Australien. Na, Boß, wie wär's mit einem Job für den Weltenbummler?«

Klar, daß Karel Čipek die Stelle als Hilfsmonteur vor allen anderen Bewerbern bekam, schon deshalb, weil die meisten Farbige waren. Er zog seinen gerade erst gekauften Overall an, meldete sich mit der Zuweisung der Rennleitung und sagte kühn, bei dem Stall McHalley sei noch ein Posten frei. Man hatte nichts dagegen und schickte Čipek zu Marcels Boxen.

Vor zwei Wochen war Čipek in Kapstadt angekommen. Mit einem Touristen-Visum, wie tausend andere Besucher Südafrikas. Er bezog ein Zimmer in einem kleinen Hotel an der Straße zum Kap, saß oft am Strand und las Zeitung und benahm sich so unauffällig wie ein Mensch, der sehr schüchtern ist. Ein paarmal fuhr er zur neuen Rennstrecke hinaus und beobachtete sie von weitem. Als die ersten Funktionäre der Rennställe eintrafen, trat er seine Stellung an. Philipp Bearns gab ihm die Hand, warf einen flüchtigen Blick auf die Zuweisung und schickte ihn weiter zum Werkstattmeister.

Das war alles. So leicht war es, in das Herz des Rennens vorzustoßen: in die Montagekolonne.

Okoschkin, alias Čipek, war mit sich zufrieden. Oberst Pujatkin und der ewig meckernde Masajew mußten es auch sein. Näher als Auge in Auge mit Marcel konnte man nicht an das Geschehen heran.

Er beobachtete, wie Marcel um seinen Wagen herumging, wie er mit dem Ingenieur und den vornehmen, ›weißlackierten‹ Monteuren diskutierte und dann bei Bearns in der Box einen Fruchtsaft trank.

Noch fünf Tage bis zum Rennen, dachte Okoschkin. Er mußte sich jetzt darum bemühen, in die letzte Nachtwache hineingenommen zu werden. In dieser letzten Nacht schliefen sie neben dem Rennwagen, als sei er ein edles, ungemein anfälliges, scheues, nervöses Tier. Wer da Wache schob, besaß das unbedingte Vertrauen des Rennleiters.

Čipek wuchtete die Kiste wieder auf seine Schulter.

Mit Philipp Bearns stand er sich recht gut.

Das Ergebnis der Trainingsrunden war ein Triumph für Jérome Marcel.

Der neue Wagen reagierte fabelhaft; die Strecke war wirklich für Höchstgeschwindigkeiten angelegt. Natürlich hatte sie, wie jeder Rennkurs, ihre Tücken, aber wenn man die neuralgischen Punkte kannte, war es offenbar ein Vergnügen, in Kapstadt zu fahren. Nach drei abtastenden Läufen hatte Marcel den Ring im Griff und drehte zwei Tage vor dem großen Ereignis zum erstenmal seinen Wagen auf volle Touren. Auf Anhieb unterbot er den Rundenrekord seiner Kollegen, die bereits voll ausfuhren, und rollte als strahlender Held an die Box. Fernsehleute und Reporter stürzten sich auf ihn. Da das Fernsehen in Südafrika noch nicht angelaufen war, die Fernsehtürme jedoch schon standen und der technische Apparat voll funktionsfähig arbeitete, drehte man auf Konserve. Rundfunk und Zeitungen trugen Marcels Namen bis in den letzten Winkel des riesigen Landes. Jedermann wußte nun, daß es ein erbarmungsloses Duell geben würde zwischen dem Ersten in der Rangwertung, dem Kanadier John Priestley, und dem jungen, immer lächelnden Sunnyboy der Rennfahrer, dem Franzosen Jérome Marcel aus Paris.

Mehrmals am Tag rief Marcel in Knysna an. Meistens saß dann sein Freund, der Architekt Jack Hyder, neben ihm, der ihn total verrückt nannte. Und stets meldete sich Dr. Vennebosch.

»Was macht Lyda?« war Marcels erste Frage.

Und Dr. Vennebosch antwortete jedesmal in seiner feinfühligen Art: »Was soll sie tun, Sie Hornochse? Sie liegt im Bett!« Oder: »Sie liegt auf der Veranda und sonnt sich!« Oder: »Sie geht im Garten spazieren.«

Kam dann Lyda selbst ans Telefon, war ihre Stimme dünn, kindlich, erbärmlich.

»Wie geht es dir, Liebling? Hier ist heute ein wundervoller Tag, aber Doktor Vennebosch sagt, das Wetter wird sich ändern. Gestern hatten wir eine ganz hohe Flut, das Meer kam fast bis ans Haus. Kannst du dir das vorstellen? So eine Flut ohne Sturm. Kaum ein Wind! Da sagte Doktor Vennebosch: Das Wetter wird sich schnell ändern.«

Kein Wort vom Rennen, keine Erwähnung der brillanten Trainingsrunden, keine Frage, wie es ihm in Kapstadt gefiel, keine Klage über sein heimliches Abreisen. Dafür wurde Dr. Vennebosch deutlich, wenn er allein am Telefon war.

»Sie sind jetzt hier bekannt wie ein bunter Hund!« sagte er grob. »Jede Zeitung, die man aufschlägt: Jérome Marcel. Im Rundfunk: Jérome Marcel. Da hört man die Motoren röhren und die Wagen vorbeifauchen, und da brüllen die Reporter: ›Da kommt Marcel aus der Kurve! In einem unwahrscheinlichen Finish biegt er in die Gerade von Start und Ziel ... Er scheint zu fliegen ... Ein neuer Rundenrekord! Ein Rekord der Superlative.‹ – Glauben Sie, das trägt zur Genesung Ihrer Frau bei?«

»Lyda hört die Radioberichte?«

»Sie sitzt jeden Tag vor dem Apparat! Verbieten kann ich es ihr nicht. Aber nach so einer Sendung muß ich ihr jedesmal eine Beruhigungsspritze geben. Monsieur Marcel, geht es nicht mit weniger Geschrei?«

»Das mache nicht ich – das macht die Presse! Natürlich gebe ich mein Bestes auf der Piste . . .«

»Eben!«

»Soll ich bewußt unter meiner Form fahren? Was verlangen Sie da!«

»Ihre Frau verfällt! Das müßten Sie sich mal ansehen. Ich bin in Ihr Haus gezogen, damit Sie es wissen. Ich kann Ihre Frau nicht mehr allein lassen! – Wie sind Ihre Pläne nach dem Rennen?«

»Dann habe ich vier Wochen Ruhe. Ich wollte mit Lyda auf die Bahamas fahren und einmal richtig faulenzen. Das wird ihr auch gut tun.«

»Und anschließend?«

»Rennen in Kanada.«

»Dann geht also der ganze Mist von vorne los! Ich kann Ihretwegen nicht nach Kanada kommen!« Dr. Venneboschs Stimme klang sehr ernst. »Ich habe Ihre Frau jetzt lange genug beobachtet. Sie ist eine energische, selbstbewußte, kluge Person, die nur einen großen Fehler hat: Sie ist von Emotionen abhängig, und wenn sie liebt, wird sie unberechenbar. Monsieur Marcel, ob das auf die Dauer mit Ihnen gut geht?«

»Nur noch diese Saison, Doktor! Ich habe mich fest entschlossen, dann aufzuhören.«

»Weiß das Ihre Frau?«

»Nein. Ich fürchte, sie glaubt es mir nicht. Sie hält es für ein Hinhalten.«

»Aber *ich* soll es Ihnen glauben?«

»Ja. Bitte!«

»Darf ich es Ihrer Frau sagen?«

»Wenn sie Ihnen glaubt . . .«

»Ich will's versuchen. Aber noch eins, Herr Rennfahrer: Der Teufel – und das bin ich – hole Sie, wenn Sie Ihr Wort brechen und nächstes Jahr doch wieder Rennen fahren! Wo Sie auch sind – ich hole Sie mir! Und wenn meine ganzen Ersparnisse draufgehen! Wie ist Ihre Antwort?«

»Ich – ich höre auf!« sagte Marcel. »Ich liebe Lyda wirklich.«

Jack Hyder, der das Gespräch mitangehört hatte, schlug die Beine übereinander, als Marcel den Hörer aufgelegt hatte.

»Ist das wirklich dein Ernst?«

»Ja, Jack!«

»So dicht vor der Weltmeisterschaft?«

»Es gibt noch was Schöneres, als Weltmeister in der Formel I zu sein.«

»Schoßhündchen der Penopoulos zu werden. Stimmt's?«

»Wenn du so etwas noch einmal sagst, deformiere ich dein abscheulich arrogantes Gesicht! Du hast dein ganzes Leben nur mit Huren verbracht. Was weißt du von Liebe?«

»Nichts. Zugegeben. Rein ins Bett . . . Juchihopphei . . . raus aus dem Bett. Erledigt! Der Vorteil: Ich habe mit Frauen nie Probleme gehabt. Jede wußte vorher, daß es kein Nachher gibt! Auf der Erotikseite meines Lebens ist deshalb immer Sonne.«

»Ich gönne sie dir.« Jérome Marcel zeigte auf die wohlgefüllte Hausbar. »Mach mir einen Drink, Jack.«

»Na na, als Sportler?«

»Rennfahrer haben eine Sonderstellung. Außerdem muß ich jetzt einen trinken! In zehn Minuten beginnt die Sportsendung. Da geht's um meine neue Superzeit in der vorletzten Runde. Und Lyda hört jede Sendung mit . . . Verdammt, ich will einen ganz großen Drink.«

Der letzte Tag vor dem Rennen. Der letzte Vorlauf, der über die Plazierung entschied. Wenn Jérome weiter so gnadenlos gegen sich selbst fuhr, darüber waren sich alle einig, stand er morgen beim Start zum Großen Preis von Südafrika an der Spitze der Wagen. Das bedeutete freies Startfeld, Durchziehen mit Vollgas, einen Raketenstart, wie man ihn mittlerweile von Marcel erwartete.

Philipp Bearns, der Rennleiter, hatte die Reifen bestimmt, die jetzt aufgezogen wurden. Riesenwülste ohne Profil. So wenig Abrollwiderstand wie möglich. Jérome Marcel, in seinem feuerfesten Anzug, den Helm unter dem Arm, posierte noch einmal vor den Fotografen und gab gleichzeitig ein Kurz-Interview für Radio Kapstadt. Er drückte sich zurückhaltend aus.

Jetzt sitzt Lyda vor dem Lautsprecher, dachte er. Es ist eine Direktübertragung. Er vermied es, Geschwindigkeitszahlen zu nennen, aber am Schluß sagte er: »Ich will morgen gewinnen. Ich *muß* gewinnen. Nicht, weil ich krankhaft ehrgeizig wäre – gesunden Ehrgeiz haben alle Rennfahrer –, sondern es hängt auch für mich privat sehr viel davon ab ...«

Nach dem Interview sah er zu, wie sein Wagen zum Startplatz geschoben wurde. Sein größter Gegner, John Priestley aus Kanada, war schon auf der Bahn und jagte mit einem irren Tempo durch die Runden. Seine Zwischenzeiten waren alarmierend.

»Der Junge haut sie alle in die Pfanne!« sagte Bearns sorgenvoll. »Er fährt wie um sein Leben. Schaffst du das, Jérome?«

»Wenn der Wagen durchhält.«

»Der ist okay! Aber du solltest nicht so fahren, daß du deine eigenen Grenzen überschreitest. Lieber morgen Start aus zweiter Reihe als heute aus der Bahn geworfen. Laß Priestley heute den Triumph. Auf morgen kommt's an!«

Sie schwiegen. Čipek, jetzt in einem weißen Overall mit dem Stallnamen auf dem Rücken, kam zu ihnen. »Da ist einer, der will Sie sprechen, Marcel.«

»Wer?« fragte Marcel abweisend. »Ich gebe keine Interviews mehr. Ich muß gleich auf die Bahn.«

»Er sagt, er käme aus Paris.«

»Paris?« Marcel klopfte Bearns auf die Schulter. »Einen Augenblick, Phil.«

In der Box, wo sonst die Rennfahrer-Girls hocken und sich bewundern lassen, stand ein hagerer, großer Mann mit einer Hakennase. Sein hellgrauer Anzug war Maßarbeit bester Pariser Schneider. Er deutete eine Verbeugung an, als Marcel zu ihm trat, und sprach in perfektem Hochfranzösisch.

»Mein Name ist Kostas Portales. Vizedirektor für Europa der Penopoulos-Linie.«

»Aha.« Marcel spürte, wie sich seine Kehle etwas zusammenzog. »Ich habe schon so etwas Ähnliches erwartet.«

»Das ist wohl auch nicht verwunderlich. Auch in Europa steht Ihr Name in jeder Zeitung.« Portales blickte um sich. »Können wir hier ungestört sprechen?«

»Völlig ungestört!«

»Vor fünf Tagen wußten wir noch nicht, wo Sie sich aufhalten. Erst durch die Trainingsläufe erfuhren wir, daß Sie in Kapstadt sind.«

»Das war auch der Sinn des Versteckspielens.«

»Wo ist Lyda?«

»Was geht das Sie an?«

»Ich bin im Auftrag ihres Vaters da. Ich soll mit ihr sprechen.«

»Warum kommt Stavros Penopoulos nicht selbst? Lyda wird nur mit ihrem Vater sprechen, nicht mit einem Abgesandten.«

»Ich bin für sie Onkel Kostas. Ich habe sie auf den Knien

geschaukelt, als sie noch nicht gehen konnte. Sie würden es uns allen sehr viel leichter machen, wenn Sie mir ein Gespräch mit Lyda ermöglichten.«

»Was heißt leichter machen?« fragte Marcel abwehrend. »Dieses Wort gefällt mir nicht, Monsieur Portales ...«

»Der jetzige Zustand ist doch nicht als normal zu bezeichnen.« Kostas Portales schwieg. Priestleys Wagen heulte vorüber. Seine Mannschaft an der Box jubelte und riß die Arme hoch. Neuer Rundenrekord. Jérome Marcel war geschlagen. Philipp Bearns kaute an den Fingernägeln. Jetzt mußte Jérome Marcel ein Wunder fabrizieren, wenn er Nummer 1 in der Startaufstellung werden wollte.

»Monsieur Penopoulos liebt seine Tochter über alles«, fuhr Portales fort. »Er ist zu allen Zusagen bereit, nur nicht zu einer Heiratsgenehmigung. Er rechnet mit Ihrer Fairneß und Ihrem Verstand.«

»Das soll er mir selbst sagen. Mir und Lyda.«

»Er kommt sofort, wenn wir uns einig sind.«

»Einig? Worüber?«

»Ich bin befugt, Ihnen zehn Millionen Dollar überweisen zu lassen.«

»Ist das Ihr Ernst?«

»Bei solchen Summen scherzt man nicht.«

»Das sind genau zehn Millionen Dollar zuviel!« sagte Marcel hart und laut. »Wenn Sie jetzt weitersprechen, beleidigen Sie mich! Betrachten Sie mich als käuflich? Sie nehmen wohl an, es käme hier nur auf die Summe an?! Zehn Millionen Dollar, fünfzehn, zwanzig Millionen ... wie hoch kann man reizen? Sie glauben also wirklich, ich würde Lyda verkaufen?! Verlassen Sie sofort die Box, bevor ich meine Beherrschung verliere und zuschlage. Monsieur Portales, ich kann durchaus noch der Gassenjunge sein, als der ich im Pariser Hallenviertel geboren wurde!«

»Nur ein Gespräch mit Lyda ...«

»Suchen Sie sie! In Kapstadt ist sie nicht.«

»Das weiß ich. Ich habe Sie drei Tage beobachten lassen.«

»Herrlich! Raus aus der Box!« Marcel setzte seinen Helm auf. Bearns winkte vom Wagen her: Du bist dran, Jérome. Priestley jagt die letzte Runde.

»Südafrika ist groß! Laufen Sie herum und rufen Sie Lyda aus! Vielleicht ist sie in einem Camp im Krüger-Park, oder sie liegt in Durban am Strand. Vielleicht ist sie sogar in Südwest und pirscht in der Etoscha-Pfanne auf Löwen und Giraffen? Sie haben ein weites Jagdgebiet, Monsieur Portales! Ich muß jetzt zum Wagen.«

»Noch ein Wort, Monsieur Marcel!« Portales hielt ihn am Ärmel der feuerfesten Kombination fest. »Sie kommen sich stark vor. Aber der Name Penopoulos ist stärker. Sie werden es noch spüren.«

»Danke!« Marcel lächelte böse. »Ich nehme den Kampf auf! Der Penopoulos-Clan wird Lyda erst wiedersehen, wenn wir verheiratet sind.«

Er ließ Portales stehen, rannte zu seinem Wagen, schwang sich in den engen Sitz und klappte das Helmvisier herunter. Bearns klopfte ihm auf die Schulter.

»Mach's gut, Jérome. – Was wollte der feine Herr?«

»Er bot mir einen sorglosen Lebensabend an.«

»So was! Diese Versicherungsmanager werden auch immer unverfrorener ... Fahr nicht verrückt, Junge! Priestley hat Glück gehabt. Allein auf der Strecke! Morgen, im Pulk, kann er nicht so aufdrehen. Denk daran!«

Marcel nickte. Der Motor heulte auf. Langsam rollte der Wagen zum Start. Der Starter mit der Flagge nickte ihm zu. Die elektronischen Uhren, sofort reagierend, wenn er in den Infrarotstrahl fuhr und die unsichtbare Schranke durchstieß, zeigten auf Null. Die Flagge wippte hoch. Marcel umklammerte das Lenkrad. Wie immer war jetzt alles in ihm ganz kalt. Alle Funktionen liefen mit der Präzision eines Roboters ab.

Die Flagge wehte.

Start!

Der Wagen schoß vorwärts, durchbrach die Lichtschranke, die elektronischen Meßinstrumente sammelten die Bruchteile von Sekunden.

Jérome Marcel war auf der Bahn. Die Funkreporter auf der Pressetribüne, in ihren kleinen Glaskabinen, schrien in ihre Mikrofone. Schon der Start war eine Sensation. Marcel kam ab, als habe man ihn in einer Rakete auf die Reise geschickt.

Kostas Portales sah dem Start noch zu. Dann wandte er sich ab und verließ das Fahrerlager. Er kam auch an Čipek vorbei, aber sie beachteten einander nicht. Čipek saß auf einem Ersatzreifen und kaute nervös an einem Kaugummi. Er sah, wie Marcel aus der Geraden in die Kurve schoß, und kratzte sich mit unruhigen Fingern die Nase.

Zehn Millionen Dollar, dachte Marcel. Sie wollen mir Lyda abkaufen für zehn Millionen Dollar. Menschenhändler. Und sie drohen mir! Sie wollen uns keine Ruhe gönnen, kein Glück, kein Fleckchen auf dieser Welt, wo wir allein sein können. Soll unsere Liebe eine ewige Flucht werden?

Achtung! Die Kurve 3. Gas weg, links nahe ran – nicht weit ausholen, sonst driftet man weg ... Kurve vorbei ... Gas geben ... leichter Bogen, kann man fast voll ausfahren ... dann Kurve 4, sehr spitz, abbremsen, den Wagen fast schleudern lassen, abfangen und mit Vollgas aus dem Winkel raus ...

Wie wird Lyda sich verhalten, wenn sie erfährt, was ihr Vater mir angetragen hat? Sie wird toben, sicherlich ... aber wie wird es auf die Dauer sein? Die Frau eines Autovertreters. Ein kleines Haus mit einem Gärtchen ... Kann ein Mädchen wie Lyda überhaupt bürgerlich leben und eine Frau wie Millionen andere Frauen werden? Wird sie nicht den Jet-set vermissen?! Die Essen im Maxim's? Die Bälle in Monte Carlo? Die Partys in New York? Die Jacht, die ihre eigentliche Heimat ist? Die Insel Sapharin? Die Kleider von Dior und Laurent? Den Schmuck von Tiffany und Cartier?

Achtung! Die verdammte Kehre! Gas weg ... weich hineingehen ... ja, die Reifen heulen auf, jetzt werden sie glühend heiß, der Motor stottert etwas ... wieso stottert er? Nur das nicht! Bearns, das kommt auf dein Konto! Nein ... er stottert nicht ... er röhrt wie immer ... Die eleganten S-Kurven, weit gebaut ... man kann sie durchfahren, als tanze man mit dem Wagen ... und jetzt wieder die Gerade ... Gas, Junge, Gas ... Laß den Tourenzähler jubeln ...

Kann sein, daß ich Lyda unglücklich mache ... Sie wird es nie zugeben, nein, aber ich werde es lesen, in ihren Augen, aus ihrem Wesen; eine versteckte Traurigkeit. Heimweh wird sie haben nach dem Vater, nach dem Bruder, nach der Schönheit ihres bisherigen Lebens, das sie für mich weggeworfen hat ... Kann man mit diesem Heimweh leben? Zerfrißt es nicht die Nerven? Zerstört es nicht alles Glück? Lyda, was werden wir noch ertragen müssen ...?

Verdammt, was ist das?! Der Wagen eiert. Das Lenkrad flattert! Ein Reifen im Eimer? Aber das hört sich anders an ... das ist ein anderes Gefühl ... Die Streckenposten winken auch nicht ... Aber der Wagen eiert! Bearns, was habe ich für eine Krücke unter mir?! Ich kann ihn kaum noch halten ...

Marcel nahm den Fuß vom Gas. Vorbei, dachte er. Vorbei der Rundenrekord. Priestley steht morgen an der Startspitze. So kann man nicht siegen, wenn der Wagen nicht mehr in der Spur bleibt. Oh, du Scheiße! Hinten rechts, da eiert er ... eiert er ... eiert er ...

Mein Gott, Gas weg? Gas weg! Ich breche aus ...

Die Funkreporter an der Strecke schrien auf. Aus noch unersichtlichen Gründen brach auf der Geraden der Wagen von Jérome Marcel plötzlich aus und raste auf den Randstreifen zu. Fast ungebremst jagte er über das breite, sandige Bankett, durchbrach den Schutzzaun ... und dann flog, wie von Geisterhand abgerissen, das rechte Rad hoch in die Luft, der Wagen überschlug sich, eine Stichflamme zuckte auf, dunkler Qualm entfaltete sich, und mit einem häßlichen, kreischenden Laut zerbarsten Stahl und Blech, in eine Feuerlohe eingehüllt.

Jérome Marcels merkwürdig verdrehter Körper war herausgeschleudert worden. Außerhalb des Trümmergewirrs lag er, in einer sich ausbreitenden Lache von Benzin und Öl, regungslos auf dem Rücken, den Helm noch auf dem Kopf, die Arme angewinkelt gegen die Brust gedrückt.

Er brannte.

Es dauerte vierzehn Stunden, bis das Ärzteteam, das sich um Jérome Marcel bemühte, resigniert den Kampf aufgab. In rasender Fahrt, mit Blaulicht und Sirenen, hatte man Marcel in das Grote-Schuur-Krankenhaus von Kapstadt gebracht. Die besten Spezialisten für Brandverletzungen und Unfall-Chirurgie standen bereit, als der Krankenwagen in die Aufnahme vorfuhr und die Trage im Laufschritt zum Operationssaal gebracht wurde. Sogar Professor Barnard traf eine Viertelstunde später ein; man hatte ihn in seinem Haus außerhalb Kapstadts alarmiert. Sein Bruder, Professor Marius Barnard, hatte die Leitung im OP übernommen. Marcels Körper lag auf dem Tisch, seine Haut war zu 70 Prozent verbrannt. Aus einer Reihe Infusionsflaschen lief lebenserhaltende Flüssigkeit in die Venen. Vier Ärzte waren damit beschäftigt, die verbrannten Hautteile vorsichtig abzulösen und die Wunden mit einer leichten, getränkten Gaze abzudekken.

Philipp Bearns, der Rennleiter, saß gebrochen vor dem OP in einem kleinen Wartezimmer und rauchte eine Zigarette nach der anderen. Vor dem Krankenhaus, in der Eingangshalle und sogar an Hintereingängen, wehrten Krankenpfleger die Reporter ab, die bis zu Marcel oder einem der behandelnden Ärzte vordringen wollten. Auf der Rennbahn waren die Trainingsläufe abgebrochen worden. Eine Kommission, der auch die südafrikanische Staatsanwaltschaft angehörte, untersuchte bereits den zertrümmerten Wagen. Die Unglücksstelle war abgesperrt. Ein Schaumteppich verdeckte die Spuren der Katastrophe.

Noch während die Ärzte um das Leben Marcels rangen, indem sie sein Herz mit starken Injektionen zum Aushalten zwingen wollten und frischen Sauerstoff in seine Lungen pumpten, rief der Rundfunk die Bevölkerung auf, Haut zu spenden, wobei die Eiweißwerte von Marcels Haut immer wieder genannt wurden.

Endlich erhielt Rennleiter Bearns telefonisch die ersten Untersuchungsergebnisse von der Piste.

»Wie können Sie sich das erklären?« fragte der staatliche Kommissionär, der aus dem Fahrerlager anrief. »Die Radaufhängung des rechten Hinterrades ist gebrochen. Das war die Ursache.«

»Unmöglich!« Bearns wischte sich über die Augen. Aufhängung Hinterrad rechts ... das gibt es nicht. Wir haben vor dem Start alles überprüft! Gerade auf dieses Gestänge waren wir besonders stolz. Es war ein speziell gehärteter Stahl, von dem man sagte, daß er sogar einem Schneidbrenner zu schaffen machen würde. Und dann ein Bruch? Bei normaler Kurvenbelastung? »Das kann nicht sein!« stöhnte Bearns. »Vielleicht nach dem Unfall ... durch den Aufprall ...«

»Nein. Es ist beobachtet worden, daß Sekunden, bevor der Wagen ausbrach, sich das rechte Hinterrad löste und allein weiterraste. Wir fanden es auch fünfzig Meter von der Unglücksstelle entfernt. Ein glatter Bruch. Einwandfrei ein Materialfehler.«

»Damit gebe ich mich nicht zufrieden.« Bearns hatte sich wieder gefangen. »Diese simple Erklärung nehme ich nicht hin!«

»Wir auch nicht. Wir werden das Gestänge in das Metallurgische Institut der Universität bringen und dort untersuchen lassen.« Der Kommissionär räusperte sich. »Noch eine Frage: Ist Sabotage möglich?«

»Sabotage? Ich bitte Sie ...«, stotterte Bearns. Gleichzeitig dachte er: Verdammt, warum denkt er das? Was weiß er von unseren Besorgnissen? Bisher hat man noch nie nachgewiesen, daß die Konkurrenz nicht nur auf der Piste, sondern auch in den Boxen und Werkstätten ausgetragen werden kann. Gewisse Entdeckungen, wie Wasser oder Zucker in den Benzintanks oder Manipulationen an den elektrischen Anlagen, wurden meist vom Mantel des Schweigens verhüllt. Man verstärkte immerhin die Wagenwache und ließ die wertvollen, hochempfindlichen vierräderigen Raketen Tag und Nacht nicht aus den Augen. Auch in der Nacht vor dem Unglückstag hatten die besten Leute Wache geschoben: der Chefmechaniker, der Vergaserspezialist, ein Meister, und der in der letzten Zeit fast unentbehrlich gewordene Karel Čipek. Alles Männer, denen Bearns voll vertraute. Daß jemand heimlich an Marcels Wagen herumgearbeitet oder sogar die rechte Hinterrad-Aufhängung angefeilt haben könnte, hielt er für völlig ausgeschlossen.

»Der Wagen wurde immer streng von unseren Leuten bewacht!« sagte Bearns. »Da kann niemand was gedreht haben.«

»Aber die Befürchtung, daß so etwas passieren könnte, hat jeder, was?«

»Es ist noch kein Unglück durch Sabotage passiert! Rennfahrer untereinander sind nicht nur Kollegen, sondern auch Kameraden. Soll ich Ihnen den Unterschied erklären?«

»Ich begreife ihn auch so.« Der Kommissionär hüstelte etwas konsterniert. »Wie geht es Mister Marcel?«

»Ich weiß es nicht.« Bearns' Stimme zerfloß. »Mir sagt keiner etwas. Sie rennen nur herum mit verschlossenen Mienen. Wenn ich einen der Ärzte anhalte, heißt es immer: Wir arbeiten noch. Und das seit über sechs Stunden! Beide Barnards sind im Operationsraum.«

»Hoffentlich gewinnen sie den Kampf. Der Staatsanwalt ist schon auf dem Weg ins Krankenhaus. Wenn Mister Marcel wieder vernehmungsfähig ist ...«

»Das ist wohl Ihre ganze Sorge?!« rief Bearns empört.

»Mister Marcel kann uns bestimmt sagen, welche Wahrnehmungen er kurz vor dem Ausbrechen seines Wagens gemacht hat. Er muß doch gemerkt haben, daß etwas nicht in Ordnung war. Oder kommt so ein Bruch plötzlich?«

»Ja!« schrie Bearns gequält. »Bei 270 Kilometer Geschwindigkeit ist eine Sekunde schon wie eine Ewigkeit! Das menschliche Gehirn denkt und reagiert träger ...«

»Dann dürfen eben keine Rennen mehr gefahren werden! Dann müßte man das verbieten! Mein Gott, das ist ja programmierter Selbstmord! Wieso kommen die Fahrer dann überhaupt noch durch die Kurven?!«

»Das ist ja die Kunst! Das ist ja die ungeheure Begabung, sich diesen Geschwindigkeiten anzupassen! Dafür sind sie auch die höchstbezahlten Sportler der Welt ... Moment, da kommt ein Arzt, ich frage ihn!« Bearns winkte ihm zu, aber der junge Arzt schüttelte den Kopf und verschwand hinter den Türen der ersten Sterilschleuse vor den OPs. »Noch nichts«, sagte Bearns schwer atmend. »Kein Ton! Glauben Sie mir, ich werde noch verrückt ...«

Im Vorraum des Operationssaales, wo die Schwestern an den Fenstern standen, durch die man in den OP hineinsehen und jede Operation beobachten konnte, lehnte einer der Oberärzte an der gekachelten Wand, das Mundtuch heruntergezogen, die OP-Kappe ins Genick geschoben, an den Füßen die weißen Gummischuhe. Man hatte ihn herausgerufen, weil am Telefon ein Arzt aus Knysna war, der sich nicht abweisen ließ und schon drei Schwestern, die ihn abwimmeln wollten, mit Ausdrücken bedacht hatte, die eines Ordinarius der Medizin würdig waren. Die vierte Schwester kapitulierte und bat den Oberarzt an den Apparat.

»Wer hat Sie überhaupt durchgestellt?!« schnauzte der Chirurg, ohne den fernen Kollegen zu begrüßen. »Die Zentrale hat Weisung, alle Belästigungen ...«

»Wer ist denn jetzt da?« brüllte Dr. Vennebosch mit voller Stärke. Der Oberarzt starrte irritiert gegen die Kachelwand. »Welcher Rotzjunge redet da von Belästigung?! Stellen Sie sich gefälligst vor, Sie Flegel.«

»Doktor Seerlag. Oberarzt der I. Chirurgischen! Ich gebe keine weitere Auskunft.«

»Das werden wir ja sehen. Hier ist Doktor Vennebosch aus Knysna! Ich bin der Hausarzt der Familie Marcel. Ich betreue gegenwärtig Frau Marcel. Sie ist hier in Knysna.«

»Aha ...«

»Was heißt hier aha?« schrie Dr. Vennebosch. »Sie hat am Radio bis in alle Einzelheiten das Unglück mitgehört und liegt jetzt mit einem Schreikrampf und einem Nervenzusammenbruch in einem besorgniserregenden Schock. Ich habe wohl ein Recht zu wissen ...«

»Warum haben Sie das nicht gleich gesagt, Herr Kollege?« fragte Dr. Seerlag.

»Das habe ich! Aber was da bei Ihnen im OP-Vorraum herumwieselt, sind anscheinend lauter Hirnatrophiker! Vor allem die dritte! Mich wundert, warum sie nicht wissen wollte, wie tief mein Nabelgrübchen ist ... Kollege, wie steht es mit Marcel?«

»Ganz schlecht! 70 Prozent der Hautoberfläche sind verbrannt. Dazu kommen die inneren Verätzungen ...«

»Wie ist das möglich!? Er trug doch feuerhemmende Kleidung.«

»Feuerhemmende! Natürlich. Aber liegen Sie mal in einem brennenden Benzinsee, so daß man erst nach zehn Minuten an Sie heran kann ...«

»Fürchterlich.« Dr. Vennebosch atmete schwer. »Was soll ich seiner Frau sagen?«

»Wollen Sie die Wahrheit sagen?«

»Ja.«

»Keine Hoffnung.«

»Das ist endgültig?«

»Es müßte ein Wunder geschehen. Glauben Sie an Wunder, Kollege?«

»Ich danke Ihnen.« Dr. Venneboschs Stimme wurde milder. »Und verzeihen Sie meine Grobheiten vorhin. Auch ich habe nur normale Nerven ...«

Es geschah kein Wunder.

Fünfzehn Stunden nach dem Unglück blieb Jérome Marcels Herz stehen. Zwei Ärzte saßen neben ihm am Sauerstoffzelt und schalteten die Apparate ab, als die elektronischen Punkte auf dem Bildschirm, die noch ein schwaches Leben anzeigten, völlig erloschen.

In einem Nebenraum lag Philipp Bearns auf einer Couch und schrak hoch, als einer der Ärzte ins Zimmer kam.

Sein Blick verriet alles.

»Vorbei?« sagte Bearns mit zugeschnürter Kehle.

»Ja. Es war nichts mehr zu retten. Man möchte sagen: Es ist besser so. Brennendes Benzin war ihm unter dem Helm über das Gesicht geflossen. Beide Augen waren weggebrannt . . .«

»O mein Gott!« Bearns wandte sich ab. Ihm wurde übel. Er nickte gegen die Wand hin und spürte, wie er lautlos weinte. »Danke, Doktor«, stammelte er. »Danke.«

»Was soll nun geschehen?«

»Jérome Marcel wird nach Paris überführt und dort begraben. Alle Kosten übernehmen natürlich wir.«

»Und seine Frau?«

»Wieso Frau?« Bearns drehte sich um. Mit beiden Händen wischte er sich die Tränen weg. »Er hatte keine Frau!«

»Er war nicht verheiratet?«

»Aber nein! Er hatte nicht mal eine Braut.«

»Aber seine Frau ließ doch vor ein paar Stunden noch anrufen . . .«

»Das muß ein Irrtum sein. Da hat sich jemand einen ganz üblen Scherz erlaubt. Doktor, als sein Freund und Rennleiter hätte *ich* es doch zuerst gewußt, wenn Jérome eine Frau gehabt hätte. Aber da war nichts außer ein paar Flirts. Es gibt keine Frau. – Wann kann er nach Paris überführt werden?«

»Sobald die Leiche von der Staatsanwaltschaft freigegeben ist. Hatte Mister Marcel Angehörige?«

»Seine Mutter lebt in Paris.«

»Dann hat vielleicht *sie* anrufen lassen?«

»Unmöglich!« Bearns starrte durch das Fenster auf den Vorplatz des Grote-Schuur-Krankenhauses. Eine Kolonne farbiger Straßenkehrer fegte die Auffahrt. »Madame Marcel lebt sei drei Jahren in einem Sanatorium bei Paris. Sie ist geistesgestört . . .«

Dr. Vennebosch war froh und hatte große Lust, sich mit dem besten Kapwein, den er bekommen konnte, zu betrinken, als Lyda endlich in der Maschine nach Johannesburg saß und das Flugzeug im strahlend blauen Himmel entschwand.

Die letzten drei Tage waren zu Venneboschs großem Erlebnis geworden. Nachdem sich Lyda von dem Schock soweit erholt hatte, daß sie wieder deutlich, ohne durch Weinkrämpfe unterbrochen zu werden, sprechen konnte, erzählte sie dem Arzt, während sie im Bett saß und mit weiten, hohlen Augen in eine Welt blickte, die sie nicht mehr zu kennen schien, mit monotoner Stimme die Wahrheit.

Dr.Vennebosch, der im paradiesischen Knysna fern von allem internationalen Klatsch lebte und sich auch nie darum gekümmert hatte, was in St. Moritz oder St. Tropez, Monte Carlo oder Rom, New York oder Acapulco die Superreichen der Skandalpresse an Kapriolen zu bieten hatten, kannte immerhin den Namen Penopoulos. Stavros Penopoulos war ein Synonym für Erfolg und Reichtum geworden ... sein Bild war auch in den Zeitungen zu finden, die Dr. Vennebosch las. Jedoch, es war ihm herzlich gleichgültig, was im alten Europa die Gemüter so erregte und ihnen beim Frühstück aus den Boulevardblättern entgegenschrie, in fetten, rot unterstrichenen Schlagzeilen, als gäbe es nichts Wichtigeres auf der Welt.

Allerdings wußte auch Dr. Vennebosch, daß Stavros Penopoulos eine Affäre mit der berühmten Sängerin Palvietti gehabt und daß er die extravagante Witwe Nany Johnes geheiratet hatte – auch, daß es in der Familie drunter und drüber ging –, aber schließlich hatte er andere Interessen als Prominentenklatsch. Ihn beschäftigte mehr die rätselhafte Krankheit einer alten Negerin, die als Wäscherin in Knysna wohnte und auf deren Haut sich plötzlich große Blasen bildeten, die später aufplatzten. Aber keine Flüssigkeit lief heraus. Nichts. Absolut nichts. Es war, als käme Luft aus der Unterhaut und blähe die Oberhaut wie einen Luftballon auf. Dieser Vorgang wiederholte sich in unregelmäßigen Abständen, er schmerzte nicht, juckte nur ein wenig, war aber natürlich sehr unangenehm. Helfen konnte ihr niemand; sie war schon ein bestauntes Phänomen in sieben Kliniken gewesen, auch in Kapstadt. Es war eine Krankheit, die keiner kannte und die sich auch keiner erklären konnte. Sie war wichtiger als Stavros Penopoulos.

Und nun, plötzlich, hatte Dr. Venneboschdie einzige Tochter des Tankerkönigs im Bett liegen, die Geliebte eines gerade tödlich verunglückten, eines im Benzin verbrannten Rennfahrers – mit einem schweren Schock und gerade erst einem Selbstmordversuch entronnen. Nun aber, als habe die ungeheure Erschütterung die Schleusen geöffnet, berichtete ihm Lyda alles – und Dr. Vennebosch saß stumm neben ihr, tätschelte ihr ab und zu väterlich die Hand und sagte am Schluß ihrer Beichte: »Nun ist alles heraus, nicht wahr? Gut so. Dann haben wir jetzt Platz genug für einen neuen Anfang. Zwanzig Jahre jung ... du lieber Himmel, was hat man da noch vor sich! Und diese Zukunft wollten Sie einfach wegwerfen?! Das ist eine Sünde!«

»Was soll ich jetzt tun?« fragte Lyda kläglich. »Ich muß zuerst zu Jérome ...«

»Erstens geht das nicht; Sie sind viel zu schwach. Als Ihr Arzt verbiete ich das ganz energisch. Zweitens wäre das nicht ratsam. Wozu die neue Sensation: Lyda Penopoulos am Sarg von Marcel. Das Ende einer Liebesflucht! – Wollen Sie der Presse wieder Schlagzeilen liefern? Nützt es Ihnen etwas? Wird der Schmerz dadurch kleiner? Finden Sie dadurch Trost? Im Gegenteil: Die Welt, diese grausame, nach Tragödien gierende Welt wird vor Schadenfreude jubeln!«

»Ich kann doch nicht ohne Abschied von Jérome ...«

»Nehmen Sie von ihm Abschied in Ihrem Herzen, Lyda.

Hier, ganz allein, in dem schönen Knysna, in diesem Haus, wo Sie mit ihm glücklich waren. Hier nehmen Sie Abschied von ihm! Und dann bringe ich Sie nach Kapstadt zum Flughafen. Sie fliegen nach Johannesburg und von dort zurück ins alte Europa. Wohin wollen Sie?«

»Nach Athen . . .« Ihre Stimme war kindlich klein.

»Das ist gut! Plötzlich sind Sie dann wieder im Kreise Ihrer Familie, und wenn diese Familie klug ist, stellt sie keine bohrenden Fragen, sondern breitet nur die Arme aus. Dann geht das Leben weiter.«

»Ich werde Jérome nie vergessen können, Doktor.«

»Das sollen Sie auch nicht. Später, wenn Sie alt sind, so alt wie ich, werden Sie es merken: Man lebt von den glücklichen Stunden des Lebens. Sie sind wie ein Nährboden.«

»Ich möchte Sie mitnehmen, Doktor Vennebosch.«

»Mich? Was soll ich in Ihrer Welt?! Auch mich werden Sie vergessen. Oder Sie werden einmal denken: Da war doch so ein vertrottelter Arzt in Südafrika – wie hieß er noch? Und wo war das? Eine Lagunenstadt, da unten irgendwo an der Küste des Indischen Ozeans . . .«

»Das wird nie sein, Doktor! Ich glaube, ich werde Ihren Rat, Ihre Stimme, Ihre Klugheit immer brauchen. Kommen Sie mit, bitte!«

»Bloß das nicht!« Dr. Vennebosch hob beide Hände. »Ich bin ein alter Elefant, Lyda. Sie wissen, was man von alten Elefanten berichtet? Sie ziehen sich zurück in die einsam und unzugänglich gelegenen Elefantenfriedhöfe und warten dort geduldig, bis sie umfallen. Ich habe mir Knysna ausgesucht. Ich möchte inmitten von Schönheit sterben. Und jetzt kein Wort mehr davon!«

Einen ganzen Tag ließ er Lyda allein im Haus, aber er blieb in ihrer Nähe. Er rief jede Stunde an, bis sie sagte: »Keine Sorge, ich schlucke keine Tabletten mehr. Und ich höre auch kein Radio. Aber ich habe den Tisch für zwei Personen gedeckt und spreche mit Jérome ...«

»Die Flugkarten sind bestellt. Kapstadt – Johannesburg – Athen. Wir müssen übermorgen in Kapstadt sein.«

»Ich bin bereit!« Ihre Stimme klang erstaunlich stark und selbstbewußt. »Doktor?«

»Ja?«

»Ich habe Angst vor meinem Vater.«

»Vergessen Sie sie. Es gibt keinen Vater, der seiner Tochter nicht immer wieder verzeihen würde. Väter von Töchtern haben ein Schokoladenherz.«

Nun war Lyda also in der Luft, auf dem Weg nach Johannesburg. Dort hatte sie zwei Tage Aufenthalt, bis der Jumbo der SAA sie nach Athen bringen würde. Dr. Vennebosch wartete noch ein paar Minuten auf der Aussichtsterrasse des Flughafengebäudes, als habe er Angst, die Maschine könne umkehren. In seiner Leinenjacke knisterte die neueste Zeitung. Schlagzeile: ›Staatsanwaltschaft gibt Leiche von Marcel frei. Überführung nach Paris übermorgen. War es doch Sabotage?‹

Er ging in das schöne Flughafenrestaurant, setzte sich an eines der Panoramafenster und reckte sich, als habe er bisher krumm gelegen. Dann bestellte er den besten Rotwein vom Kap, und weil er so teuer war und der Gast nicht wie ein Millionär aussah, kassierte der Kellner sofort.

Im Flugzeug hatte sich Lyda ganz nach hinten gesetzt und blickte hinunter auf die herrliche Stadt, auf den Tafelberg, die Buchten und das Meer. Sie sah die Weingärten von Stellenbosch, die kahlen Bergwände der Swartberge und Kareeberge und dazwischen die weiten Farmen und die Steppen nördlich vom Großen Karoo. Eine bekannte Stimme ließ sie hochschrekken. Neben ihrem Sitz, in dem schmalen Gang, stand groß und hager, elegant und distinguiert wie immer, Kostas Portales. »Ihr Platz in der 1. Klasse ist reserviert, Lyda«, sagte er in seiner zurückhaltenden Art. »Der Champagner wird warm ...«

»Ich bleibe hier!« Ihre Stimme war kalt und hart. Portales hob die Augenbrauen. Sie ist reifer geworden, stellte er nüchtern fest. Das Jungmädchenhafte ist verflogen. Wir müssen wohl Abschied nehmen von der unbekümmerten Jugend. Von jetzt ab müssen wir mit ihr rechnen. Sie ist die Tochter des alten Stavros! Sein Ton ist bereits in ihrer Stimme.

»Der Flugkapitän möchte mit Ihnen anstoßen.«

»Ich will nicht! Diesen Platz hat mir Doktor Vennebosch besorgt, und hier bleibe ich! Wenn der Captain mit mir trinken will, soll er zu mir kommen!«

»Ich habe in der 1. Klasse einen kalten Hummer servieren lassen ...«

»Werfen Sie ihn an die Wand!« sagte sie grob. »Wenn er nicht kleben bleibt, ist er schlecht und zu trocken.«

Sie drehte Portales den Rücken zu und blickte starr aus dem Fenster. Unter ihr zog die Landschaft des Kaplandes vorbei.

Portales wartete noch eine Minute wie ein beleidigter Butler, dann ging er zurück in den vorderen Teil des Flugzeuges, wo die 1. Klasse lag. Die Chefstewardeß sah ihn erwartungsvoll an. Hummer und Champagner standen bereit.

»Warten wir noch ein wenig«, sagte Portales freundlich. »Mrs. Penopoulos möchte kein Aufsehen erregen ...«

In Athen wurde Lyda von ihrem Bruder Perikles abgeholt. Weinend fiel sie ihm um den Hals, während Portales sich um das Gepäck kümmerte.

Perikles, einen Kopf größer als sie, schlank, dunkelhaarig, elegant, hübsch, viel mehr nach seiner Mutter als nach Stavros geraten, die fröhlichen Augen stets hinter einer dunklen Sonnenbrille verborgen, hatte sich bislang die üblichen Jetset-Affären erspart – bis auf eine Liaison mit einem berühmten Pariser Mannequin, an das sich Stavros langsam zu gewöhnen begann, weil sein Sohn ernsthafte Heiratsabsichten äußerte. Perikles redete nicht auf Lyda ein, fragte nicht, tröstete sie aber auch nicht. Dazu war er zu klug. »Das einzige Genie in unserer Familie«, so hatte Stavros ihn einmal mit väterlichem Stolz genannt. »Ich hatte Glück, ich kam zur richtigen Zeit auf die Welt und stand auf der richtigen Seite der Erde. Mein Sohn aber wird alles mit seinem Geist machen!«

»Komm«, sagte Perikles nur. »Wir fliegen sofort weiter nach Sapharin.«

»Und – und Papa . . .?«

»Papa erwartet dich. Seit er weiß, daß du kommst, läuft er rum, als hätte er einen Luftballon verschluckt.« Er lachte, und auch Lyda verzog etwas das Gesicht. »Er hat alle Verpflichtungen abgesagt. Die ganze Familie ist auf Sapharin.«

»Ich habe Angst, Perikles.«

»Papa gibt dir zu Ehren ein Festessen. Nur für die Familie.«

Von weitem winkte Portales. Alles in Ordnung, hieß das; das Gepäck ist schon auf dem Weg zum Privatflugfeld. Eine Penopoulos wird nicht durch den Zoll geschleust. Wer Penopoulos heißt, dem gehört ja im geheimen auch der Flughafen von Athen . . .

»Die Maschine wartet«, sagte Perikles. »Ich werde dich selbst fliegen.«

»Du hast den Pilotenschein?«

»In zehn Tagen ist die letzte Prüfung. Aber Luciano läßt mich schon allein fliegen. Heimlich! Als Fluglehrer kann ihn das seine Konzession kosten. Aber das weiß ja keiner. Überm Meer wechseln wir die Plätze.«

»Wenn Papa das erfährt ...«

»Der würde Luciano ermorden!« Perikles lachte sein berühmtes jungenhaftes Lachen. Er faßte Lyda um die Schulter und verließ mit ihr durch einen Personalausgang die von Menschen wimmelnde Flughalle. Ein unbeschreibliches Gedränge herrschte hier, ein mühsam gebändigtes Chaos. Der Flughafen von Athen war heillos überlastet und überfüllt.

Eine halbe Stunde später schwebte die zweimotorige Sportmaschine über Athen, umkreiste wie grüßend die Akropolis und nahm dann Richtung auf Piräus, um auf das Meer hinauszubrummen. Hier übernahm Perikles das Steuer, während der Fluglehrer Battista Luciano, ein schweigsamer Sizilianer, der als der beste Fluglehrer im Mittelmeerraum galt und deshalb von Stavros ›gekauft‹ worden war, sich um den Funkverkehr kümmerte. So konnte keiner ahnen, daß ein noch nicht berechtigter Pilot fröhlich vor sich hinpfeifend die schnelle Maschine lenkte. Perikles war ein leidenschaftlicher Flieger, auch hierin ganz anders als sein Vater. Stavros fühlte sich nur auf Schiffsplanken wohl; die Luft, ja sogar die Straße und sein Rolls-Royce blieben ihm verdächtig.

Auf dem kleinen Flugplatz der Insel Sapharin holte sie Tante Andromeda Lakadonis ab, Stavros' jüngere Schwester, Lydas Lieblingstante. Sie war jugendlich mit Hose und Pulli bekleidet und saß in einem offenen Buggy. Auch sie begrüßte Lyda, als käme sie nur von einem Einkaufsbummel zurück. »Steig ein!« sagte Andromeda fröhlich. »Wie war der Flug?«

»Ich bin müde ...« Lyda lehnte den Kopf weit zurück. Perikles blieb noch bei dem Flugzeug. Kostas Portales stieg auf dem Rollfeld in einen anderen Wagen. »Ich falle gleich ins Bett.«

»Nicht schwimmen?«

»Vielleicht.« Sie legte die Hand auf Andromedas Arm. »Was ist mit Papa?«

»Er ist unruhig wie vor einem neuen Liebesabenteuer. Deine Zimmer sind wie ein Treibhaus, alles voll Blumen.«

Sie gab Gas, der Buggy flitzte über den kleinen Flugplatz und bog dann in die Straße ein, die zu der zwischen Pinien und Ölbäumen versteckten großen weißen Villa der Penopoulos' führte.

Stavros kam Lyda entgegen mit ausgebreiteten Armen. Er zog sie an sich, küßte sie in seiner unbeholfenen, tapsigen Art, daß es fast weh tat, und putzte ihr die Tränen aus den Augen, als sie plötzlich – gegen ihren festen Willen – doch zu weinen begann.

»Was ist denn, mein Engelchen?« sagte er und drückte sie an sich. »Du bist müde, nicht wahr? Der lange Flug! Schwimm erst mal, das tut gut. Und nachher gibt's Kalbsmedaillons in Trüffelsahne, dein Lieblingsessen. Und Erdbeereis!«

Sie nickte und ging schluchzend weiter, während Stavros zurückblieb, um Portales zu begrüßen.

Am Fuß der Terrasse, auf der untersten Stufe der Freitreppe, stand Nany Johnes wie eine Königin, bereit zum Defilee. Lyda blieb zwei Schritte vor ihr stehen und blickte sie stumm an. Über Nanys katzenähnliches Gesicht flog ein helles Lächeln. »Wie schön, daß du wieder bei uns bist!« sagte sie mit ihrer hellen, unpersönlichen Stimme. »Wir sind froh, daß alles so gekommen ist ...«

Wie ein Messerstich durchdrang es Lyda. Sie sind froh, daß Jérome verbrannt ist! schrie es in ihr. Sie sind froh, um den Preis eines Menschenlebens mich wiederzuhaben! Sie schwieg, starrte Nany nur schweratmend an.

»Ich weiß, wie es ist, einen Menschen, den man liebt, plötzlich zu verlieren«, sagte Nany, fast im Plauderton. »Die

Welt ist plötzlich wie eine Wüste. Niemand kann einen trösten ...«

»Ich brauche keinen Trost!« stieß Lyda heiser hervor. »Behalte deine Worte! Mich braucht keiner zu trösten ... am wenigsten du!«

Sie lief ins Haus, schloß sich in ihrer mit Blumen überladenen Suite ein und warf sich aufs Bett.

Aber eine halbe Stunde später zog sie in dem großen Swimming-pool ihre Bahnen. Ihre Freundin Niobe, die Stavros aus Athen hatte kommen lassen, war bei ihr und warf ihr Bälle zu. Denn tauchten sie um die Wette und lachten sogar, weil sie Kostas Portales, der am Beckenrand stand, vollspritzten und seinen Maßanzug mißhandelten.

Nany saß unter einem großen Sonnenschirm, superschlank, fast etwas knochig, in einem knappen Bikini, und streckte die Beine weit von sich. Sie beobachtete Lyda und kaute nachdenklich an ihrer Unterlippe. Von der Terrasse klang Stavros' laute Stimme. Er telefonierte mit New York.

Das Leben, die Geschäfte gingen weiter.

Im Kreise der Familie fiel nie wieder der Name Jérome Marcel.

»Das habe ich alles nicht gewußt«, sagte Boris Jegorowitsch Lobow. »Über so etwas berichtet man in der Sowjetunion nicht. Mein Täubchen, welch eine furchtbare Zeit muß das für dich gewesen sein.«

Er küßte Lyda in den Nacken, dann zerriß er die Eintrittskarten und warf sie in den Papierkorb neben dem Schreibtisch.

»Was tust du da?« fragte sie erschrocken.

»Die Karten für das Autorennen. Wir gehen natürlich nicht hin! Wir wollen Brasilien glücklich verlassen. Sollen wir eine Motorbootfahrt auf einem Urwaldfluß machen?«

»Muß das sein, Boris?«

»Natürlich nicht.« Lobow versuchte einen faden Witz. »Spielt der Urwald in deinem Leben auch eine Rolle?«

»Noch nicht. Aber er könnte, wenn wir morgen ...« Sie hob beide Arme nach ihm. »Küß mich, Boris! Ich bin so glücklich, daß ich wahnsinnige Angst habe, auch bei uns könnte etwas passieren. Immer, wenn ich besonders glücklich war, folgte der große Schlag, der wieder alles vernichtete.«

»Bei uns nicht«, sagte Lobow mit großer Sicherheit. Was jetzt geschah, war dem Auge Moskaus angenehm. Kein Okoschkin war in der Nähe, kein Masajew spann unsichtbare tödliche Fäden. Das große griechische Drama, dessen Regisseur weitab und unbekannt, aber höchst zufrieden mit seiner Inszenierung war, ging in den letzten Akt. Der Urlaub hier in Rio de Janeiro war eine Art Zwischenspiel. Die große Überraschung folgte bald.

»Bist du so sicher?« fragte sie.

»Ja.« Lobow küßte sie auf die Stirn und legte seine Hände von hinten über ihre runden Brüste. »Wer weiß denn von unserer Liebe? Wo kein Wissender ist, gibt es auch keinen Gegner.«

»Aber wenn sie bekannt wird! Boris, wir können doch nicht ein ganzes Leben lang das heimliche Liebespaar sein. Immer in einem Versteck, immer auf der Flucht vor der Öffentlichkeit. Das geht doch nicht!«

»Wenn wir unsere Liebe bekanntgeben, muß sie so sicher sein, daß nichts, aber auch gar nichts sie auseinandersprengen kann!«

»Das ist sie schon jetzt, mein Liebling!« Sie schlang die Arme um seinen Hals und zog seinen Kopf neben ihre rechte Wange. »Ich fürchte mich bereits vor der nächsten Woche, wo ich wieder allein und ohne dich sehen zu können zwischen Paris und Monte Carlo, London und New York, Genf und

Athen hin und her pendeln muß. Es ist schwer, Boris, die einzige Erbin zu sein. Papas Erbin . . .«

»Du schaffst es, Lyda! Du hast viel von dem alten Stavros! Vor allem hast du seinen eisernen Kopf!«

»Ich habe ihn mir ›angewöhnt‹, Boris. Man sagt immer, Tränen machen weich. Das Gegenteil ist der Fall! Bei mir war jede Träne eine Niete für meinen Eisenschädel. Ein Leben voll Freude, ohne Skandale, ohne Scheidungen, ohne Familientragödien, ohne alles, was ich von meinem Elternhaus her kenne. Ich wollte alles anders machen. Was ist dabei herausgekommen? Einmal bin ich geschieden, die zweite Scheidung steht unmittelbar bevor, der Konzern bestimmt mein Leben, die Wirtschaftslage der Welt mein Handeln – und wenn ich liebe, muß ich mich in Südamerika oder Paris verstecken, weil mein endlich gefundenes Glück ein Russe ist! O Boris, wie furchtbar ist mein Leben!«

Zwei Tage später flogen sie zurück nach Europa, getrennt, in zwei Flugzeugen, zu verschiedenen Zeiten. Lyda flog nach Paris, Lobow nach London. Nach diesem Umweg kehrte auch er nach Frankreich zurück. Am Flughafen Orly wurde er von Okoschkin abgeholt. Zum erstenmal empfand Lobow den Anblick Okoschkins als unangenehm. Ja, so etwas wie Ekel stieg in ihm hoch. Er erinnerte sich plötzlich an alles, was dieser unscheinbare Buchhaltertyp auf dem Gewissen hatte. Nicht nur im Zusammenhang mit der Familie Penopoulos, sondern auch während seiner Tätigkeit im KGB. Wenn Blut nicht abwaschbar wäre – Okoschkin würde aussehen wie ein Scharlachkranker: von Kopf bis Fuß rot gesprenkelt.

»Etwas Neues?« fragte Lobow kühl. »Sie sehen so zufrieden aus, Pal Diogenowitsch. Das ist immer ein schlechtes Zeichen.«

»Der Genosse Oberst ist in Hochstimmung, Boris Jegorowitsch. Sie sollen sofort anrufen und berichten. Auch Admiral Gorschkow hat sich gemeldet und Sie gelobt. Wir alle rechnen mit einer neuen Medaille für Sie. Das macht uns, als Ihre Mitarbeiter, sehr stolz.«

Sie fuhren in einem unauffälligen schwarzen Peugeot 504 zur sowjetischen Zentrale der Handelsschiffüberwachung Süd- und West-Europa, die den schönen Namen ›Sowjet-Export- und Handelsmission‹ trug. Nach einem Begrüßungstrunk mit einem Gläschen Wodka zog sich Lobow sofort in sein Büro zurück und rief Oberst Pujatkin in Moskau an.

Pujatkin meldete sich sofort, als habe er in den Startlöchern gehockt. »Ah! Unser Rio-Urlauber! Braun gebrannt und lendenleer, was?! Und das alles auf Kosten des KGB! Ich möchte Ihren Posten haben, Boris Jegorowitsch! Erzählen Sie!«

Lobow gab einen kurzen Bericht über die letzten Tage. Pujatkin schnaufte ein paarmal zufrieden wie ein Walroß bei der Fütterung. Der volle Erfolg mit der Rückerinnerung an Jérome Marcel und die damit erreichte seelische Zertrümmerung Lydas gefielen ihm besonders gut. Daß Lyda jetzt in Lobow die einzige, große, wahre Liebe zu erkennen glaubte, war fast selbstverständlich. Ein so lyrischer Mensch wie Lobow mußte ein Labsal für ihre zerrissene Seele sein. »Die Zeit für eine öffentliche Darstellung der Situation ist noch nicht da«, sagte Pujatkin gemütlich. »Lobow, Sie müssen den heimlichen Liebhaber noch weiterspielen. Ein Jahr nach dem Tode des alten Stavros würde man es der Erbin weltweit übelnehmen, wenn sie einen Russen heiratet. Es ist bitter, das als Russe zu sagen, aber die Kapitalisten sind ja keine Kamele, die nicht sofort erkennen, was diese Verbindung für den Westen bedeutet. Liebesheirat hin und her; die Erbin mit ihrer Tankerflotte ist immer ein Politikum! Wir haben ja Zeit. Bis dahin sorgen Sie für inneren Trubel. Es darf bei Lyda nie das gefährliche

Gefühl aufkommen, daß Sie doch entbehrlich sind. Bei Frauen geht das schnell! Wieder im alten, vertrauten Kreis, neue Gesichter, neue Männerbekanntschaften, Partys, Fröhlichkeit, das berühmte Jucken unter der Haut, das wir ja bei Lyda kennen – und schon sind Sie auf der Nebenbahn beim Rennen! Ich habe da eine Idee.«

»Ich auch, Genosse Oberst.«

»Erst meine! Sie erklären Lyda, daß Sie jetzt Ihren Flugschein machen. Sie wollen Pilot werden. Das haut sie wieder um! Das fesselt sie an Sie!« Pujatkin schnippte mit den Fingern. »Nun Ihre Idee, Boris Jegorowitsch!«

»Sie ist viel simpler: Ich verbringe jede freie Minute mit ihr.«

»In Paris. Heimlich! Aber wenn sie in Monte Carlo oder New York ist, oder gar auf Sapharin ... da sind Sie weit weg! Da hilft nur eins: Angst! Angst um Sie! Angst um den Geliebten, der vielleicht doch die Dummheit begeht und seinen Pilotenschein macht. Reißen Sie die Sache mal an, Boris Jegorowitsch. Was es mit dem Piloten auf sich hat, das kann Ihnen Okoschkin erzählen.«

»Sie vergessen, Genosse Oberst, daß ich damals Leiter der Unterabteilung II/V war und Okoschkin einsetzte.«

»Stimmt ja, Lobow! Ha, ich werde alt! Dann brauche ich Ihnen also nichts mehr zu erzählen.«

»Lyda tut mir leid«, sagte Lobow ehrlich.

»Mir auch!« Pujatkin schnippte wieder mit den Fingern. »Aber mit Mitleid erringen Sie nicht die Führung in der Welt!«

Sie trafen sich zweimal wöchentlich in kleinen Bistros oder verschwiegenen Lokalen am Montmartre, im Quartier Latin oder in St. Germain des Prés, bummelten durch die Jardins, saßen mit anderen Verliebten unter den Seinebrücken in Nachbarschaft mit den Clochards, und niemand dachte nur im entferntesten daran, daß sich hinter der großen Sonnenbrille und den schwarzen Haaren die berühmte Lyda Penopoulos verbarg.

Auch in der Pariser Zweigstelle der Reederei merkte niemand etwas. Onkel Kostas, der Direktor Portales, war trotz aller Wachsamkeit zu naiv, um noch an den Russen Lobow zu denken. Lyda tat ein übriges, um alle Spuren zu verwischen, und sie tat das einzig Überzeugende: Sie blies alle Verhandlungen mit den Sowjets ab. Nach Rücksprache mit dem Geliebten, der im Namen seiner Regierung auf die Schiffe der Penopoulos-Linie verzichtete, ordnete sie an: »Ich möchte nicht, daß noch mit den Russen verhandelt wird. Und wenn sie noch so günstige Angebote machen – mir ist das Geschäft zu kritisch! Solange sie nicht die Garantie übernehmen, daß mit meinen Schiffen keine Waffen in Krisengebiete transportiert werden, kann ich nicht zustimmen! Und wenn die Lage für uns noch so angespannt ist und die Schiffe auf Reede liegen: Ich verlange, daß alle von uns an die Russen vermieteten Schiffe von uns kontrolliert werden.«

Okoschkin, der die Verhandlungen mit Portales weiterführte, schien bis ins Mark entrüstet, als man ihm diesen Antrag machte. »Was bilden Sie sich ein?!« raunzte er Portales an. »Die Sowjetunion soll sich von Griechen kontrollieren lassen? Eher lassen wir eine Million Schwimmer ins Wasser und tragen die Wagen auf dem Buckel zu unseren Partnern! Unerhört! Ich darf die Besprechungen als gescheitert betrachten?«

»Als hinausgezogen ...«, sagte Portales vorsichtig. Als Grieche läßt man kein Geschäft gern davonlaufen.

»Das ist für mich das gleiche!« bellte Okoschkin. »Herr! Sie haben die Sowjetunion brüskiert!«

Er feuerte den Hörer auf die Gabel und grinste den neben ihm stehenden und über einen zweiten Apparat mithörenden Lobow an.

»Na, war das gut, Genosse?«

»Sehr gut. Portales wird bei dem Gedanken an uns immer noch einen trockenen Mund bekommen. An mich wird er sich in Kürze nicht mehr erinnern.«

So war es.

Lyda blieb unverhältnismäßig lange in Paris. Zwei Monate. Sie kaufte neue Kleider, besuchte dreimal wöchentlich Maxim's und speiste mit Freunden. Ihr Rolls-Royce parkte vor den berühmtesten Modehäusern und Magazinen, zu Galavorstellungen vor den großen Varietés und vor den intimen Theatern zu den Gastspielen bekannter Chansonniers.

Portales freute sich und meldete es der Zentrale in Monte Carlo. Lyda begann den Tod ihres Vaters so zu überleben, wie man es gehofft hatte. Sie war die große Penopoulos, die Erbin, die nun die Zügel fest in die Hand nahm. Sogar mit der Witwe Nany einigte sie sich und kaufte ihr den Anteil an der Insel Sapharin ab. »Papa und Perikles gehören zu mir!« sagte sie zu Tante Andromeda. »Wenn sie Papa besuchen will, soll sie als Gast kommen, nicht als Besitzerin!« Der alte Haß! Auch wenn er Millionen Dollar kostete: Sie pflegte ihn wie eine empfindliche Haut.

Das war die offizielle Lyda.

Was weder Portales noch der Chauffeur sahen: Durch Hintereingänge entwich sie, nahm, während der Chauffeur geduldig wartete, bis die gnädige Frau sich durch die neuen Modekollektionen gewühlt hatte, auf der Nebenstraße ein Taxi und eilte in die Arme ihres geliebten Boris Lobow.

In Lobows kleiner, karger Wohnung liebten sie sich auch,

lagen auf dem Bett, rauchten und tranken Wodka mit Orangensaft, während durch das geöffnete Fenster die Gerüche der Hinterhöfe in das Zimmer zogen, Kindergeschrei und Hundegebell, das Keifen einer Concierge und die Schwaden von gebratenem Fleisch aus der Hausmeisterwohnung. Hier erlebte Lyda auch einen Sonnenuntergang in Paris, wie sie ihn aus dieser Perspektive noch nie gesehen hatte: Die schäbigen, zerfallenen Dächer mit den Glasfenstern der Ateliers, die abbröckelnden Kamine mit den eisernen, verrosteten Rauchhauben, die schmutzstarrenden, von Taubenkot beschmierten Giebel, diese Dachwelt des alten Paris schimmerte in einem matten, alle Schäbigkeit zudeckenden, schmeichelnden, verklärenden Gold, das aus einem unendlich weiten Himmel herunterfloß.

»Ich liebe diese Stadt«, sagte an diesem verzauberten Abend Lobow leise, während er mit Lyda, den Arm um sie gelegt, am Fenster saß. »Ich liebe dieses Leben über den Dächern von Paris. Kein Palast kann mir das geben, dieses Gefühl von himmlischer Freiheit. Sieh dir diese goldenen Dächer an, dieses Meer aus schimmernden Wogen! Man möchte ein Vogel sein und darüber hinwegschweben. – Ich werde es bald können.«

Sie lächelte und legte den Kopf auf seine Schulter. »Du willst ein Vogel sein?« fragte sie ahnungslos. »Was ist der schönste Vogel? Ein Kolibri? Stimmt es, daß sie rückwärts fliegen?« Sie lachte leise. »Wie sieht das aus, wenn du rückwärts fliegst?«

Er lachte auch und tat sehr jungenhaft.

»Das wird nicht gehen! Aber Loopings werde ich lernen, Gleitflüge, Achter ... Ich mache meinen Pilotenschein.«

»Nein!« Er spürte, wie sie an seiner Seite erstarrte, während er heiter, scheinbar ahnungslos über die vergoldeten Dächer blickte, die jetzt einen Rotglanz bekamen.

»Durch dieses Abendrot fliegen ... frei von Erdenschwere ...«

»Das wirst du nicht!« sagte sie hart.

Jetzt blickte Lobow sie an, sehr erstaunt, mit den Augen eines ratlosen Jungen. »Ich habe morgen in Orly meine erste Flugstunde!«

»Du sagst sie ab. Du sagst alles ab!«

»Mit welcher Begründung?«

»Ich will es nicht!«

»Soll ich mich blamieren? Soll ich sagen: Lyda Penopoulos verbietet es mir? Liebling, ich kann doch nicht ...«

Er sprang auf, befreite sich von ihrem Griff und trat an das Fenster. Wie beleidigt blickte er in den rotgoldenen Abend.

»Ich war schon immer von der Fliegerei begeistert«, sagte er mit Wehmut in der Stimme. »In Moskau war das unmöglich, da bildet man keine Privatpiloten aus. In Rußland ein Privatflugzeug? Undenkbar! Aber hier in Paris habe ich endlich die Möglichkeit. Ich kann mir einen Traum erfüllen!«

»Liebst du einen Traum mehr als mich?« fragte sie.

Er fuhr herum und starrte sie an. »Wie kannst du so etwas sagen, Lyda? Für dich tue ich es doch auch! Stell dir vor: Wir zwei allein in diesem goldenen Himmel! Wir werden uns nicht mehr auf der Erde verstecken, sondern oben in den Wolken!«

»Du wirst nicht fliegen!« sagte sie leise. »Bitte, sag, daß du nicht den Pilotenschein machst. Soll ich das alles wieder erleben – jetzt mit dir? Das kann kein Mensch ertragen, Boris. Du tötest mich damit. Erst Jérome, dann Perikles ...« Und plötzlich schrie sie auf: »Soll ich mich gleich aus dem Fenster stürzen?«

Er griff nach ihr, riß sie vom offenen Fenster und schleppte sie in das Zimmer zurück. »Ich will es mir überlegen«, sagte er, dumpf vor Angst. »Um Himmels willen, reg dich nicht so auf! Natürlich sage ich in Orly ab . . .«

Perikles Penopoulos war fröhlichster Laune.

Er kam von einem Wochenende mit seiner Geliebten zurück. In einer Villa weit vor den Toren Athens, umgeben von Pinien und Ölbäumen, in einem Park mit blühenden Hecken und Beeten, hatte er zwei Tage wie im Paradies verbracht. Sie hatten nackt im Pool geschwommen, nackt auf der Terrasse gelegen, nackt gegessen, waren nackt herumgelaufen, und immer hatte er bewundernd Glorias vollendeten Körper angeblickt, als wolle er nicht begreifen, daß ein Mensch so schön sein kann.

Jetzt kam der Alltag wieder. Besprechungen mit Vater Stavros auf Sapharin, dann ein Abstecher nach London und zurück nach Monte Carlo in die Zentrale.

Der junge Konzernherr wurde systematisch ›aufgebaut‹, hatte bereits eine wichtige, eigenständige Position und konnte Entscheidungen fällen. Der Erbe des Imperiums der Penopoulos', der einzige, vom Vater vergötterte Sohn, beherrschte bereits die Abteilung Charter und führte die Gespräche mit den Vertretern der Ölscheichtümer am Persischen Golf.

Auf dem Abstellplatz des Athener Flughafens für Privatmaschinen wartete die zweimotorige Cessna mit dem Sonnenzeichen am Leitwerk, dem Wappen der Penopoulos-Linie. Chefpilot Battista Luciano saß im Cockpit und checkte die Maschine durch. Stavros hatte ihn vom Fluglehrer zum Chefpiloten befördert und seinem Sohn zugeteilt. Sie waren ein Gespann wie kein zweites. Ob Luciano flog oder Perikles – nicht eine Sekunde hatte Stavros Angst um sie, trotz seiner Abneigung gegen alles, was nicht Meer hieß.

Perikles schlenderte pfeifend über den Platz, dachte an

Glorias Körper und winkte Luciano zu. Ein Monteur kontrollierte die Gepäcktür. Auch er grüßte und nahm sogar die Mütze vom Kopf.

»Alles klar?« rief Perikles im Vorbeigehen.

»Alles klar, Sir!« Karel Čipek, der eigentlich Okoschkin hieß, tippte an die Stirn. »Wie immer ...«

Es war genau 10.23 Uhr, als die Cessna startete. Sie hob elegant, in einer sanften Steigung, ab. Der rotweiß lackierte Rumpf leuchtete in der Sonne, die blanken Fenster reflektierten die Strahlen.

Perikles Penopoulos saß selbst am Steuer und sprach über das Bordmikrofon mit dem Tower des Flugplatzes Hellinikon. In Englisch, der Fliegersprache, gab er durch, daß alles in Ordnung sei. Chefpilot Luciano, jetzt auf dem Ko-Piloten-Sitz, ließ das Fahrwerk einziehen. Die Maschine lag gerade in der Luft, unter einem unendlich blauen, wolkenlosen Himmel. Ungefähr tausend Meter über ihnen stieg eine Verkehrsdüsenmaschine der Sabena steil nach oben, eine breite Rauchfahne hinter sich lassend.

Perikles warf noch einmal einen Blick auf die Instrumente und schaltete den Bordfunk aus.

»Okay, Battista«, sagte er. »Wieder mal zufrieden mit mir?«

»Eigentlich brauchten Sie keinen Piloten.« Luciano schaute nach unten. Sie hatten Piräus hinter sich gelassen und rasten jetzt über das silbern schimmernde Mittelmeer. »Besser als Sie kann kaum einer fliegen.«

»Erzählen Sie das mal meinem Vater!« Perikles lachte jungenhaft. »Er glaubt es nicht, wenn ich es ihm sage. Für ihn ist ein Flugzeug immer ein Mordinstrument; auch in seine eigenen Maschinen setzt er sich nur mit Widerwillen. Du lieber Gott, habe ich einen Kampf mit ihm gehabt ...«

Luciano wartete weitere Kommentare ab. Als sie nicht

kamen, lehnte er sich in seinem Pilotensessel zurück und blickte Perikles an.

»Eine Auseinandersetzung? Wieder das alte Thema?«

Perikles schüttelte den Kopf. Zu Battista Luciano hatte er ein besonderes Vertrauensverhältnis. Sie waren keine Freunde, nicht, was man so landläufig Freunde nennt, sie waren immer beim Sie geblieben, hatten nie daran gedacht, sich zu duzen – aber dennoch wußte Luciano vom Intimleben seines jungen Chefs mehr als der Vater. Man sprach über viele Dinge von Mann zu Mann; Luciano war als Kamerad eine lebende Klagemauer, ein verschwiegener Beichtvater. Auch die Affäre Gloria war Luciano ebenso bekannt wie der Widerstand des alten Stavros gegen diese Frau, die sieben Jahre älter war als Perikles. Stavros verstand diese Liebschaft nicht. Er hatte sich immer in jüngere Frauen verliebt, nachdem er in New York bei älteren Frauen in die Liebeslehre gegangen war. Aber schon mit zwanzig Jahren verführte er eine Siebzehnjährige, die Geliebte des Dreißigers war kaum zwanzig. Später dann, bei Irena Palvietti und Nany Johnes, hatte ihn die Sensation gereizt, der Triumph des Eroberers: Seht her, es gelingt dem kleinen, dreckigen Griechenjungen aus den Slums von New York, zwei der berühmtesten Frauen zu besitzen! Rümpft nur eure Nasen über den halbgebildeten Penopoulos, den Emporkömmling! Mit meinen Millionen kaufe ich mir alles, auch die teuersten Frauen!

Daß sein geliebter Sohn Perikles nun an Gloria hing und offen sagte, daß er sie heiraten wolle, eine reife, sieben Jahre ältere Frau, das konnte Stavros absolut nicht begreifen. Im Familienkreis äußerte er sogar den schrecklichen Verdacht, Perikles sei pervers. Dann versuchte er es mit Geld, wie immer – aber Gloria wies stolz jede Summe zurück. »Ich liebe ihn, und Perikles liebt mich. Unsere Welt ist vollkommen! Was wollen wir mehr?!« Das waren Worte, die den alten

Stavros maßlos verblüfften. Da war jemand, der kein Geld wollte. Nicht einmal einen Blankoscheck! Einen Blankoscheck von Stavros Penopoulos!

Er begriff erst, als Perikles ihm in einer der vielen Aussprachen grob ins Gesicht sagte: »Gloria ist mir Geliebte und Mutter zugleich! Wir haben nie eine Mutter gehabt, damals, als wir sie so nötig hatten. Wir kannten deine Freundinnen, wir mußten mit Irena leben, jetzt mit Nany. Aber unsere Mutter war weit weg, in New York oder London. Vor dir geflüchtet, Vater! Wenn wir sie sahen, weinte sie nur und klagte, sie verging wie Schnee in der Sonne; schließlich heiratete sie Pavlos Heraklion, um dich zu treffen – nicht weil sie ihn liebte. Unsere Mutter – das war eine Tragödie, von dir inszeniert!«

»Bist du fertig?« hatte Stavros gebrüllt.

»Gleich! Danach darfst du wie ein griechischer Fischer toben! Ich werde mich nie von Gloria trennen! Nie! Sie ist so schön und sanft wie Mutter ...«

»Also doch pervers!« schrie der alte Stavros. »Liegt mit einem Weib im Bett und träumt, es sei seine Mutter! Man sollte dir das Hirn ausschlagen und durch ein neues ersetzen! Das ist mein Sohn! Mein Erbe! Ich werde noch verrückt!«

Aber Stavros hatte keine Anlagen, verrückt zu werden. Drei Tage später lud er Gloria nach Sapharin ein und beobachtete sie hinter Büschen, wie sie nackt in der felsigen Badebucht schwamm und wie eine herrliche Nymphe in der Sonne lag. Bald begann er seinen Sohn zu beneiden, wenn er sah, wie zärtlich die beiden zueinander waren, und nach einigen Tagen knurrte er: »Von mir aus, Perikles, behalte sie! Aber keine Heirat!«

»Eines Tages doch, Papa!«

»Ich will Enkelkinder!«

»Gloria ist nicht zu alt dazu. Sie ist erst fünfunddreißig.«

»Dann wird es Zeit. Mit fünfunddreißig beginnt man bereits die Jahre zu zählen!« –

Chefpilot Luciano übernahm jetzt das Flugzeug. Er zog die Cessna noch etwas höher und blickte auf die Flugkarte. Die Richtung stimmte. Sie flogen auf geradem Weg nach Sapharin.

»Nicht um Gloria ging es«, sagte Perikles. »Das hat er jetzt begriffen. Es geht um einen Düsen-Jet. Ich möchte einen Jet haben und fliegen. Wir besitzen vier Firmen-Jets, aber damit werden nur die Direktoren transportiert, und nur die angestellten Piloten dürfen ins Cockpit. Mein Vater ist strikt dagegen, daß ich einen Jet fliege. Aber ich kämpfe weiter ...«

Ein Rütteln ging durch das Flugzeug, nur ganz kurz, so als habe es plötzlich einen Schüttelfrost bekommen. Dann flog es wieder ruhig. Luciano überprüfte die Instrumente. Alles in Ordnung.

»Was war das denn?« fragte Perikles leichthin.

»Unklar. Vielleicht eine Windböe.«

»So kurz? Turbulenzen dauern doch länger?«

»In dieser Höhe ist alles möglich. Wenn ein Kaltluftkeil mit der Warmluft, die vom Meer aufsteigt, zusammenstößt, dann kann es einen Ruck geben, wenn wir gerade in diesem Augenblick durchfliegen. Wie ist die Wetterlage über Sapharin?«

»Ich frage an.« Perikles stellte den Bordfunk ein. Es rauschte im Kopfhörer, aber es gab keine Verbindung. Verblüfft starrte Perikles auf die Skala. Die Frequenz stimmte. Die Welle des Flugsprechverkehrs war konstant eingestellt.

»Hallo!« rief Perikles. »Hallo, was ist los? Hier XN 145, Flug 57 nach Sapharin. Hellinikon, warum melden Sie sich nicht?! Verdammt, was soll das denn?!«

Luciano, der mithörte, sah Perikles sprachlos an. Er beugte sich vor, drehte an ein paar Knöpfen des Funkgerätes, klopfte gegen den Kasten ... das Rauschen wurde nur noch stärker. Dann zuckten sie beide zusammen. Stille war um sie, kein Ton, kein Knattern mehr. Das Funkgerät schwieg.

»O Mist!« sagte Luciano und starrte den Kopfhörer an. »Da haben wir 'ne Panne. Mit der Elektrik stimmt was nicht! Da, sehen Sie mal ... der Kompaß, der Horizontanzeiger ... danach müßten wir auf dem Rücken fliegen ... Verdammte Scheiße ... der Kursgeber spielt verrückt.«

Perikles hatte es auch gesehen. Die wichtigsten Instrumente fielen aus! Eine Orientierung war nicht mehr möglich, keine Navigation, keine Kurskorrektur. Man flog irgendwohin, und keiner konnte mehr sagen, wo man sich befand. Um sie herum waren nur Himmel und Meer, unendliche Bläue, schimmernde Weite.

Perikles biß die Zähne zusammen. Luciano sah ihn an. Jetzt ist er wie der Alte, dachte er. Ruhig, konzentriert, im Kampf mit dem Schicksal. Was blieb ihm auch anderes übrig! Nacheinander fielen sämtliche Instrumente aus. Es gab keine einzige Anzeige mehr. Keine Höhen, keine Fluggeschwindigkeit, keinen Benzinverbrauch, keine Schmierkontrolle, kein Radar ... nichts mehr. Sie flogen eine Maschine, die nur aus Flügeln, einer kleinen Kabine und zwei Motoren bestand und jetzt orientierungslos irgendwo über dem Mittelmeer kurvte. Es war nicht einmal mehr festzustellen, ob man geradeaus flog oder in einem weiten Bogen. Ein verfluchtes Gefühl! Perikles umklammerte den Steuerknüppel und nahm etwas Gas weg.

»Wir haben Benzin genug ...«, sagte er heiser. »Irgendwo erreichen wir Land, und da gehe ich runter! Es wird einen kleinen Bruch geben, Battista ... Aber wie ist so etwas möglich?«

»Völlig rätselhaft. Die Maschine ist genau durchgecheckt worden. Und auf Karel Čipek kann ich mich verlassen.«

»Auf den Monteur?«

»Ein sehr guter Mann. Seit vier Monaten bei uns. Beste Zeugnisse. War früher bei der Deutschen Lufthansa ...«

»Das ist eine gute Adresse.« Perikles zog die Schultern hoch. Die Maschine wurde wieder durchgerüttelt. Als er das Höhenruder betätigte, kam ihm alles ziemlich breiig vor. Dann ließ auch dieses Gefühl plötzlich nach. Erstaunt starrte er Luciano an. »Da ist nichts!« schrie er.

»Was ist nicht?« fragte Luciano.

»Das Höhenruder reagiert nicht!«

Luciano probierte es auch. Die Maschine lag, sich schüttelnd, in der Luft und stieg nicht. Mit einem Hieb schlug Luciano den Gashebel voll auf. Die Motoren heulten, die Cessna bäumte sich wie ein Rennpferd, das aus der Box schießt, dann jagte sie wieder über das spiegelnde Meer.

»Wir müssen weg!« schrie Luciano. »So schnell wie möglich an Land! Wenn wir wassern, saufen wir ab!«

»Wo ist Land?« fragte Perikles verbissen.

»Irgendwo! Die kleinste Insel ... dann geht's auch auf dem Wasser. Dann können wir hinüberschwimmen!«

Die Maschine hackelte. Die Motoren wurden unruhig, der Rundlauf war gestört, es war, als käme kein Benzin mehr in die Brennkammern. Natürlich, dachte Luciano, es muß ja so sein. Wenn die Pumpen nicht mehr arbeiten, wenn die ganze Elektrik im Eimer ist ...

Er sah, wie Perikles die Maschine mühsam gerade hielt. Sein Gesicht war bleich geworden.

»Sollen wir aussteigen?« fragte Luciano. »Wir haben Schwimmwesten und können die Rettungsinsel mitnehmen.«

»Aber wir haben keine Fallschirme.«

»Wir müssen so flach hinunter, daß wir abspringen können. Das ist unsere einzige Chance. Okay?«

»Okay!« sagte Perikles leise.

Sie legten die Schwimmwesten an, das Flugzeug schlingerte jetzt gefährlich und verlor sichtbar an Höhe. Luciano nahm das Gas weg, so daß die Machine fast schon in den Gleitflug überging. Das Meer näherte sich ... sie sahen die kleinen weißgekrönten Wellen, die ein schwacher Wind auftrieb.

Dann ging alles sehr schnell. Die Maschine senkte sich nach vorn und fiel in einen Sturzflug. Umsonst riß Perikles am Höhenruder ... führerlos raste die Cessna der Wasserfläche entgegen. Auf nichts mehr reagierte das Flugzeug ... Nach einem wilden Aufbäumen schwiegen auch die Motoren. Wie ein Stein fiel die Maschine.

Stumm, mit weiten Augen, starrte Perikles dem Verderben ins Antlitz. Battista Luciano entriegelte die Tür, der Wind des Sturzfluges heulte ihnen entgegen.

»Raus!« brüllte Luciano. Todesangst hatte ihn ergriffen, machte ihn fast wahnsinnig. Er zerrte Perikles vom Sitz und stieß ihn zur Tür. »Raus!« Das Paket mit der Rettungsinsel preßte er vor seine Brust, den anderen Arm legte er um Perikles. »Fallen lassen!«

Kurz bevor die Maschine auf die Meeresoberfläche prallte und wie eine Granate zerplatzte, stieß sich Luciano ab. Er riß Perikles mit sich, ein paar Meter flogen sie schwerelos durch die Luft, getragen von der Fliehkraft, dann war es, als prallten sie auf eine Eisplatte, Knochen zersprangen wie Glas, sie hörten das Brechen, die feinsten Nerven bis unter der Hirnschale nahmen es wahr ... sie tauchten in das Wasser ein, hörten noch das Zerschellen der Maschine und verloren das Bewußtsein ...

Nachmittags gegen 2 Uhr gab es auf dem Flughafen Athen-Hellinikon Such-Alarm. Aus Sapharin kam die Anfrage, ob und wann Perikles Penopoulos abgeflogen sei. Die Flugüberwachung wurde munter. Bisher hatte man es nicht für bedeutungsvoll gehalten, daß der Funkkontakt mit der Cessna unterbrochen war. Das kam bei Perikles öfter vor. Daran war man gewöhnt. Wenn alles in Ordnung war, schaltete er um auf Musik und meldete sich erst in einem gewissen Sicherheitsabstand beim Anflug auf sein Ziel. Auch daß der winzige Punkt auf dem Radarschirm verschwunden war, hatte niemand beachtet. Jetzt, nach der dringenden Anfrage, wurde alles sehr dramatisch.

Man rief nach Perikles Penopoulos. Man suchte den Luftraum ab. Nichts. Man fragte Maschinen, die in dem gleichen Luftraum flogen; sie hatten nichts gesehen. Nirgendwo ein Funkkontakt.

In Sapharin saß der alte Stavros auf der Terrasse seines Hauses und starrte in den weiten Park. Keiner wagte ihn anzusprechen. Auch Nany schwieg. Sie saß abseits, schön, zart, zerbrechlich, in einem einfachen weißen Frotteekleid, und legte Patiencen.

Nach einer Stunde stand Stavros auf, ging zu ihr hinüber, stieß den Tisch mit einem Tritt um und stapfte über die Karten hinweg ins Haus. Nany blieb sitzen, steif, eine Luxuspuppe, das schmale Gesicht beherrscht von der riesigen Sonnenbrille. Ein Diener kroch zu ihren Füßen herum, sammelte die Karten auf und stellte den Tisch wieder auf die Beine.

Im Haus hörte man Stavros brüllen. Athen meldete, daß Suchflugzeuge der Luftabwehr unterwegs seien. Von Perikles und Luciano noch keine Spur. Die Cessna war über dem Mittelmeer einfach verschwunden.

Im Hangar VIII saß Karel Čipek am Telefon und sprach mit der Flugleitung. Er war ganz ruhig – fast traurig war seine Stimme.

»Nichts?« fragte er zum vierzehntenmal in zwei Stunden. »Noch immer nichts? Das ist ja furchtbar. Das ist eine Katastrophe. Sie suchen? Keine Spuren bisher? Einfach weg? Mein Gott ...«

Eine Stunde später packte Karel Čipek, der eigentlich Pal Diogenowitsch Okoschkin hieß, seinen Koffer und verließ Athen mit einem Linienflugzeug nach Paris. Er nannte sich Jean Partou und war lebhaft wie alle Südfranzosen.

Man fand ein paar armselige Flugzeugtrümmer, in einer Öllache treibend, am zweiten Tag nach dem Unglück. Die Absturzstelle war 170 km von der eigentlichen Flugroute entfernt, und keiner konnte sich erklären, wie sich so erfahrene Piloten wie Perikles und vor allem Battista Luciano derart verfliegen konnten.

Von einem Flugboot aus fischte man die Trümmer aus dem Meer und suchte weiter. Am dritten Tag fand man Battista Luciano. Er schaukelte in einer kleinen Rettungsinsel auf der Weite des Meeres. Ganz in seiner Nähe trieb, in seiner Schwimmweste hängend, Perikles Penopoulos. Während Luciano noch schwache Lebenszeichen von sich gab und sofort in eine Spezialklinik nach Athen gebracht wurde, stellte der mitgeflogene Militärarzt bei Perikles den Tod fest. Tod durch zahllose Knochenbrüche und innere Verletzungen. Die Obduktion ergab später, daß Perikles Penopoulos innerlich verblutet war. Ein Milzriß. Außerdem hatten zwei zersplitterte Rippen die Lunge wie mit Dolchen durchstoßen.

Stavros Penopoulos fuhr nicht nach Athen, um seinen Sohn zu sehen. Er ließ ihn mit einem schwarz ausgeschlagenen Flugzeug nach Sapharin bringen. Dort schloß er sich mit seinem geliebten Sohn in der Hauskapelle ein und las die ersten Aussagen von Battista Luciano, den die Ärzte – so hofften sie – retten konnten.

Was in diesen Stunden der alte Stavros zu seinem toten

Sohn sagte, welchen herzzerreißenden Monolog er sprach, was er dem Toten anvertraute – keiner hat es je erfahren. Aber als Stavros endlich die Kapelle verließ und wieder in sein Haus zurückkehrte, wo die Familie auf ihn wartete, Nany in einem enganliegenden schwarzen Kleid von Dior und Perikles' Geliebte Gloria Arm in Arm mit Lyda, beide sich gegenseitig stützend, sah jeder, daß Stavros Penopoulos ein anderer Mensch geworden war. Sein Gesicht war eingefallen, unter den Augen hingen schwere Tränensäcke. Er ging nicht mehr federnd, er schlurfte, als trage er Blei an den Gelenken. Mit Perikles hatte er einen großen Teil seiner Lebenskraft verloren, das war unverkennbar.

Aber als er sprach, war seine Stimme hart und fest wie immer. Er hob die Meldungen aus Athen empor und sah sich um. Sein Blick fiel auf Kostas Portales, auf den großen Vertrauten, den Mitkämpfer der ersten Stunden.

»Kostas!« sagte Stavros laut. »An alle Zeitungen der Welt: Ich setze eine Million Dollar aus für den, der mir den Täter nennt oder einen Hinweis gibt. Perikles ist nicht verunglückt. Er ist ermordet worden.«

»Wie kannst du so etwas sagen ...?« stammelte Portales.

»Hier steht es!« schrie Penopoulos.

»Beruhige dich, Stavros. Ein Unglück! Technische Fehler ...«

»Es war *Mord*!« schrie Stavros. »Ganz einfach *Mord* ... Um *mich* zu treffen! *Mich* wollte man vernichten! Perikles war nur das Werkzeug! Aber ich stehe, und ich werde stehen! Jetzt erst recht! – Eine Million Dollar für einen brauchbaren Hinweis! Und wenn es sein muß: mein ganzes Vermögen. Ich will den Mörder meines Sohnes haben!«

Die besten Experten untersuchten die Flugzeugtrümmer und bemühten sich, den Vorfall zu rekonstruieren. Aber Lucianos Aussagen enthielten die wichtigsten Anhaltspunkte.

Aus ihnen ergab sich nichts, was auf Mord hätte schließen lassen. Alles sprach einwandfrei für eine tragische Verkettung verschiedener technischer Pannen, deren Ursache man aber – und das war der wunde Punkt – nicht erklären konnte. Doch bei Flugzeugen ist das oft so: Ein technischer Fehler zieht wie eine Kettenreaktion andere Fehler nach sich, bis es zur Katastrophe kommt, weil man die Pannen nicht mehr beherrschen kann. So war es auch bei Perikles' Maschine gewesen: Vom ersten Versagen eines Instrumentes bis zum Absturz war für die Experten alles eine logische Entwicklung.

»Schwachköpfe!« rief der alte Stavros, als man ihm die Berichte vorlegte. »Alles akademische Hohlköpfe! Das kann man nicht mit Technik und Physik erklären. Mord bleibt Mord! Die Elektrik wurde ausgeschaltet. Natürlich versagt dann die ganze Technik! Warum verwechselt man Ursache und Wirkung?« Und dann sagte er, wieder ganz der griechische Fischerjunge: »Ich kann auch nur scheißen, wenn ich was gegessen habe!«

Nach dem Abschlußbericht der Untersuchungskommission erhöhte Stavros die Belohnung auf zehn Millionen Dollar.

Zehn Millionen Dollar für die Ergreifung eines Mörders.

Das war der höchste Preis, der je für eine Menschenjagd ausgesetzt wurde.

Auch Oberst Pujatkin im KGB-Haus von Moskau fand das. »Diese Kapitalisten!« sagte er grollend. »Wie die mit dem Geld herumwerfen ...«

Nach drei Monaten war Battista Luciano soweit zurechtgeflickt, daß man ihn aus der Klinik entlassen konnte. Er humpelte zwar noch am Stock, seine linke Hand war gelähmt, er würde nie wieder Pilot sein können, aber Stavros Penopoulos hatte ihm eine lebenslängliche Rente ausgesetzt. Mit ihr konnte Luciano ruhig seine Tage verbringen und hatte Zeit genug, über alles nachzudenken.

Sein Apartment lag im zehnten Stock eines modernen Hochhauses an der Peripherie von Athen, war mit Antiquitäten ausgestattet, die Luciano so liebte, und hatte einen großen Balkon, von dem man weit über Athen und die Akropolis blicken konnte. Hier saß Battista oft, trank süßen Wein, rauchte eine orientalische Zigarette und studierte immer wieder die Berichte der Untersuchungskommission. Hinzu kam sein eigenes Erleben, und je länger er grübelte, um so mehr neigte er zu der Ansicht, daß Stavros recht haben könnte. Es sah nach Sabotage aus. Sabotage mit dem Ziel, Perikles, den Erben des Reeder-Imperiums, zu töten. Also Mord. Genau, wie es der alte Penopoulos behauptete.

Nur – wer hatte ein Interesse daran, den alten Stavros so tief zu treffen? Wer ermordete seinen Sohn, um den Alten bis ins Mark zu zerstören?

Sein größter Konkurrent war Pavlos Heraklion, der auch Stavros' erste Frau Genia geheiratet hatte und ihn schon damit demütigen wollte. War Heraklion zu einem Mord fähig? Wie konnte man das beweisen!? Oder spielten andere Kräfte eine Rolle?

Zehn Millionen Dollar Belohnung!

Battista Luciano ließ das keine Ruhe. Er wußte, daß es keine Beweise geben würde, denn das Flugzeug war auf der Wasseroberfläche so zerplatzt, daß alle Untersuchungen technischer Art sinnlos waren. Nur Vermutungen halfen weiter. Aber Vermutungen liefen sich tot in der Beweisnot. Etwas anderes wäre es, wenn der unsichtbare Gegner nervös würde und einen verräterischen Fehler beginge.

Luciano entschloß sich, einen Versuchsballon steigen zu lassen.

Er gab ein Fernsehinterview.

Der Überlebende sprach zu Millionen. Und zum erstenmal, wenn auch nur beiläufig, wurde der Name Karel Čipek erwähnt. Bisher war er nur der Kommission bekannt gewesen, und die hatte wenig Wert auf den Monteur gelegt. Sein Werkstattbericht lag vor, ebenso die Meßdaten des Durchchekkens. Daraus ging klar hervor: Die Maschine war beim Start einwandfrei. Das bestätigten auch die Luftlotsen im Tower; die Cessna war elegant wie immer aufgestiegen.

Jetzt aber, im Fernsehinterview, verlangte Luciano plötzlich, man solle diesen Monteur doch noch einmal befragen. Warum war er so schnell verschwunden? Eine Kündigung, ein Brief von ihm, lag korrekt beim Penopoulos-Konzern, aber Čipek hatte die Bestätigung gar nicht abgewartet, sondern war verzogen.

Wohin? – Das war unbekannt. Bekannte behaupteten, als Luciano sie ausfragte: Er wollte nach Rhodos zur Erholung. Der Unfall hat ihm einen Schock versetzt. Er war mit den Nerven am Ende. Er konnte kein Flugzeug mehr sehen, deshalb war er auch mit dem Schiff nach Rhodos gefahren.

Doch auf den Passagierlisten aller Schiffe, die in diesen Tagen von Piräus nach Rhodos ausgelaufen waren, stand kein Karel Čipek.

Das Interview hatte nur mäßige Resonanz. In Griechenland hatte man sich daran gewöhnt, daß sich die wildesten Gerüchte um den Tod von Perikles Penopoulos rankten. Stavros' Mordtheorie, mit zehn Millionen Dollar untermauert, war allen gegenwärtig. Nun ließ sich der Chefpilot interviewen. Nur Sensationsmache. Nebenverdienst eines Mannes, der nicht mehr fliegen kann. Nicht ernst zu nehmen.

In Moskau dachte man darüber, wie immer, völlig anders. Oberst Pujatkin, kaum mit dem Wortlaut der Fernsehsendung von Athen vertraut, gab in Paris Alarm. Okoschkin, der sich in der Tat erholte, wurde aus der Normandie zurückgerufen und unterrichtet.

»Luciano ist ein braver Kerl«, sagte er im Büro der ›Sowjet-Export- und Handelsmission‹. »Es ist völlig unmöglich, daß er einen Verdacht hat. Mit dem Interview will er sich nur wichtig machen. Er weiß genau, daß der Karel Čipek nicht auftaucht. Er will nur an dem Millionenkuchen des Stavros knabbern. Čipek, das ahnt er, ist weit weg; er kann sich nicht verteidigen. Also bauen wir ihn zum Verdächtigen auf. Vielleicht zahlt Penopoulos dann wenigstens eine Million Dollar!«

Die Genossen in Paris, vor allem aber Pujatkin in Moskau, teilten Okoschkins Naivität nicht. Für sie war das Interview ein Alarm. Jetzt sah man auch ein, daß es ein großer Fehler gewesen war, Okoschkin so schnell zurückzuziehen. Aber wer hatte auch damit gerechnet, daß einer den Unfall überleben könnte? Als man Luciano aus dem Meer fischte, war Okoschkin längst in Paris, und nichts konnte mehr rückgängig gemacht werden.

Stavros Penopoulos, von dem Interview aufgeschreckt, ließ sich sofort nach Athen fliegen. Battista Luciano, der so etwas erwartet hatte, begrüßte ihn in seinem Apartment. Er hatte auf dem Balkon den Tisch gedeckt. Hierhin zogen sich Penopoulos und Luciano zu einem Gespräch unter vier Augen zurück, während die anderen Herren im Wohnraum warteten und sehr kritische Gesichter aufsetzten. Sie dachten wie Okoschkin: Da will einer den Alten anzapfen. Sie dachten: Aus seinem Überleben macht er jetzt Gold. Jeden gebrochenen Knochen läßt er sich in Dollars einwickeln!

Zwei Stunden blieb Stavros bei Luciano. Dann, wieder in seinem Rolls-Royce, sagte er zu Kostas Portales: »Seine Theorie könnte Wahrheit sein. Könnte! Aber wer steckt hinter diesem Čipek? Wer hat diese Kreatur gekauft? Das muß ich wissen, um Rache nehmen zu können. Nicht den Handlanger will ich haben, sondern den Auftraggeber. Warten wir ab; vielleicht fällt Luciano noch etwas ein ...«

Niemand brauchte zu warten, und Luciano fiel auch nichts mehr ein. Dafür fiel er vier Tage später aus unerklärlichen Gründen von seinem schönen Balkon und zerschellte zehn Stockwerke tiefer auf dem Straßenpflaster. Das war in der Abenddämmerung, als die Akropolis aufleuchtete, als sei sie aus rosafarbenem Marmor erbaut.

Ärzte fanden im Körper von Luciano Spuren von LSD. Das genügte, um im amtlichen Bericht mitzuteilen, Battista Luciano habe sich im Drogenrausch das Leben genommen.

Vielleicht hatte ihn die Erinnerung an das Flugzeugunglück verfolgt? Vielleicht hatte sein Hirn bei dem Absturz gelitten? Vielleicht hatte sich sogar ein Schuldkomplex in ihm entwickelt, der ihn in den Wahnsinn trieb, aus dem er nur durch LSD und schließlich durch Selbstmord flüchten konnte?

Stavros Penopoulos ließ Battista Luciano ehrenvoll bestatten. Dann modifizierte er sein Angebot an die Welt: Zehn Millionen für den Mörder von Perikles. Eine Million für den Mörder von Luciano ...

Die Welt begann zu lächeln. Der alte Stavros wurde wunderlich. Auch Luciano ermordet? Sah Penopoulos jetzt überall Mörder? Erst sammelte er schöne Frauen, jetzt Mörder ... Verrückte Launen eines Milliardärs?

Die amtlichen Stellen, die sich mit dem Fall befassen mußten, legten die Akten zur Seite. War bisher noch ein Quentchen Mißtrauen vorhanden gewesen – Stavros' Mordwahn bewirkte, daß man in dem Selbstmord nichts anderes als eben einen Selbstmord sah und alle Ermittlungen einstellte.

»Irgendwo tragisch war sein Leben ja immer«, sagte der Polizeipräsident von Athen im vertrauten Kreis. »Aber jetzt wird es eine Tragödie. Davon erholt sich Stavros Penopoulos nicht mehr. Es ist makaber, aber ein Gutes hat es immerhin: Er wird allmählich ruhiger werden ...«

Und das Leben ging weiter.

Der Vater kümmerte sich jetzt mehr um seine Tochter. Sie war das einzige, was ihm noch geblieben war außer seinen Milliarden ... das Kind, das letzte, das Mädchen, das jetzt für die Zukunft erzogen wurde.

Die Erbin.

Es war selbstverständlich, daß Boris Jegorowitsch Lobow auf seinen Flugschein verzichtete. Diese Mitteilung machte er Lyda per Telefon. Sie war in Monte Carlo, wohin sie zu einer Direktorenkonferenz geflogen war. Er hörte, wie sie freudig aufschrie und dann vor Glück zu weinen begann.

»Ich liebe dich, Boris«, sagte sie. »Oh, wie ich dich liebe! Warum kannst du jetzt nicht bei mir sein?«

»Später, mein Liebes, später. Unser Leben ist noch lang ...«

»Viel zu kurz, Boris. Ich habe jetzt schon Angst vor jedem Tag ohne dich. Ein verlorener Tag! O Boris, komm nach Monte Carlo!«

»Unmöglich, moy druk!«

»Was hast du gesagt?«

»Das ist Russisch und heißt: mein Liebling ...«

»Sag es noch mal!«

»Moy druk ...«

Sie wiederholte es. Immer und immer wieder. Moy druk ... moy druk ... moy druk ...

»Komm nach London«, sagte sie dann. »Ich fliege am Freitag dorthin.«

»Ich komme hier nicht weg, Lyda. Ich habe einen Beruf, ich bin ein kleiner Angestellter und habe meine Arbeitszeit, ich kann nicht kommen und gehen, wann ich will. Ich habe im Jahr fünf Wochen Urlaub, mehr nicht. Ich bin Beamter eines sowjetischen Verwaltungsapparates ...«

»Dann kündige, Boris!«

»Und was soll ich dann tun?«

»Ich stelle dich im Konzern ein. Dort, wo keiner deinen Namen kennt. Zum Beispiel als Direktor unserer Papierwerke in Boston.«

»Weißt du, was das bedeutet, Lyda?«

»Daß wir dann immer zusammen sein können, Boris.«

»Es bedeutet« – seine Stimme wurde sehr ernst –, »daß ich in den Augen der Genossen mein Vaterland verrate. Daß ich überlaufe zu den Kapitalisten. Man wird mich ausbürgern, ich werde staatenlos, darf nie mehr nach Rußland zurück. Nie mehr zu meiner Mutter, zum Grab meines Vaters, zu meinen Freunden. Ich werde vogelfrei. Und als ein Mensch ohne Heimat, ohne Land lebe ich von deinen Gnaden. Glaubst du, das wird ein glückliches Leben?«

»Ich liebe dich ewig, Boris. Moy druk!« Er hörte, wie sie ins Telefon küßte, und lächelte verträumt vor sich hin. Mein lieber Oberst Pujatkin, dachte er, man hat aus uns in mühevoller Kleinarbeit Maschinen gemacht, die auf Knopfdruck gehorchen. Aber ein einziger Kuß einer Frau genügt, und die Maschinerie bekommt einen Riß. Da helfen auch alle Schulungslager nicht.

»In zehn Tagen bin ich wieder in Paris«, sagte sie. »Dann komme ich zu dir, in deine Dachwohnung, mit dem Blick über die Dächer von Paris.«

»Ich habe eine Überraschung für dich, Lyda. Meine Mutter hat mir einen Samowar geschickt. Einen aus Rußland, keinen nachgemachten, wie man sie hier zu kaufen bekommt. Einen richtigen alten Samowar, den mein Großvater im Kaukasus noch benutzt hat. Wenn du kommst, koche ich uns einen Tee und backe dir Blinis mit Hühnerleber.«

»Ich träume schon davon, Boris. Es wird besser schmecken als im Maxim's.«

»Viel besser.«

»Weißt du, daß ich gar nicht kochen kann?«

»Das glaube ich nicht. Das Kaffeewasser brennt dir bestimmt nicht an.«

Sie lachte vergnügt. »Einmal habe ich Schaschlik gemacht. Es ist mir verbrannt. Und bei Mutters Geburtstag – das ist schon lange her – wollte ich sie mit einem Pudding überraschen. Der Pudding sah herrlich aus – nur essen konnte man ihn nicht. Ich hatte Zucker mit Salz verwechselt.«

»Um so besser koche ich!«

»Ha! Eine Idee! Ich engagiere dich als Koch! Als meinen Privatkoch! Das ist unverfänglich, du bist immer um mich, auch abends und nachts, denn ich kann ja auch nachts mal richtigen Hunger kriegen.«

»Aufs Essen?«

»Pfui, Boris!« Sie lachte hell und war unendlich glücklich. »Was machst du heute abend, Boris?«

»Ich gehe ins Theater. Eine neue Komödie. ›Wer kitzelt Mademoiselle Babette?‹ Der Titel verspricht viel.«

»Boris, hast du getrunken?«

»Ich bin immer wie betrunken, wenn ich dich höre. Lyda, gibt es noch zwei Menschen, die sich so lieben wie wir?«

»Nein. Unmöglich, moy druk ... Und wenn sie es behaupten, dann lügen sie. Wir sind die Glücklichsten auf der ganzen Welt!«

Sie telefonierten über eine Stunde, dann legte Lobow auf. Da er das Gespräch angemeldet hatte, lief es auf Kosten des KGB. Er wird wieder schimpfen, der Geizkragen Pujatkin, dachte Lobow. Wenn es nach ihm ginge, müßte man die Welt mit einem Etat von zwanzig Kopeken regieren können.

Er beugte sich über den Schreibtisch, schlug die Mappe auf

und studierte die neuesten Berichte seiner KGB-Vertrauensleute auf den sowjetischen Schiffen in aller Welt. Aus Senegal meldeten sie, daß Schweizer Firmen eine pharmazeutische Fabrik bauen wollten. Aus Ghana kam die Nachricht, daß im Hinterland Versuchsfarmen mit riesigen Blumenfeldern angelegt wurden. Auch hier eine sowjetische Beteiligung; die Farm bauten die Franzosen. Aus den Fischgebieten vor Westafrika berichtete man, daß ein deutsches Forschungsschiff Probefänge mache, um neue Fischsorten in Deutschland einzuführen, da Hering, Barsch und Schellfisch immer knapper wurden.

Lobow wählte die Funktelegramme aus, die er nach Moskau weiterleiten würde. Rußlands Augen waren überall. Sie sahen alles.

Aber nicht nur Rußland legte sein Ohr an den Puls der Welt.

Lyda war kaum drei Tage zurück in Paris, wo sie sich in Lobows Dachwohnung mit russischem Essen und leidenschaftlicher Liebe verwöhnen ließ, als im gleichen Haus, eine Etage tiefer, ein junger Musiker einzog. Er stellte sich Lobow als Nachbar vor und fragte, ob es ihn stören werde, wenn er übe. Er sei Musikstudent und müsse jeden Tag proben. Natürlich nur zu angemessenen Zeiten, nicht frühmorgens oder mittags und nicht nach 19 Uhr.

»Welches Instrument spielen Sie?« fragte Lobow freundlich.

»Baßgeige.« Der junge Mann verzog sein Gesicht. »Ich weiß, was Sie jetzt denken. Stundenlang nur sumbum ... sumbum ... rumbum ... bumbum ... Das ist meine neunte Wohnung. Die Nachbarn ...«

Lobow lachte. »Ich bin musikalisch, Monsieur ...«

»Gerald Dumont.«

»Monsieur Dumont. Wir können zusammen spielen, wenn es Ihnen Spaß macht. Ich spiele Balalaika.«

»Phantastisch! Das klingt vorzüglich zusammen: Balalaika und Baß! Ich danke Ihnen, Monsieur!«

Der junge Mann sprang vergnügt die Treppen hinunter und pfiff ein Lied dabei. Lobow fand ihn auf Anhieb sehr sympathisch. Verliebte verlieren leicht den klaren Blick.

Der amerikanische CIA hatte sich einquartiert.

Erst zwei Jahre später erkannte man in Moskau, daß Lobow die Grundregel aller Agenten grob verletzt hatte: Traue keinem, schließe keine Freundschaften, betrachte jeden anderen Menschen grundsätzlich erst einmal als deinen Gegner! Aber als auch Lobow das merkte, war es viel zu spät. So spät, daß nicht einmal Oberst Pujatkin es für angebracht hielt, ihn zu tadeln oder einen strengen Verweis auszusprechen, der in seine Papiere eingetragen werden mußte. Es hatte keinen Sinn mehr, ausgebrütete Eier für frisch gelegte zu halten ...

Hier in Paris jedenfalls entwickelte sich zwischen dem jungen Musiker Gerald Dumont und dem Russen Boris J. Lobow eine erfreuliche Freundschaft. Gerald kam an den Wochenenden zu Boris hinauf, seine Baßgeige über der Schulter, und dann spielten sie Jazz und Blues, New Orleans und Hillbilly, manchmal auch ernste Musik: Sonaten, die Gerald für Baßgeige und Balalaika umschrieb. Das klang zwar ungewohnt, aber erstaunlich gut, zumal sich Boris als vorzüglicher Balalaika-Spieler erwies, vor allem, wenn er russische Lieder spielte, zu denen Gerald nur die Begleitung zupfte. Dann wurde sein Vortrag ein künstlerischer Genuß.

Ab und zu saß auch Lyda dabei, die Lobow als eine Frau Françoise Lebrun vorstellte. Gerald Dumont begrüßte sie jedesmal, wenn er kam oder wenn Lobow mit ihr hinunter in Dumonts Wohnung stieg, mit einem galanten Handkuß. »Sie erinnern mich an jemanden ...«, sagte er einmal nachdenklich. »Ich weiß nicht, an wen. Aber ich komme noch drauf. Sie haben große Ähnlichkeit mit einer bekannten Frau ... Na, wie heißt sie doch noch mal ...?«

Von da an frisierte sich Lyda um, wenn sie zu Lobow schlich, wählte ein anderes Make-up und veränderte dadurch ihr Aussehen, so gut sie konnte. Gerald sprach auch nicht mehr von der Ähnlichkeit. Dann folgte die lange Zeit, in der Lyda zwischen Monte Carlo, London, New York und Athen hin und her pendeln mußte, weil wegen der Ölkrise eine Konferenz die andere jagte. Eines ihrer Tankschiffe, ein Riese von über 300 000 Tonnen, zerbrach bei einem Sturm vor der arabischen Piratenküste und spuckte einen riesigen Ölteppich ins Meer, der auf das Emirat Oman zutrieb und die bisher so blitzsaubere Küste auf Jahrzehnte unbewohnbar machen konnte. Hinzu kam ein neuer Streit mit der Witwe Nany, die sich weigerte, ihren Anteil an der Insel Sapharin an Lyda zu verkaufen, obwohl der Kaufpreis maßlos überhöht war.

Lobow saß allein in Paris, kontrollierte seine Agenten auf den Sowjetschiffen, war mißgelaunt und sehnte sich ehrlich nach Lyda. Nach ihren großen, dunklen Augen, nach ihrem biegsamen, molligen Körper, nach ihren seufzenden Küssen. Er wunderte sich selbst über diese Wandlung und sprach darüber mit Pujatkin, seinem ›Vaterersatz‹.

Pujatkin war entsetzt. »Boris Jegorowitsch!« rief er beschwörend ins Telefon. »Ich habe geglaubt, das sei alles nur eine Laune, was Sie mir damals aus Rio berichteten. Palmen, das Meer, schöne Frauen, Luxusleben – natürlich, dabei kann man schon romantisch werden. Das ist wie ein juckender Ausschlag! Aber jetzt sind Sie wieder in Paris und sollten so nüchtern denken, wie man es von Ihnen erwartet.«

»Ich versuche einen Kompromiß zu finden, Tichon Pawlowitsch«, wandte Lobow ein.

»Kompromisse sind immer faul! Ein Kompromiß ist wie eine Liebesnacht ohne Orgasmus. Was hat man davon?«

»Ich liebe Lyda und erfülle trotzdem den Auftrag, den das Vaterland mir erteilt hat. Warum kann man beides nicht miteinander verbinden?«

»Weil Sie einmal – über kurz oder lang – in Konflikt mit sich selbst kommen. Dann nämlich, wenn das Vaterland von Ihnen etwas verlangt, was Sie als Ehemann der Penopoulos nicht verantworten können! Lobow, Sie müssen härter werden! Verdammt, Sie waren doch der zweitbeste Schüler in allen Lehrgängen und auf der Akademie! Sie haben, jung, wie Sie sind, schon den Zentralposten in Paris! Wenn das kein Beweis unseres Vertrauens ist! Und nun begehen Sie den größten Fehler: Sie verlieben sich in das Objekt Ihres Auftrags! Sie legen sich auf die Zielscheibe! Boris Jegorowitsch, wie sollen wir da noch schießen?«

Mit Pujatkin war also nicht zu reden. Er saß in Moskau, war weit weg vom Geschehen, betrachtete alles vom Standpunkt des Theoretikers, ahnte nichts von den himmlischen Zärtlichkeiten, zu denen Lyda fähig war.

Um so mehr Verständnis hatte Gerald Dumont. Er zupfte und strich seinen Baß, lobte Lobows Balalaika-Spiel und führte das wechselseitige Kochen ein: eine Woche russische Küche, komponiert von Lobow, die andere Woche französische Spezialitäten, zelebriert von Gerald Dumont.

Für Gerald war das eine zusätzliche Belastung. Er mußte jetzt jeden Tag in der Küche eines Feinschmeckerrestaurants lernen, wie ein französischer Gourmet speist. Für einen an Steaks gewöhnten Amerikaner, der alles mit Ketchup würzt, ist das eine radikale Umstellung! Aber die Idee kam aus der Zentrale des CIA, sie war erfolgversprechend, und so begann Gerald Dumont, der eigentlich Gerald Kinley hieß, eine Freßtour ohne Beispiel.

Mittags kochte und probierte er im Restaurant, abends kochte und aß er bei Lobow oder in der eigenen Wohnung. Dazu kam die musikalische Darbietung. Gerald Dumont war voll ausgelastet.

Um so bedeutsamer war das, was er hörte und sah. Lyda, soviel war offenkundig, Lyda Penopoulos, die Erbin, eine der Zentralfiguren der westlichen Wirtschaftspolitik mit der zweitgrößten Privatflotte aller Meere, erlag unmerklich, aber unaufhaltsam dem Sog der Sowjetunion. Lobow, das mußten auch die Experten des CIA zugeben, machte seine Sache vorzüglich. Nur wußte man nicht, ob alles nur ein hundsgemeines Spiel oder echte Liebe war. Dumonts Berichte ließen die Vermutung zu, daß Lobow tatsächlich eine echte Zuneigung zu Lyda gefaßt hatte und selbst in einen schweren Konflikt zu geraten schien.

In Washington schwankte man. Es wäre einfach gewesen, das heimliche Liebesnest der Lyda Penopoulos mit Hilfe einer groß aufgemachten Zeitungsmeldung auffliegen zu lassen. Fotos, aus dem Hinterhalt geschossen, Tonbänder, von Gerald aufgenommen, konnten den Skandal illustrieren. Überhaupt die Tonbänder! Gerald hatte das Tonbandgerät in seine Baßgeige eingebaut; am Hals war ein Kontakt, der den Apparat in Gang setzte und stoppte, im oberen Wirbel steckte knopfgroß das Mikrofon, und wenn Dumont den Dämpfer auf den Steg steckte, verstärkte er damit die Aufnahmeleistung derart, daß er auch das ferne Liebesgeflüster der beiden aufs Band bekam. Vor allem, wenn Lobow Küchendienst hatte und Lyda dabei half, glaubten sie sich ungestört, kicherten und küßten sich in der kleinen Küche und sagten sich die gewagtesten Zärtlichkeiten. Aber die Spezial-Baßgeige des CIA nahm alles auf.

In Washington entschloß man sich angesichts der offenbar echten Liebe, mit dem großen Enthüllungsknall zu warten, bis die Zeit reif war. Jetzt eine internationale Gesellschaftssensation loszulassen hätte wenig Wirkung gezeigt. Eine Liebschaft der Erbin – na, wenn schon! Das ging nur ihren Ehemann, Herrn Kampanos, etwas an, und von dem wußte man, daß er lieber, von Mannequins umgeben, in Monte Carlo am Spieltisch saß, sich teuerste Seidenanzüge anfertigen ließ und sogar schon einen Versuch mit einem jungen Freund gewagt hatte. Die Ehe mit Alexander Kampanos war ein Witz. Man würde es also Lyda nicht übelnehmen, wenn sie sich vergnügte, noch dazu in Paris. Die große Bombe würde verzischen und keine Wirkung zeigen. Außerdem wußte man über Lobow noch sehr wenig; er war erst ins Blickfeld des CIA geraten, als er mit Lyda in Rio seinen Urlaub verlebte.

Ein Russe als neuer Geliebter der Erbin? Ausgerechnet ein Russe?!

Beim CIA gab es Alarm. Eine ›Akte Lobow‹ wurde angelegt; sein Leben wurde sorgfältig rekonstruiert.

Wer war Lobow?

Ein hoher sowjetischer Funktionär. Leiter der Sowjet-Export- und Handelsmission. Warum war er bisher nie beachtet worden?

»Er ist ein netter, freundlicher, sehr musischer Mann«, schrieb Gerald Dumont in einem seiner Berichte. »Er spricht stets mit einer fast zärtlich anmutenden Stimme, ist sehr gebildet, beherrscht, neben Russisch und Englisch, Französisch und Spanisch, liebt Wein, Kognak und gutes Essen und schätzt eine gewisse Bequemlichkeit. Das heißt, er ist nicht einer jener fanatischen Arbeiter sowjetischer Prägung, die überall ein dreifaches Soll erfüllen wollen.«

»Vielleicht geht alles schnell vorbei«, sagte der Sektionschef im CIA zuversichtlich. »Eine von Lydas Launen! Verbotene Liebe unterm Dachfensterchen, das fehlte noch in ihrer Sammlung. Wenn sich das abkühlt und sie sieht wieder den

Unterschied zwischen Lobows Bude und der Suite im Hotel de Paris von Monte Carlo, können wir die Akte Lobow versiegeln.«

Es schien so, als habe der CIA recht behalten. Gerald Dumont meldete nach einigen Monaten, daß Lyda nur noch selten bei Lobow erscheine. Die Freundschaft zwischen Gerald und Lobow hielt an, man kochte und musizierte miteinander, aber wenn Gerald das Gespräch auf ›Françoise Lebrun‹ brachte, wurde Boris Jegorowitsch einsilbig und bekam traurige Augen wie ein bestrafter Dackel. Was Lyda machte, las man allenthalben in der Weltpresse: Sie tanzte in New York, lebte auf Sapharin, besuchte Gala-Veranstaltungen in Monaco und lief Ski in den Schweizer Bergen. Ohne Männer, ohne Lobow, ohne Skandale. Brav und sittsam wurde sie von Freundinnen begleitet, die mehr für Wirbel sorgten als sie. In Washington war man zufrieden. Die Episode schien zu Ende. Ein Russe! Wie hatte man auch annehmen können, daß diese Affäre länger dauern würde, als erforderlich war, um eine kleine lüsterne Neugier zu befriedigen!

Lobow und Lyda waren beruhigt. Ihre Tarnung, die Täuschung der Umwelt war gelungen. Sogar auf seinen Urlaub verzichtete Lobow, um keinerlei Gerede aufkommen zu lassen. Daß er in dieser Zeit gelegentlich für ein oder zwei Tage dienstlich verreiste, fiel nicht auf und machte auch Gerald Dumont nicht nachdenklich.

Dann traf sich Lobow heimlich mit Lyda an den abgelegensten Plätzen. Es war wie in einem billigen Kriminalstück der Stummfilmzeit: Getarnt mit Perücke und Bart, Brille und Schminke, die beide wirklich entstellten, wohnten sie dann eine Nacht, höchstens zwei Nächte, in unansehnlichen Hotels in Londoner Vororten oder in Städten, wo noch niemand Lyda Penopoulos gesehen hatte und wo sie auch keiner vermutete: in Den Haag, Brüssel, Genf, Toulouse, Köln, Düsseldorf und Kopenhagen. Sie reisten getrennt, und da sie wie Kleinbürger auftraten, kümmerte sich niemand um sie. Sie fielen nie auf und lebten glücklich unter dem Mantel des Alltäglichen.

Bei einem dieser Treffen – es war in Toulouse, sie wohnten in einem kleinen Hotel mit Blick auf den berühmten Kriegshafen – sagte Lyda: »Jetzt ist es drei Jahre her . . .«

»Was?« fragte Lobow. Er lag im Bett, trank einen Kognak und sah Lyda zu, wie sie in unbefangener Nacktheit durch das Zimmer ging und dem Kühlschrank eine Flasche Fruchtsaft entnahm.

»Die Sache mit Mutter. Sie ist noch immer nicht geklärt.«

»Ich kann mich nur schwach daran erinnern.« Lobow blickte in sein Glas. Er wußte, wovon sie sprach. Es ging um den geheimnisvollen Tod von Genia Heraklion, geschiedene Penopoulos.

Damals waren sie beide unterwegs gewesen. Masajew und Okoschkin. Was mit dem ›Unglück‹ des Perikles begonnen hatte und den alten Stavros fast um den Verstand gebracht hatte, setzte Pujatkin mit einer Aktion fort, die er »der griechischen Tragödie nächsten Akt« nannte. Es war ein Unternehmen gewesen, an das sich Lobow nur mit Widerwillen erinnerte und das ihm bewies, daß er noch nicht die Nervenstärke besaß, die man in Moskau von ihm erwartete.

»Ich weiß«, sagte Lobow in sein Kognakglas hinein. »Damals waren die Zeitungen voll davon. Die wunderschöne Genia begeht Selbstmord! – War es so?«

»Ja.« Lyda kam zurück, setzte sich auf die Bettkante und trank ihr Glas Fruchtsaft. Lobow streichelte ihren Rücken. Sie ist schön, dachte er. Wer das bestreitet, hat sie eben nur in ihren oft unmöglichen Kleidern gesehen. Aber wer sie so sieht wie ich, wer ihren nackten Körper abgetastet hat, der weiß, wie schön sie ist.

»Heute vor drei Jahren fand man Mama ... Ich habe nie darüber reden können. Jetzt, bei dir, kann ich es. Du bist mein Leben, Boris, moy druk ...«

Pavlos Heraklion war das Gegenteil von Stavros Penopoulos. Zwar waren beide einst Fischerjungen aus der Gegend von Gythion am Lakonischen Golf des Peloponnes gewesen – aber dann verlief ihre Entwicklung völlig konträr. Stavros wanderte mit den Eltern nach Amerika aus, Pavlos blieb in Griechenland. Der eine putzte Schuhe in den Slums, trug Zeitungen aus und charterte sein erstes Schiff mit geliehenem Geld. Der andere absolvierte eine Schiffereilehre, schwängerte die Tochter seines Chefs, durfte sie heiraten und kassierte mit dem Jawort vier alte, aber brauchbare Frachter. Nach vielen Jahren trafen sie sich in Athen als Konkurrenten: Penopoulos mit seinen Ölschiffen, Heraklion mit einer Flotte Frachtdampfer und einem Urlaubsliner für Mittelmeertouristen. Außerdem gehörten ihm vierzehn Fähren zu griechischen Inseln. Damals kaufte Penopoulos gerade sein erstes Riesenschiff für den Südamerikahandel und geriet dadurch zwangsläufig in die Schußlinie von Pavlos.

Sie begrüßten einander wie Freunde: der kleine, stämmige, etwas ordinär gebliebene Penopoulos und der große, schlanke, superelegante Heraklion.

»Ich hätte dir damals am Strand den Schädel einschlagen sollen!« sagte Stavros freundlich. »Ich war immer der Stärkere, auch als ich zehn war.«

Und Heraklion antwortete mit breitem Grinsen: »Weißt du noch, wie du beim Tintenfischfangen über die Bordwand des Kahns gefallen bist? Damals konntest du genausowenig wie heute schwimmen! Und ich habe dich aus dem Wasser geholt, ich Rindvieh!«

Ihr Haß aufeinander wurde im Laufe der Jahre, in denen beider Imperium wuchs und wuchs, immer schlimmer und schicksalhafter. Am Ende wußte man nicht mehr, wer denn nun eigentlich der größte und reichste Reeder sei, und als die beiden dann noch zu Wettbewerbern um die Gunst der berühmtesten und attraktivsten Frauen wurden, wuchs sich der Zweikampf zur griechischen Tragödie aus.

Den letzten Sieg trug Pavlos Heraklion davon. Nachdem Stavros die mondäne, weltbekannte Witwe Nany Johnes geheiratet hatte – eine Weltsensation! –, schlug Pavlos zu: Er heiratete Stavros' erste Frau, die Mutter von Perikles und Lyda, die schöne, zarte, an Duldungen gewöhnte Genia. Die Elfe. Ein ätherisches Geschöpf mit einem leisen, wehmütigen Lächeln. Eine Frau, um die man einen Schutzwall bauen mußte.

Stavros Penopoulos gab dazu keine Kommentare, aber jedem war klar, daß es gefährlich werden mußte, wenn sich die beiden irgendwo noch einmal treffen würden.

Die Mutter seiner Kinder in den Armen von Pavlos Heraklion ... Auch wenn Stavros sie verlassen hatte – das war eine Blutrache wert!

»Eine gute Situation!« erklärte in Moskau Oberst Pujatkin seinem engeren Stab, als bekannt wurde, wie der alte Stavros auf die Heirat reagiert hatte. Warum sie gut war, war niemandem klar, aber die Gedankengänge Pujatkins waren fast immer rätselhaft, bis es ihm gefiel, sie zu erläutern. Dann wußte man, daß der Genosse Tichon Pawlowitsch wieder einmal etwas ausgebrütet hatte, woran andere nie gedacht hatten.

Die Ehe zwischen Genia und Pavlos war nur in den ersten Monaten glücklich. Dann nahm Pavlos Heraklion sein altes Leben wieder auf, trieb sich auf seiner Jacht im Mittelmeer herum, lud in St. Tropez oder Marbella blutjunge Mädchen zu Kreuzfahrten ein und warf sie wieder an Land wie abgenützte Taurollen. Er tanzte auf Gala-Empfängen, lief Ski in Gstaad und St. Moritz, veranstaltete rauschende Feste in seiner riesigen Villa auf Barbados und bekräftigte seinen legendären Ruf, einer der größten Frauenkenner zu sein.

Der alte Stavros verfolgte das mit Mißfallen. Was er selbst vor Jahren seiner Frau Genia angetan hatte, betrachtete er jetzt, als Pavlos sich nicht anders verhielt, als eine blutrünstige Beleidigung. Über Perikles und später Lyda erfuhr er, wie sehr Genia litt, wie grob, ja geradezu infernalisch gemein Pavlos mit ihr umsprang, wie oft es zu Streitigkeiten kam und sogar, daß Pavlos sie in heller Wut einmal geschlagen hatte. Das Personal hatte gesehen, wie Genia flüchtete und Pavlos mit erhobenen Fäusten hinter ihr herlief.

»Man müßte ihn einsperren!« sagte Stavros empört. »Sehen wir einmal davon ab, daß Genia es nicht anders gewollt, daß sie diesen Pavlos aus freien Stücken geheiratet hat, was schon eine große Geschmacklosigkeit war – dann muß man ihr zugestehen: Verdient hat sie ein solches Schicksal nicht. Immerhin ist sie eure Mutter! Sie sollte sich wieder scheiden lassen.«

Ob Genia die gleichen Gedanken hegte – man weiß es nicht. Ob sie mit Pavlos über eine Trennung sprach – niemand war dabei. Sicher war nur, daß Pavlos Heraklion einer Scheidung nie zugestimmt hätte. Denn Genia zu verlieren, auf diese Art, das hätte eine Niederlage gegenüber Stavros Penopoulos bedeutet. Es war klar, daß Genia in Interviews auspacken würde, rücksichtslos: ›Die Befreiung einer geschlagenen Frau ...‹ Das war etwas, das Heraklions männlichen Glanz sehr trüben konnte.

Es war an einem frühen Morgen, vom Meer zogen die ersten Dunstschwaden zur Küste, zarte, weißliche Nebel, von der wasserziehenden, schon am Morgen sehr warmen Sonne gebildet, als der Gärtner der Heraklion-Villa, der auch die

Fischreusen am Ufer der Privatinsel Lenosos kontrollierte, am Fuße der etwa dreißig Meter hohen Steilküste einen Körper entdeckte.

Er lag im körnigen Ufersand, mit dem Gesicht nach unten, Arme und Beine ausgebreitet, als habe er weit gespreizt durch die Luft gleiten wollen. Es war eine Frau, der Gärtner sah es an den Haaren und an dem langen Hemd, das naß, vom Morgentau durchtränkt, an dem schmalen, zerbrechlichen Körper klebte.

Mit entsetzlichem Herzklopfen rannte der Gärtner den Fußweg hinunter und drehte die Frau vorsichtig auf den Rücken. Sie sah fürchterlich aus. Der Gärtner würgte, wandte sich ab und brauchte ein paar Minuten, um seine Übelkeit zu bekämpfen. Dann zog er seine Jacke aus und warf sie über die blutige Masse, die einmal ein Gesicht gewesen war.

Zehn Minuten später glich die Insel Lenosos einem Tollhaus. Die weiblichen Angestellten kreischten und weinten, die Sekretäre telefonierten mit Ärzten und Polizei, zwei Hubschrauber stiegen auf, um die alarmierten Herren abzuholen und zur Insel zu fliegen, das männliche Personal sperrte den Uferstreifen ab und fuhr mit drei Booten vor der Küste Patrouille, ein Priester, der gerade bei Pavlos zu Gast war und für ein Kloster sammelte, ließ über der Hauskapelle die Glocken läuten und sprach die ersten Gebete.

Pavlos Heraklion, elegant wie immer, aber etwas bleich und sichtlich unausgeschlafen, stand am Strand neben der mit dem Gärtnerrock zugedeckten Leiche und starrte sie wortlos an. Zu erklären gab es nichts. Er kannte das Hemd, er kannte den Körper, er kannte die Haare, die unter dem Rock hervorquollen, ein helles Blond mit eingefärbten Silbersträhnen. Da viele Augen ihn beobachteten, kniete er neben der Toten nieder, bekreuzigte sich, betete stumm und streichelte zaghaft über den verdeckten Kopf.

»Es ist furchtbar«, sagte Pavlos zu dem Hausverwalter, der mit geröteten Augen respektvoll abseits stand. »Aber wir dürfen Madame nicht anrühren. Sie muß so liegen bleiben, bis der Arzt und die Polizei kommen. Nichts darf verändert werden. Und nichts darf in die Öffentlichkeit! Wer hätte aber auch gedacht, daß ihre Depressionen sc verhängnisvolle Folgen haben könnten? Sie wissen doch, daß Madame Depressionen hatte?«

Der Verwalter der Insel Lenosos nickte. Seine Kehle war zugeschnürt. Wie sie dalag, in ihrem nassen Hemd, das ihren schönen Körper kaum verbarg ... Wie oft hatte er sie gesehen, wenn sie in der Bucht badete, im Bikini, oft auch ohne alles. Eine Aphrodite, trotz ihrer vierundvierzig Jahre. Stürzt sich vom Felsen hinunter! Eine der reichsten Frauen der Welt wirft ihr Leben weg. Wer kann das begreifen?

Pavlos Heraklion erwartete den Arzt und die Beamten der Staatsanwaltschaft und Polizei in seinem großen Büro. Die Türen zum Park waren geöffnet, der Tag war heiß, das Meer dampfte. In der Privatkapelle stellte man den eingeflogenen Sarg auf. Der Priester saß neben der Toten, die noch auf einer Trage lag, und bat Gott um Nachsicht für diese arme Seele.

Ruhig, den Kopf gesenkt, die Hände im Schoß gefaltet, hörte Heraklion den Bericht des Arztes an. Nach der ersten Untersuchung gab es keinen Zweifel, daß Genia Heraklion sich in einem Anfall von Depression von den Klippen gestürzt hatte. Der Hergang war leicht zu rekonstruieren: das zerwühlte Bett, die offene Tür zur Terrasse, der Weg zu den Felsen – es war eine gerade Linie. Als sich Genia von den Klippen gestürzt hatte, konnte sie kaum mehr gewußt haben, was sie tat.

Der Staatsanwalt, ein junger Beamter namens Dranophenes, blätterte nervös in seinen Aufzeichnungen. Dann sah er Pavlos Heraklion nachdenklich an.

»Medizinisch ist alles klar«, sagte er.

»Gott sei Dank!« seufzte Heraklion.

»Polizeilich nicht.«

»Wieso?« Heraklion blickte erstaunt auf. Diese jungen Beamten! Aus lauter Ehrgeiz vernebeln sie, was sonnenklar ist. »Wo gibt es hier noch Fragen?«

»Keine Fragen, aber einige logische Überlegungen.« Dranophenes lehnte sich zurück. »Ihre Frau stürzt sich von den Felsen. Ein grausamer und ungewöhnlicher Tod, wenn man bedenkt, daß sie sechzig Schlaftabletten bereitliegen hatte ...«

»Davon weiß ich nichts.«

»Wir haben sie auf ihrem Nachttisch gefunden. Sie brauchte nur zur Seite zu greifen und hätte einen schönen, sauberen Tod gehabt, keinen so schmerzhaften wie ein Klippensturz! Versetzen wir uns einmal in die Seele einer Frau. Sie *will* sterben – und sie hat die Wahl zwischen Tabletten oder dem Sturz vom Felsen. Was wählt eine Frau? Den schrecklichen Tod, dem sie in überwachem Bewußtsein entgegenstürzt?«

»Wie kann man Logik erwarten von einer Frau mit diesen Depressionen?« sagte Heraklion abweisend. »Jeder Psychiater wird bestätigen, daß solche Menschen anders reagieren als normale! Aus plötzlichen Impulsen heraus ... Vielleicht ging sie auch nur zum Meer spazieren und faßte ganz unvermittelt den Entschluß: Jetzt springe ich! Und sie hat es getan ... Wer weiß, was in ihr vorgegangen ist!«

»Wir haben den Körper beschlagnahmt«, sagte Dranophenes schlicht.

Pavlos fuhr hoch.

»Das ist unerhört! Es liegt ein ärztliches Zeugnis vor ...«

»Ich benötige ein amtsärztliches Gutachten. Ich habe mir die Tote genau angesehen. Ihr Körper zeigt Spuren von Gewaltanwendung, die nicht von einem Sturz herrühren können. Blutergüsse wie von Schlägen mit einem stumpfen Ge-

genstand. Außerdem müssen wir den Mageninhalt untersuchen lassen. Und noch vieles mehr.« Der junge Staatsanwalt knüllte seine Notizen zusammen und steckte sie in die Rocktasche. »Aber das kennen Sie ja, Herr Heraklion. Sie waren schon einmal Witwer. Ihre erste Frau nahm sich doch auch das Leben . . .«

»Ihr Zartgefühl ist phänomenal!« sagte Heraklion steif und erhob sich. »Sie können mich jederzeit erreichen. Ich bleibe auf der Insel.« Er grüßte nicht, verließ den Raum und ließ einen konsternierten Arzt zurück.

»Aber es war doch einwandfrei Selbstmord . . .«, sagte der Doktor leise.

Dranophenes hob die Schultern. »Hier gefällt mir vieles nicht. Aber das werden die Ermittlungen ergeben. Sie kennen die Familie Heraklion?«

»Seit neunzehn Jahren«, erwiderte der Arzt.

»Wie war die Ehe?«

»Normal. Wenn man die Lebensmoral von Pavlos Heraklion berücksichtigt.«

»Das heißt also: schlecht. Hat Genia Heraklion schon einmal Selbstmordabsichten geäußert?«

»Öfter! ›Ich halte es nicht mehr aus‹ – das hat sie wiederholt gesagt.«

Die Leiche wurde nicht nach Athen ins Gerichtsmedizinische Institut überführt. In aller Stille wurde sie beigesetzt. Heraklion hatte noch am selben Tag ein Telefongespräch mit einem Freund im Justizministerium geführt.

»Wer ist dieser Dranophenes?« fragte er. »Ein forscher Staatsanwalt, nicht wahr? Große Karriere vor sich? Man merkt's! Ich erzähle dir mal, wie er sich bei mir benommen hat. Ich glaube nicht, daß ein solcher Beamter mich dazu ermuntern kann, ein Erholungsheim für griechische Polizeibeamte zu stiften.«

Zwei Tage später wurde Staatsanwalt Dranophenes abgelöst und bekam einen kleinen Raubüberfall in Piräus zur Bearbeitung zugewiesen. Den Todesfall Genia Heraklion übernahm der Generalstaatsanwalt selbst. Er gab die Leiche zur Bestattung frei. Pavlos Heraklion baute ihr ein Mausoleum wie einer Königin. Aber vom Tage der Beisetzung an betrat er die Gruft nicht mehr.

Es ließ sich nicht vermeiden, daß von der Insel Lenosos doch einige Indiskretionen an findige Reporter gelangten und von dort in die Weltpresse. Etliche tausend Drachmen sind für ein Dienstmädchen ein Vermögen. Plötzlich stand in den Zeitungen, was Heraklion unter allen Umständen hatte vermeiden wollen: ›Wie starb Genia? Das Geheimnis ihres Todes. Die Leiche wies Schlagverletzungen auf. Was geschah an diesem frühen Morgen auf der Insel Lenosos? Sprang Genia freiwillig in die Tiefe?‹

Pavlos Heraklion schwieg, was gar nicht seiner Art entsprach. Er hatte zuerst jede dieser Zeitungen verklagen wollen, aber seine Anwälte rieten ab. Nichts tun. Sich vornehm zurückhalten. Die Welt vergißt schnell. In einem Monat werden die meisten fragen: Wer war denn Genia Heraklion? – Schweigsamkeit ist eine Mauer, die von Tag zu Tag dicker wird und schließlich undurchdringbar.

Für Stavros Penopoulos war es dagegen sicher, daß Heraklion seine Frau umgebracht hatte – wie, davon war er überzeugt, auch seine erste Frau. »Was ihm im Weg steht, killt er!« schrie er, als die Meldungen und Mutmaßungen sich überschlugen. »Eines Tages werde ich das beweisen können! Und ich behaupte: Genia ist von dem gleichen Mörder umgebracht worden wie Perikles! *Mich* will man treffen! *Mich* will man vernichten! Und ich werde es noch eines Tages beweisen!«

Stavros' Theorie war glaubhaft, aber nicht beweisbar. Nach

langer Zeit rief er Heraklion an und sagte, als dieser sich erstaunt meldete, nur ein Wort: »Mörder!«

»Ein Irrer«, sagte Pavlos kühl und legte auf.

Für Lyda war der Tod der Mutter wie ein Weltuntergang. Erst war ihre große Liebe, Jérome Marcel, in seinem Rennwagen verbrannt, dann war Perikles abgestürzt – und jetzt lag ihre Mutter zerschmettert am Meer. Stavros, der sie trösten wollte, traf auf eine Tochter, die nicht mehr ansprechbar war.

»Jetzt habe ich nichts mehr auf der Welt!« schrie sie und riß mit beiden Händen an ihren Haaren. »Mama, Mama, nimm mich mit! Was soll ich jetzt noch allein?! Mama, ich will bei dir sein ...«

»Ich bin doch da!« sagte der alte Stavros ungelenk. »Lyda, mein Engelchen, du hast doch noch einen Vater ...«

»Du?« Sie fuhr herum und starrte ihn aus wilden Augen an. »Du? Ein Vater?! Du gehörst unter den Rock von Nany! Du bist ihr Tanzbär! Vater! Wenn mich jemand nach meinem Vater fragen sollte, dann werde ich antworten: Was ist das – Vater?!« Sie ballte die Fäuste und hielt sie dem entgeisterten Stavros unter die Augen. »Und wer ist schuld an allem? Wer hat sie aus dem Haus getrieben und uns unsere Mutter weggenommen? Du und diese Palvietti! Du und diese Nany Johnes! Du! Du! Du! Du bist schuld an ihrem Tod! Geh aus meinem Zimmer! Du hast alle unglücklich gemacht! Ich will jetzt allein sein! Ich kann dich nicht mehr hören! – O Mama, warte auf mich! Ich komme zu dir ...«

Schwankend, bleich verließ Stavros Penopoulos das Zimmer seiner Tochter. Er verkroch sich in seine Bibliothek, setzte sich dort in eine dunkle Ecke und weinte. Dann war er wieder der alte Stavros, knallte die geballte Faust gegen die getäfelte Wand und brüllte nach einem Arzt, einer Krankenschwester und einem Krankenwagen.

Sein Instinkt behielt recht. Als man Lydas Tür eintrat, lag

sie auf dem Bett und atmete röchelnd. Das Wasserglas mit einem milchigen Rest darin verriet alles. Es lag neben dem Bett.

Lyda hatte die Hände gegen die Brust gepreßt, in ihren Fingern hielt sie das zerknüllte Bild ihrer Mutter Genia. Das Hochzeitsbild. Ein junger, lächelnder Stavros Penopoulos und ein scheu lächelndes Mädchen von elfenbeinartiger Zartheit. –

Zum Jahrestag der Oktober-Revolution erhielten in diesem Jahr Nikita Alexejewitsch Masajew und Pal Diogenowitsch Okoschkin die Verdienstmedaille der Sowjetunion in Gold. Boris Jegorowitsch Lobow erhielt den Verdienstorden 2. Klasse der Sowjetunion, wurde zum Hauptmann befördert und empfing einen handgeschriebenen Brief von Admiral Gorschkow, den er sich einrahmen ließ.

Es war schon ziemlich dunkel, eine warme Nacht kündete sich für Moskau an, als Lobow das Zentralgebäude des KGB wieder verließ. Auf der Straße blieb er stehen und blickte zurück auf die neoklassizistische Fassade. Nur noch wenige Lichter brannten, darunter das sechste Fenster von rechts auf der vierten Etage: Pujatkins Reich.

Er saß noch immer hinter dem Schreibtisch, rauchte eine Papyrossa und hatte wenig Lust, nach Hause zu fahren und sich die Alltagssorgen seiner Frau anzuhören. Die Pujatkina war ein forsches Weibchen, zugegeben, sie war einmal sehr hübsch gewesen und so temperamentvoll in den Kissen, daß Tichon Pawlowitsch in den ersten Tagen seiner Ehe oft mit verquollenen Augen zum Dienst kam. Aber im Laufe der Jahre schleift sich das ab, und was bleibt, ist das Nörgeln einer Frau, die den ganzen Tag über allein in ihrer Wohnung ist, Nachbarinnen zum Tee einlädt oder gelangweilt Journale durchblättert. Wenn Pujatkin dann endlich erschien und sich zum Essen an den Tisch setzte, wollte sie wissen, was alles geschehen war. Seit dreiundzwanzig Jahren fragte sie das, obwohl sie wußte, daß er nichts aus dem Amt erzählen durfte. Pujatkin flüchtete sich dann zum Schachspiel, vergrub sich hinter seinen Figuren und durfte weiter schweigen. Wenn er innerlich gut gelaunt war, ließ Pujatkin seine Frau sogar gewinnen. Sie merkte das natürlich, küßte ihn in den Nacken und sagte: »Du bist heute so lieb ...«

Lobow setzte sich in seinen abseits geparkten Wolga-Wagen, schloß die Tür und lehnte sich in die harten Polster zurück. Er fuhr nicht los, er blickte vor sich hin und preßte die Hände um die Holme des Lenkrades. Was wird aus Lyda? dachte er. Wie wird sie den einsamen Kampf in Athen durchstehen? Eine Frau allein gegen die Verwandtschaft, die sie entmündigen lassen will. Allein gegen die harten Burschen des CIA, die sie mit wahren, aber noch mehr unwahren Tatsachen über den KGB-Agenten Lobow zudecken werden. Allein gegen die Welt, die aufgeschreckt worden war und jetzt gnadenlos auf sie einhieb: Wie kann eine Lyda Penopoulos einen Russen heiraten?! Allein gelassen mit ihrer Liebe ... der einzigen Waffe gegen diese Sturmflut von Anfeindungen und Vernichtungswillen.

Die Aussprache mit Oberst Pujatkin hatte nur eines klargestellt: Lobow liebte Lyda wirklich. Aus einem Auftrag war Schicksal geworden.

Pujatkin hatte Mühe, das voll zu begreifen. Aber als er es, bitter wie Galle, geschluckt hatte, fragte er: »Wie soll das weitergehen, Boris Jegorowitsch? Was sind Sie bloß für ein Mann?! Sie haben mit Glanz und Gloria Ihr großes Ziel erreicht – und jetzt fallen Sie um wie ein hohler Baum! Eins wissen Sie doch ganz genau: Sie werden nie mehr eine Ausreiseerlaubnis in den Westen bekommen!«

»Das könnte sich als großer taktischer Fehler herausstellen, Genosse Oberst. Ich spreche jetzt gegen mein Gefühl – aber wenn Rußland die Kontrolle über die Penopoulos-Linie erreichen will, geht das nur von der Zentrale in Monte Carlo aus. Monte Carlo liegt aber nun einmal nicht am Schwarzen Meer ...«

»Ich war in Geographie der Beste«, knurrte Pujatkin. »Natürlich ist das logisch. Aber unter den jetzigen Umständen ...«

»Vielleicht bleibt Lyda auch in Moskau.«

»Das wäre geradezu märchenhaft.«

»Aber nur unter gewissen Bedingungen ...«

»Nichts da!« Pujatkin wedelte mit seinen Händen. »Die Lobowa ist eine sowjetische Bürgerin wie jede andere. Keine Ausnahmen! Mit welcher Berechtigung? Was verlangen Sie eigentlich, Boris Jegorowitsch?«

»Lyda sucht eine Wohnung.«

»Aha.«

»Mindestens acht Zimmer.«

»Acht Zimmer? Mir platzt die Hose vor Lachen!«

»Ich nehme an, daß sie die Wohnungseinrichtung aus Paris oder London einfliegen lassen will.«

»Kann ich mir vorstellen! Ein Lokus aus Gold!« Pujatkins Kopf schnellte vor. »Noch etwas, Boris Jegorowitsch? Keine weiteren Wünsche? Vielleicht noch eine Kammerzofe für Ihre Lyda?«

Lobow war stolz aufgestanden und hatte geantwortet: »Kann ich gehen, Genosse Oberst?«

»Nein!« Pujatkin hieb mit der flachen Hand auf den Tisch. »Wir sollten uns überlegen, wie wir reagieren, wenn Lyda von ihrer Verwandtschaft und dem CIA doch überzeugt werden sollte und *nicht* nach Moskau zurückkehrt.«

»Ich lasse mich nicht scheiden.«

»Darum kümmert sich im Westen keiner. Man wird die Ehe

annullieren. Basta! Griechenland erkennt sie sowieso nicht an, weil sie nicht in einer orthodoxen Kirche vollzogen wurde, sondern im Moskauer Heiratspalast. Boris, Boris, wo ist da das Loch, durch das wir gefallen sind? Wie konnte der CIA von Ihrer Tätigkeit wissen? Wo haben Sie in Paris Fehler gemacht? Überlegen Sie! Erinnern Sie sich an jede unwichtige Kleinigkeit. Wem haben Sie in Paris vertraut?«

In diesem Augenblick dachte Lobow an seinen Freund, den Musiker mit der Baßgeige. Er schüttelte den Kopf und sagte leise: »Dumont? Das ist unmöglich ...«

»Nichts ist unmöglich!« rief Pujatkin. »Dumont? Wer ist das?«

»Ein Musikstudent. Unter mir in der Wohnung. Ein netter Bursche. Wir musizierten zusammen, er Baß, ich Balalaika ...«

»Sie Rindvieh! Boris Jegorowitsch, Sie sind ein durchlöcherter Topf!« Pujatkin sank erschüttert zurück. »Der war's!«

»Gerald – vom CIA? Ausgeschlossen!a

»Warum?«

»Er war ein lieber, unpolitischer Junge ...«

»Und strich so gut den Baß! Lobow, wenn Sie schwul wären, hätte Ihnen der CIA den schönsten Strichjungen untergejubelt! Würde ich es anders machen?« Pujatkin winkte ab. »Erledigt. Die Panne hätten wir also. Sie bleibt unter uns, Boris Jegorowitsch.«

»Ich danke Ihnen, Genosse Oberst«, sagte Lobow leise.

»Wenn ich nicht Ihr Ersatzvater wäre, Boris! Aber ich fühle mich so. Darum liegt es mir auch auf der Seele: Was unternehmen wir jetzt?«

»Lassen Sie mich ausreisen!«

»Den Antrag kriege ich nie durch.«

»Wenn wir auf Sapharin heiraten würden, nach griechischem Ritus, wäre eine große Gefahr schon ausgeschaltet.«

»Das wird man nicht zulassen. Eher erwürgt Sie die Familie.«

»Dann weisen Sie mich aus der Sowjetunion aus! Bürgern Sie mich aus wie Solschenizyn oder Amalrik ...«

»Erstens sind Sie kein Schriftsteller, und zweitens sind Sie kein Dissident.«

»Das kann ich aber noch werden! Nieder mit der Knechtschaft des angeblichen Sozialismus! Im klassenlosen Rußland gibt es heute die meisten Klassenunterschiede! Wohnen die Herren des Kreml etwa in einer Zweizimmerwohnung? Nein, sie haben alle ihre prachtvollen Datschas in den Wäldern und am Meer! – Genügt das?«

»Nein!« Pujatkin lächelte schwach. »Das wissen wir doch alle! Lobow, seien Sie kein Kindskopf! Wir müssen uns auf unsere alte, bewährte Verhaltensweise besinnen: Warten! – Abwarten, was Lyda in Athen erreicht. Abwarten, wie der Konzern reagiert. Beobachten, ob und wie sich Lyda gegenüber ihren Direktoren durchsetzt. Wenn sie nach Moskau zurückkommen sollte, wäre natürlich vieles anders. Dann ist ihre Liebe stärker als ihr Geld. Und das ist ein Fundament, auf dem wir bauen können!«

»Und wenn ich mich weigere, weiter mitzuspielen?«

»Das haben Sie ja schon angedeutet, Lobow. Aber das glaube ich Ihnen nicht. Wir sollten etwas klarstellen: Bleibt Lyda in Athen, haben Sie verloren. Das muß man hinnehmen. Kommt Lyda zurück nach Moskau und *Sie* machen Schwierigkeiten, so ist die Endsituation die gleiche, nur wir haben den Schuldigen ...«

»Das ist eine Drohung, Genosse Oberst!«

»Das ist die Konsequenz. Sie werden nie den Status eines Solschenizyn bekommen. Sie bleiben Lobow! Der Wegfall beschriebener Seiten ist kein Verlust für unser Vaterland, wohl aber der Verzicht auf die Penopoulos-Flotte. Ein Dichter mehr oder weniger ... was soll's! Aber die zweitgrößte Tankerflotte der Welt außer Reichweite, das schmerzt! Boris

Jegorowitsch, Sie haben es richtig erkannt: Lyda Penopoulos ist Ihr Schicksal!«

Lobow saß lange in seinem Wagen, zusammengesunken hinter dem Lenkrad, und starrte vor sich hin. Pujatkins Worte klangen in ihm nach wie ein vielfaches Echo. Ein Echo, das Angst erzeugte ...

Man muß etwas tun, dachte Lobow. *Ich* muß etwas tun! Ich muß ein Zeichen setzen! Ich muß mich bekennen zu meiner Liebe, zu einer reinen Liebe, die nichts mit politischem Kalkül zu tun hat. Ich muß etwas Ungeheures tun, um zu beweisen, daß ich den Menschen Lyda liebe und nicht die Erbin! Wie aber kann ich in Moskau etwas Ungeheures tun?

Er fuhr an, fuhr langsam durch die abendlichen Straßen Moskaus nach Hause und fand seine Mutter Maja Gawrilowna in großer Aufregung vor.

»Lyduschka hat angerufen!« rief sie erregt. »Schon zum drittenmal! Aus Athen. Wo bleibst du bloß, Borja?«

»Was hast du gesagt?« schrie er und stürzte zum Telefon. »War sie traurig? Hat sie geweint? Wie klang ihre Stimme?«

»Wie immer. Ganz ruhig, mein Söhnchen. Ich küsse dich, Mütterchen, hat sie zum Abschied gesagt. Gib auch Boris einen Kuß. Es wird alles gut.«

»Es wird alles gut?« stammelte er. »Das hat sie wirklich gesagt?«

»Wörtlich, Borja!« Maja Gawrilowna wischte sich die Augenwinkel mit den Fingerspitzen, ganz vorsichtig, damit nichts verschmierte. Seit sie die Schwiegermutter von Lyda Penopoulos war, schminkte sie sich nach westlicher Art. »Ich glaube, sie kommt zurück.«

»Ich könnte beten vor Glück, Mamuschka! Oh, wie ich sie liebe.« Lobow setzte sich in den Sessel neben das Radio und starrte auf das Telefon. »Was mache ich, wenn sie nicht in Moskau bleiben will?«

»Dann zieh mit ihr dorthin, wo sie wohnen will.«

»Ich bekomme keine Ausreise, Mutter. Der einzige Weg, den sie mir offenhalten, ist der nach Osten. Nach Sibirien ...«

»Haben sie dir das gesagt?« fragte Maja Gawrilowna leise. Ihr Herz begann zu zucken. Ihr schöner Junge in einem sibirischen Lager ...

»Sie haben es angedeutet, Mamuschka.«

»Welch eine Welt!« Sie setzte sich neben Lobow auf die Sessellehne und schlang ihren Arm um seinen Nacken.

Jetzt ist er wieder der kleine Junge, dachte sie zärtlich. Jetzt braucht er seine Mutter. Borja, mein Söhnchen, lehn den Kopf an meine Brust, ich bin bei dir ...

Fünf Tage später landete Lyda Lobowna auf dem Flugplatz Scheremetjewo. Boris holte sie ab. Einen großen Blumenstrauß reckte er ihr entgegen, als sie ihm mit ausgebreiteten Armen entgegenlief.

Niemand beachtete sie. Kein Reporter war da, kein Fernsehen. Warum auch? Da kam eine Bürgerin aus Athen zurück, wie Millionen anderer Bürger auch aus aller Welt zurückkommen nach Moskau. Etwas Besonderes dabei, Genossen? Bei uns sind alle gleich.

»Ich liebe dich«, sagte Lyda, und ihre Augen glänzten.

»Ich bin so glücklich«, sagte Lobow. »Sag nichts! Erzähl mir nichts! Ich will nichts wissen! Ich will nur spüren, daß du wieder da bist. Für mich ist die Welt vollkommen!«

»Ich habe gesiegt!« sagte sie trotzdem. »Sie haben es eingesehen, daß ich endlich glücklich bin. Tante Andromeda, Onkel Lakadonis, Onkel Portales ... alle! Der Konzern wird jetzt von einem Direktionsgremium geleitet, dessen Vorsitz ich habe. Alle warten auf dich, Boris. Du wirst die Direktion der Charterabteilung übernehmen. Was sagst du nun?«

»Ich gratuliere der Siegerin!« Er führte sie zu seinem Wagen und warf, nachdem sie eingestiegen war, die schönen Blumen auf den Rücksitz.

»Das klingt nicht begeistert«, sagte Lyda.

»Ich bekomme keine Ausreise.«

»Ist das sicher?«

»Ganz sicher.«

»Und warum wollen sie dich hier festhalten?«

»Aus Dummheit. Eine Kraftprobe soll das sein! Die Sowjetunion läßt sich von einer westlichen Millionenerbin nicht zu Handlungen zwingen. Wenn ausgereist wird, bestimmen *sie* das, die Kremlbeamten.«

»Dann warten wir eben!« sagte Lyda trotzig. »Ich werde das schon von euch lernen: warten! Mich wird wohl keiner daran hindern?«

»Kaum ...« Lobow fuhr an. Im Rückspiegel sah er, daß ihnen ein schwarzer Moskwitsch-Wagen folgte. Die Kollegen vom KGB. Er lächelte trübe vor sich hin. »Können wir jetzt unsere Hochzeitsreise antreten, Lyda?«

»Nach Sibirien? An den Baikalsee? Muß das sein, Boris?«

»Nein. Ich habe einen anderen Gedanken. Wir fahren an das Schwarze Meer, an die grusinische Küste. In das Bad Kobuleti. Ich will dir das Land meines Vaters zeigen. Ein wunderschönes Land am Fuße des Kleinen Kaukasus. Ich habe vier Wochen Urlaub bekommen!«

»Und nach dem Urlaub, Boris?« fragte Lyda nachdenklich.

»Wer denkt daran?« Boris lachte etwas bemüht. »Solange Rußland besteht, haben seine Menschen immer ihren Glauben bewahrt, daß das Leben eines Tages leichter sein wird. Ein Rezept, über tausend Jahre vererbt. Warum sollen wir die Tradition durchbrechen? Glauben wir an morgen!«

Drei Wochen später jubelten alle Zeitungen in der westlichen Welt. Die ›Sauregurkenzeit‹ war vorbei. Man hatte wieder Stoff für ein halbes Jahr!

Drei Wochen später verließ Oberst Pujatkin seinen Schreibtisch und legte sich in einer Moskauer Klinik ins Bett. Kreislaufstörungen schlimmster Art.

Drei Wochen später beobachteten Beamte des KGB, daß Lobows Mutter Maja Gawrilowna eine Kirche besuchte und dort andächtig betete.

Drei Wochen später protestierte der sowjetische Botschafter in Athen bei der griechischen Regierung und wußte doch im voraus, daß es nur kalter Wind war. Seine Protestnote wurde angenommen, aber nur lau und ausweichend beantwortet.

Was war geschehen?

Nicht viel. Und doch nahm der halbe Erdball Anteil daran und freute sich.

Betroffen, ja niedergedrückt war allein der CIA. Ihm paßten die Ereignisse gar nicht in das Propagandabild, das man aufgebaut hatte. Major James Bulder drückte es bei Robert Hermans, dem Militärattaché der US-Botschaft in Athen, auf seine Art aus: »Da haben wir einen schönen Scheißhaufen hingesetzt und werden noch lange danach stinken! Bob, wirf mir einen Bourbon rüber! Diese Russen! Wie soll man mit denen klarkommen, wenn sie anders reagieren, als man's von ihnen erwartet?« Er nahm einen langen Schluck, streckte die Beine weit von sich und knöpfte sein Hemd auf. Der Herbst in Athen war berüchtigt für seine schwüle Hitze. »Der ganze Rummel mit der Erbin ... Alles umsonst! Verdammt, man kann eben keine Politik machen, wenn die Entscheidungen im Bett fallen! Dieser Lobow! Der Junge muß unheimliche Qualitäten besitzen!«

Und das war geschehen:

An einem frühen Morgen landete an der türkischen Küste bei Hopa ein Ruderboot mit zwei total erschöpften Menschen. Eine Frau und ein Mann. Sie kamen von Rußland, aus Kobuleti, und waren die ganze Nacht in einem weiten Bogen übers Meer gerudert, um die sowjetischen Wachboote zu umgehen. Nun trieben sie an Land, und als sie festen Boden unter den Füßen hatten und hörten, daß es türkischer Boden war, baten sie darum, sofort in die nächste größere Stadt, nach Trapezunt, gebracht zu werden.

Der Bürgermeister von Trapezunt ahnte Böses, als man ihn benachrichtigte. Bisher war die türkische Schwarzmeerküste politisch ruhig gewesen. Wenn jetzt von drüben etwas an Land schwamm, war die Ruhe vorbei. Aber eingedenk der Tatsache, daß die Türkei zum Westen und zur NATO gehörte und ›der östlichste Eckpfeiler der Verteidigung‹ war, ließ er die beiden Flüchtlinge mit dem griechischen Botschafter in Ankara telefonieren.

Und in diesem Augenblick hatte die Welt ihre Sensation: Boris Jegorowitsch Lobow flüchtet mit seiner Frau Lyda Penopoulos aus den Flitterwochen in die Freiheit. Mit einem einfachen Ruderboot! Über das Schwarze Meer!

Lobow bittet um politisches Asyl, zunächst in der Türkei. Später in Griechenland.

Moskau verlangt seine sofortige Auslieferung.

Griechenland gewährt Lobow Asylrecht.

Boris und Lyda auf dem Weg nach Sapharin!

Ein Heer von Reportern lauerte ihnen auf. Aber niemand sah sie. Ihr Flugzeug landete nicht in Athen, sondern auf Kreta. Von dort brachte eine Maschine des Konzerns die beiden nach Sapharin. Aus der Insel wurde eine Festung. Eine Kompanie Polizei stellte die Regierung zur Verfügung, um Lobow zu schützen. »Ich weiß, daß ich jetzt auf der Liste stehe!« hatte er bei seinem ersten Gespräch mit einem Mitglied der griechischen Regierung gesagt. »Okoschkin, der Spezialist für solche Fälle, hat bereits eine Order erhalten. Ich kenne das ja genau! Aber ich habe keine Angst. Ich weiß, daß mich der freie Westen schützen kann.«

Man bestätigte dies lebhaft, auch wenn keiner daran glaubte. Aber damit tat man den Russen Unrecht. Denn in Paris saß jetzt Okoschkin in großer Verwirrung und wußte nicht mehr, was er von Moskau halten sollte. Kein Befehl hatte ihn erreicht. Der KGB schwieg. Man strich Lobow aus den Akten und bereitete seine Ausbürgerung vor. Die weltpolitische Lage zwang Rußland, die Krallen einzuziehen. Das freundliche Gesicht war gefragt, die versöhnliche Geste ... Ein Lobow durfte doch nicht das Potemkinsche Dorf der sowjetischen Außenpolitik einreißen!

Nur Oberst Pujatkin nahm sich alles sehr zu Herzen. Er hatte seinen besten Mann, seinen ›Sohn‹ verloren. Das will überwunden werden.

»Boris Jegorowitsch ist jetzt glücklich«, sagte er im Krankenbett zu seinen Freunden. »Darf er auch sein! Eine schöne Frau, unzählbare Millionen, Direktorposten in der Reederei, ein Leben wie in einem Honigtopf! Aber er bleibt ein Russe! Sage mir keiner, daran werde sich durch Geld und gutes Leben etwas ändern: Wenn er in seinem Palast sitzt, wird er oft in die Weite blicken und Rußland suchen. Ein Russe ohne den russischen Boden unter seinen Füßen ist ein Waisenkind. Seine Seele wird immer trauern.«

Es war ein diesiger Herbsttag, als Lyda am Landesteg von Sapharin die Jacht ›Helios III‹ erwartete. Die Familie aus Athen kam zu Besuch.

Tante Andromeda war die erste, die die Gangway hinunterlief und Lyda an sich riß. Etwas abseits stand Boris Jegorowitsch, schüchtern, verschämt, lächelnd. Der Wind zerzauste sein blondes Haar. Wie ein großer Junge sah er aus.

»Mein Liebling!« rief Tante Andromeda. »Mein Püppchen! Wie freuen wir uns. Laß dich anschauen! So sieht man also aus, wenn man glücklich ist! Wo ist dein Mann? Ich will ihn umarmen! Nun ist ja alles gut!«

»Es wird alles noch besser werden, Tante«, sagte Lyda laut. Sie zeigte auf Boris, während Onkel Lakadonis von Bord tappte. »Dort steht er! Beglückwünsche ihn! Er hat mich zur glücklichsten Frau der Welt gemacht. Geh vorsichtig mit ihm um, Tante ... Er wird in sieben Monaten Vater ...«

Boris Jegorowitsch wurde rot wie ein schüchterner Jüngling. Er ging Tante Andromeda entgegen und küßte sie so demütig, wie das nur ein Russe vermag.

Aber der Welt der Penopoulos' würde er etwas bescheren, was man nicht kaufen konnte: einen neuen Erben.

Es hatte schon einen Sinn, daß gerade jetzt über dem Grabmal von Stavros und Perikles auf Sapharin die Glocken zu läuten begannen.

JANET EVANOVICH

Stephanie Plum ist jung, nicht auf den Mund gefallen, und sie hat einen ungewöhnlichen Job: sie jagt entflohenen Ganoven nach...

»Witzig, abgebrüht und politisch völlig unkorrekt – Stephanie Plum ist die beste amerikanische Serienheldin.«
Booklist

42878

GOLDMANN